JN210126

ハリー・ポッターと不死鳥の騎士団5－1　人物紹介

ハリー・ポッター
ホグワーツ魔法魔術学校の五年生。緑の目に黒い髪、額には稲妻形の傷。幼いころに両親を亡くし、マグル（人間）界で育ったので、十一歳になるまで自分が魔法使いであることを知らなかった

ロン・ウィーズリー
ハリーの親友。大家族の末息子で、優秀な兄たちにひけめを感じている。一緒にホグワーツに通う兄妹に、双子でいたずら好きのフレッドとジョージ、妹のジニーがいる

ハーマイオニー・グレンジャー
ハリーの親友。マグルの子なのに、魔法学校の優等生

シリウス・ブラック（スナッフルズ、またの名をパッドフット）
ハリーの父親の親友で、ハリーの名付け親。アズカバンに十二年間幽閉されていたが脱獄した

ミセス・フィッグ（フィッグばあさん）
猫好きの変わり者。ダーズリー一家の外出時、ハリーはフィッグの家によく預けられていた

マンダンガス・フレッチャー
魔法使いで、飲んだくれの小悪党。通称・ダング

アーサーとモリー・ウィーズリー
ロンの父親と母親。アーサーはマグルの製品に興味津々。モリーは時に厳しくも優しい母親

マッド－アイ・ムーディ
魔法の目を持つ老練の闇払い。先学期は偽のムーディにとらわれ、監禁されていた

コーネリウス・ファッジ
魔法大臣。ヴォルデモートの復活を認めず、ダンブルドアに警戒心をいだく

チョウ・チャン
レイブンクローのシーカー。先学期にヴォルデモートに殺されたセドリックの恋人だった

ダーズリー一家（バーノンおじさん、ペチュニアおばさん、ダドリー）
ハリーの親せきで育ての親とその息子。まともじゃないことを毛嫌いする

ヴォルデモート（例のあの人、トム・リドル）
闇の帝王。ハリーにかけた呪いがはね返り、死のふちをさまよっていたが、ついに復活をとげた

To Neil, Jessica and David,
who make my world magical

私の世界に魔法をかけてくれた、
夫のニール、子供たちのジェシカとデイビッドに

Original Title: HARRY POTTER AND THE ORDER OF THE PHOENIX

First published in Great Britain in 2003
by Bloomsburry Publishing Plc, 50 Bedford Square, London WC1B 3DP

Japanese edition first published in 2004

This book is published in Japan by arrangement with
the author through The Blair Partnership

第1章 襲われたダドリー

この夏一番の暑い日が暮れようとしていた。プリベット通りの角張った大きな家々を、けだるい静けさが覆っていた。いつもならピカピカの車は家の前の路地でほこりをかぶったままだし、エメラルド色だった芝生もカラカラになって黄ばんでいる——日照りのせいで、ホースで散水することが禁止されたからだ。車を洗い上げたり芝生を刈ったりする、日ごろの趣味を奪われたプリベット通りの住人は、日陰を求めて涼しい屋内に引きこもり、吹きもしない風を誘い込もうと、窓を広々と開け放っていた。戸外に取り残されているのは、十代の少年がただ一人。四番地の庭の花壇に、仰向けに寝転んでいた。

やせた黒髪の、めがねをかけた少年は、短い間にぐんと背丈が伸びたようだが、少し具合の悪そうなやつれた顔をしていた。汚いジーンズはぼろぼろ、色のあせたTシャツはだぶだぶ、それにスニーカーの底がはがれかけている。こんな格好のハリー・ポッターが、ご近所のお気に召すわけはない。何しろ、みすぼらしいのは法律で罰するべきだと考えている連中だ。しかし、この日のハリー・ポッターは、紫陽花の大きなしげみの陰に隠されて、道往く人の目にはまったく見えない。もし見つかるとすれば、バーノンおじさんとペチュニアおばさんが居間の窓から首を突き出し、真下の花壇を見下ろした場合だけだ。

いろいろ考え合わせると、ここに隠れるというアイデアは、我ながらあっぱれとハリーは思った。熱い固い地面に寝転がるのは、たしかにあまり快適とは言えないが、ここなら、にらみつける誰かさんも、ニュースが聞こえなくなるほどの音で歯がみしたり、意地悪な質問をぶつけてくる誰かさんもいない。何しろ、おじさん、おばさんと一緒に居間でテレビを見ようとすると、必ずそういうことになるのだ。

ハリーのそんな思いが羽を生やして、開いている窓から飛び込んでいったかのように、突然バーノン・ダーズリーおじさんの声がした。

「あいつめ、割り込むのをやめたようでよかったわい。ところで、あいつはどこにいるんだ？」

「知りませんわ」ペチュニアおばさんは、どうでもよいという口調だ。「家の中にはいないわ」

バーノンおじさんが、ウーッとうなった。

「**ニュース番組を見てるだと……**」おじさんが痛烈に嘲った。「やつのほんとうのねらいを知りたいもんだ。まともな男の子がニュースなんぞに興味を持つものか――ダドリーなんか、世の中がどうなっているかこれっぽっちも知らん。おそらく首相の名前も知らんぞ！　いずれにせよだ、わしらのニュースに、あの連中のことなぞ出てくるはずが――」

「バーノン、シーッ！」ペチュニアおばさんの声だ。「窓が開いてますよ！」

「ああ――そうだな――すまん」

ダーズリー家は静かになった。朝食用のシリアル「フルーツ・ン・ブラン」印のコマーシャルソングを聞きながら、ハリーは、フィッグばあさんがひょっこり、ひょっこり通り過ぎるのを眺めていた。ミセス・フィッグは近くのウィステリア通りに住む、猫好きで変わり者のばあさんだ。ひとりで顔をしかめ、ブツブツつぶやいている。ハリーは、しげみの陰に隠れていてほんとうによかったと思った。フィッグばあさんは、最近ハリーに道で出会うたびに、しつこく夕食に誘うのだ。ばあさんが角を曲がり姿が見えなくなったとき、バーノンおじさんの声が再び窓から流れてきた。

「ダッダーは夕食にでも呼ばれていったのか？」

「ポルキスさんのところですよ」ペチュニアおばさんが愛しげに言った。「あの子はよいお友達がたくさんいて、ほんとうに人気者で……」

ハリーは噴き出したいのをぐっとこらえた。ダーズリー夫妻は息子のダドリーのことになると、あきれるほど親ばかだ。この夏休みの間、ダドリー軍団の仲間に夜な夜な食事に招かれているなどというしゃれにもならないうそを、この親はうのみにしてきた。ハリーはちゃんと知っていた。ダドリーは夕食に招かれてなどいない。毎晩、悪ガキどもと一緒になって公園で物を壊し、街角でたばこを吸い、通りがかりの車や子供たちに石をぶつけているだけだ。ハリーは夕方、リトル・ウィンジングを歩き回っているときに、そういう現場を目撃している。休みに入ってから毎日のように、ハリーは通りをぶらぶら歩いて、道端のごみ箱から新聞をあさっていたのだ。

七時のニュースを告げるテーマ音楽が聞こえてきて、ハリーの胃がざわめいた。きっと今夜だ――一月も待ったんだから――今夜にちがいない。

「スペインの空港手荷物係のストが二週目に入り、空港に足止めされた夏休みの旅行客の数はこれまでの最高を記録し――」

「そんなやつら、わしなら一生涯シエスタをくれてやる」

アナウンサーの言葉の切れ目で、バーノンおじさんが牙をむいた。それはどうでもよかった。外の花壇で、ハリーは胃の緊張がゆるむのを感じていた。何事かが起こったのなら、最初のニュースになったはずだ。死とか破壊とかのほうが、足止めされた旅行客より重要なんだから。

ハリーはゆっくりフーッと息を吐き、輝くような青空を見上げた。今年の夏は、毎日が同じだった。緊張、期待、つかの間の安堵感、そしてまた緊張がつのって……しかも、そのたびに同じ疑問がますます強くなる。どうして、まだ何も起こらないのだろう。

ハリーはさらに耳を傾けた。もしかしたら、マグルには真相がつかめないような、何か些細なヒントがあるかもしれない――謎の失踪事件とか、奇妙な事故とか……。しかし、手荷物係のストのあとは、南東部のかんばつのニュースが続き(「隣のやつに聞かせてやりたいもんだ！」バーノンおじさんが大声を出した。「あいつめ、朝の三時にスプリンクラーを回しくさって！」)、それからサレー州でヘリコプターが畑に墜落しそうになったニュース、何とかという有名な女優が、これまた有名な夫と離婚した話(「こんな不潔なスキャンダルに、誰が興味を持つものですか」ペチュニアおばさんは口ではフンと言いながら、あらゆる雑誌でこの記事を執拗に読みあさっていた)。

空が燃えるような夕焼けになった。ハリーはまぶしさに目を閉じた。アナウンサーが別のニュースを読み上げた。

「――最後のニュースですが、セキセイインコのバンジー君は、夏を涼しく過ごす新しい方法を見つけました。バーンズリー町のパブ、『ファイブ・フェザーズ』に飼われているバンジー君は、水上スキーを覚えました！　メアリー・ドーキンズ記者が取材しました――」

ハリーは目を開けた。セキセイインコの水上スキーまでくれば、もう聞く価値のあるニュースはないだろう。ハリーはそっと寝返りを打って腹ばいになり、ひじとひざとで窓の下からはい出す用意をした。

数センチも動かないうちに、矢継ぎ早にいろいろな出来事が起こった。

銃声のような大きなバシッという大きな音が、眠たげな静寂を破って鳴り響いた。駐車中の車の下から猫が一匹サッと飛び出し、たちまち姿をくらました。ダーズリー家の居間からは、悲鳴と、悪態をつくわめき声と、陶器の割れる音が聞こえた。ハリーはその合図を待っていたかのように飛び起き、同時に、刀を鞘から抜くようにジーンズのベルトから細い杖を引き抜いた——しかし、立ち上がりきらないうちに、ダーズリー家の開いた窓に頭のてっぺんをぶつけた。ガツーンと音がして、ペチュニアおばさんの悲鳴が一段と大きくなった。

頭が真っ二つに割れたかと思った。涙目でよろよろしながら、ハリーは音の出どころを突き止めようと、通りに目を凝らした。しかし、よろめきながらも何とかまっすぐに立ったとたん、開け放った窓から赤紫の巨大な手が二本伸びてきて、ハリーの首をがっちりしめた。

「**そいつを——しまえ！**」バーノンおじさんがハリーの耳もとですごんだ。「**すぐにだ！** 誰にも――見られない――うちに！」

「は――放して！」ハリーがあえいだ。

二人は数秒間もみ合った。ハリーは上げた杖を右手でしっかり握りしめたまま、左手でおじさんのソーセージのような指を引っ張った。すると、ハリーの頭のてっぺんがひときわ激しくうずき、とたんにバーノンおじさんが、電気ショックを受けたかのようにギャッと叫んで手を離した。何か目に見えないエネルギーがハリーの体からほとばしり、おじさんはつかんでいられなくなったらしい。

ハリーはゼイゼイ息を切らしながら紫陽花のしげみに前のめりに倒れたが、体勢を立て直して周りを見回した。バシッという大きな音を立てた何ものかの気配はまったくなかったが、近所のあちこちの窓から顔がのぞいていた。ハリーは急いで杖をジーンズに突っ込み、何食わぬ顔をした。

「気持ちのよい夜ですな！」

バーノンおじさんは、レースのカーテン越しににらみつけている向かいの七番地の奥さんに手を振りながら、大声で挨拶した。

「今しがた、車がバックファイアしたのを、お聞きになりましたか？　わしもペチュニアもびっくり仰天で！」

詮索好きのご近所さんの顔が、あちこちの窓から全部引っ込むまで、おじさんは狂気じみた恐ろしい顔でニッコリ笑い続けた。それから、笑顔が怒りのしかめっ面に変わり、ハリーを手招きした。

ハリーは二、三歩近寄ったが、おじさんが両手を伸ばして再び首しめに取りかかれないよう用心し、距離を保って立ち止まった。

「小僧、一体全体あれは何のつもりだ？」バーノンおじさんのがなり声が怒りで震えていた。

「あれって何のこと？」

ハリーは冷たく聞き返した。通りの右、左と目を走らせながら、あのバシッという音の正体が見えるかもしれないと、ハリーはまだ期待していた。

「よーいドンのピストルのような騒音を出しおって。わが家のすぐ前で──」

「あの音を出したのは僕じゃない」ハリーはきっぱりと言った。

今度はペチュニアおばさんの細長い馬面が、バーノンおじさんのでっかい赤ら顔の隣に現れた。ひどく怒った顔だ。

「おまえはどうして窓の下でコソコソしていたんだい？」

「そうだ――ペチュニア、いいことを言ってくれた！　**小僧、わが家の窓の下で、何をしとった？」**

「ニュースを聞いてた」ハリーがしかたなく言った。

バーノンおじさんとペチュニアおばさんは、いきり立って顔を見合わせた。

「ニュースを聞いてただと！　**またか？」**

「だって、ニュースは毎日変わるもの」ハリーが言った。

「小僧、わしをごまかす気か！　何をたくらんでおるのか、ほんとうのことを言え――**『ニュースを聞いてた』なんぞ**、たわごとは聞きあきた！　おまえにははっきりわかっとるはずだ。**あの輩は――**」

「バーノン、だめよ！」ペチュニアおばさんがささやいた。バーノンおじさんは声を落とし、ハリーに聞き取れないほどになった。「――あの輩のことは、**わしらのニュースには出てこん！**」

「おじさんの知ってるかぎりではね」ハリーが言った。

ダーズリー夫妻は、ほんのちょっとの間ハリーをじろじろ見ていたが、やがてペチュニアおばさんが口を開いた。

「おまえって子は、いやなうそつきだよ。それじゃあ、あの――」

おばさんもここで声をひそめ、ハリーはほとんど読唇術で続きの言葉を読み取らなければならなかった。

「**ふくろうたち**は何してるんだい？　おまえにニュースを運んでこないのかい？」

「はっはーん！」バーノンおじさんが勝ち誇ったようにささやいた。「まいったか、小僧！　おまえらのニュースは、すべてあの鳥どもが運んでくるということぐらい、わしらが知らんとでも思ったか！」

　ハリーは一瞬迷った。ここでほんとうのことを言うのはハリーにとってつらいことだ。もっとも、それを認めるのが、ハリーにとってどんなにつらいかは、おじさんにもおばさんにもわかりはしないのだが。

「ふくろうたちは……僕にニュースを運んでこないんだ」ハリーは無表情な声で言った。

「信じないよ」ペチュニアおばさんが即座に言った。

「わしもだ」バーノンおじさんも力んで言った。

「おまえがへんてこりんなことをたくらんでるのは、わかってるんだよ」

「わしらはバカじゃないぞ」

「あ、**それこそ**僕にはニュースだ」

ハリーは気が立っていた。ダーズリー夫妻が呼び止める間も与えず、ハリーはくるりと背を向け、前庭の芝生を横切り、庭の低い塀をまたいで、大股で通りを歩きだした。

やっかいなことになったと、ハリーにはわかっていた。あとで二人と顔をつき合わせたとき、無礼のつけを払うことになる。しかし、今はあまり気にならなかった。もっと差し迫った問題のほうが頭に引っかかっていたのだ。

あのバシッという音は、誰かが「姿あらわし」か「姿くらまし」をした音にちがいない。屋敷しもべ妖精のドビーが姿を消すときに出す、あの音そのものだ。もしや、ドビーがプリベット通りにいるのだろうか？　今この瞬間、ドビーが僕をつけているなんてことがあるだろうか？　そう思いついたとたん、ハリーは急に後ろを振り返り、プリベット通りをじっと見つめた。しかし、通りにはまったく人気がないようだった。それに、ドビーが透明になる方法を知らないのはたしかだ。

ハリーはどこを歩いているのかほとんど意識せずに歩き続けた。このごろひんぱんにこのあたりを往き来していたので、足がひとりでに気に入った道へと運んでくれる。数歩歩くごとに、ハリーは背後を振り返った。ペチュニアおばさんの、枯れかけたベゴニアの花の中に横たわっていたとき、ハリーの近くに魔法界の誰かがいた。まちがいない。どうして僕に話しかけなかったんだ？　なぜ接触してこない？　どうして今も隠れてるんだ？

いらいらが最高潮になると、たしかだと思っていたことが崩れてきた。

結局あれは、魔法の音ではなかったのかもしれない。ほんのちょっとでいいから、自分の属するあの世界からの接触が欲しいと願うあまり、ごくあたりまえの音に過剰反応してしまっただけなのかもしれない。近所の家で何かが壊れた音だったのかもしれない。そうではないと自信を持って言いきれるだろうか？

ハリーは胃に鈍い重苦しい感覚を覚えた。知らず知らずのうちに、この夏中ずっとハリーを苦しめていた絶望感が、またしても押し寄せてきた。

明日もまた、目覚まし時計で五時に起こされるだろう。「日刊予言者新聞」を配達してくるふくろうにお金を払うためだ。――しかし、購読を続ける意味があるのだろうか？　このごろは、一面記事に目を通すとすぐ、ハリーは新聞を捨ててしまった。新聞を発行しているまぬけな連中は、いつになったらヴォルデモートが戻ってきたことに気づいて、大見出し記事にするのだろう。ハリーはその記事だけを気にしていた。

運がよければ、ほかのふくろうが親友のロンやハーマイオニーからの手紙も運んでくるだろう。もっとも、二人の手紙がハリーに何かニュースをもたらすかもしれないという期待は、とっくの昔に打ち砕かれていた。

例のあのことについてはあまり書けないの。当然だけど……手紙が行方不明になることも考えて、重要なことは書かないようにと言われているのよ……。私たち、とても忙しくしているけど、くわしいことはここには書けない……ずいぶんいろんなことが起こっているの。会ったときに全部話すわ……。

でも、いつ僕に会うつもりなのだろう？　はっきりした日付は、誰も書いてくれないじゃないか。ハーマイオニーが誕生祝いのカードに「私たち、もうすぐ会えると思うわ」と走り書きしてきたけど、もうすぐっていつなんだ？　二人の手紙の漠然としたヒントから察すると、ハーマイオニーとロンは同じ所にいるらしい。たぶんロンの両親の家だろう。自分がプリベット通りにくぎづけになっているのに、二人が「隠れ穴」で楽しくやっていると思うとやりきれなかった。実は、あんまり腹が立ったので、誕生日に二人が送ってくれた「ハニーデュークス」のチョコレートを二箱、開けもせずに捨ててしまったくらいだ。その夜の夕食に、ペチュニアおばさんがしなびたサラダを出してきたときに、ハリーはそれを後悔した。

それに、ロンもハーマイオニーも、何が忙しいのだろう？　どうして自分は忙しくないのだろう？　二人よりも自分のほうがずっと対処能力があることは証明済みじゃないのか？　僕のしたことを、みんなは忘れてしまったのだろうか？　あの墓地に入って、セドリックが殺されるのを目撃し、そしてあの墓石に縛りつけられ殺されかかったのは、この僕じゃなかったのか？

考えるな──ハリーはこの夏の間、もう何百回も、自分に厳しくそう言い聞かせていた。墓場でのことは、悪夢の中でくり返すだけで充分だ。覚めているときまで考え込まなくたっていい。

ハリーは角を曲がってマグノリア・クレセント通りの小道に入った。小道の中ほどで、ガレージに沿って延びる狭い路地の入口の前を通った。ハリーが初めて名付け親に目をとめたのは、そのガレージの所だった。少なくともシリウスだけはハリーの気持ちを理解してくれているようだ。もちろん、シリウスの手紙にも、ロンやハーマイオニーのと同じく、ちゃんとしたニュースは何も書かれていない。しかし、思わせぶりなヒントではなく、少なくとも、警戒やなぐさめの言葉が書かれている。

君はきっといらいらしていることだろう……おとなしくしていなさい。そうすればすべて大丈夫だ……気をつけるんだ。むちゃするなよ……。

そうだなぁ――マグノリア・クレセント通りを横切って、マグノリア通りへと曲がり、暗闇の迫る遊園地のほうに向かいながらハリーは考えた――これまで（たいていは）シリウスの忠告どおりに振る舞ってきた。少なくとも、箒にトランクをくくりつけて、自分勝手に「隠れ穴」に出かけたいという誘惑に負けはしなかった。こんなに長くプリベット通りにくぎづけにされ、ヴォルデモート卿の動きの手がかりをつかみたい一心で、花壇に隠れるようなまねまでして、こんなにいらいら怒っているわりには、僕の態度は実際上出来だとハリーは思った。

それにしても、魔法使いの監獄、アズカバンに十二年間も入れられ、脱獄して、そもそも投獄されるきっかけになった未遂の殺人をやりとげようとし、さらに、盗んだヒッポグリフに乗って逃亡したような人間に、むちゃするなよと諭されるなんて、まったく理不尽だ。

ハリーは鍵のかかった公園の入口を飛び越え、乾ききった芝生を歩きはじめた。周りの通りと同じように、公園にも人気がない。ハリーはブランコに近づき、ダドリー一味がまだ壊しきっていなかった唯一のブランコに腰かけ、片腕を鎖に巻きつけてぼんやりと地面を見つめた。もうダーズリー家の花壇に隠れることはできない。明日は、ニュースを聞く新しいやり方を何か考えないと。それまでは、期待して待つようなことは何もない。また落ち着かない苦しい夜が待ち受けているだけだ。

セドリックの悪夢からは逃れても、ハリーは別の不安な夢を見ていた――長い暗い廊下があり、廊下の先はいつも行き止まりで、鍵のかかった扉がある――。目覚めているときの閉そく感と関係があるのだろうとハリーは思った。額の傷がしょっちゅうチクチクといやな感じで痛んだが、ロン、ハーマイオニー、シリウスが今でもそれに関心を示してくれるだろうと考えるほど、ハリーは甘くはなかった。これまでは、傷痕の痛みはヴォルデモートの力が再び強くなってきたことを警告していた。しかし、ヴォルデモートが復活した今、しょっちゅう痛むのは当然予想されることだと、みんなは言うだろう……心配するな……今に始まったことじゃないと……。

何もかもが理不尽だという怒りが込み上げてきて、ハリーは叫びたかった。僕がいなければ、誰もヴォルデモートの復活を知らなかった！　それなのに、ごほうびは、リトル・ウィンジングにびっしり四週間もくぎづけだ。魔法界とは完全に切り離され、枯れかかったベゴニアの中に座り込むようなまねまでして聞いたニュースが、セキセイインコの水上スキーだ！　ダンブルドアは、どうしてそう簡単に僕のことが忘れられるんだ？　僕を呼びもしないで、どうしてロンとハーマイオニーだけが一緒にいられるんだ？　シリウスがおとなしくいい子にしていろと諭すのを、あとどのくらいがまんして聞いてりゃいいんだ？　まぬけな「日刊予言者新聞」に投書して、ヴォルデモートが復活したと言ってやりたい衝動を、あとどのくらい抑えていればいいんだ？あれやこれやの激しい憤りが頭の中で渦巻き、腸が怒りでよじれた。

そんなハリーを、蒸し暑いビロードのような夜が包んだ。熱い、乾いた草の匂いがあたりを満たし、公園の柵の外から低くゴロゴロと聞こえる車の音以外は、何も聞こえない。

どのくらいの時間ブランコに座っていたろうか。人声がして、ハリーは物思いから覚め、目を上げた。周囲の街灯がぼんやりとした明かりを投げ、公園の向こうからやってくる数人の人影を浮かび上がらせた。一人が大声で下品な歌を歌っている。ほかの仲間は笑っている。転がしている高級そうなレース用自転車から、カチッカチッという軽い音が聞こえてきた。

ハリーはこの連中を知っていた。先頭の人影は、まちがいなくいとこのダドリー・ダーズリーで、忠実な軍団を従えて家に帰る途中だ。

ダドリーは相変わらず巨大だったが、一年間の厳しいダイエットと、新たにある能力が発見されたことで、体格がきたえられ、相当変化していた。バーノンおじさんは、聞いてくれる人なら誰でもおかまいなしに自慢するのだが、ダドリーは最近、「英国南東部中等学校ボクシング・ジュニアヘビー級チャンピオン」になった。小学校のとき、ハリーはダドリーの最初のサンドバッグ役だったが、その時すでにものすごかったダドリーは、おじさんが「高貴なスポーツ」と呼んでいるもののおかげでいっそうものすごくなっていた。ハリーはもうダドリーなどまったく怖いと思わなかったが、それにしても、ダドリーがより強力で正確なパンチを覚えたのは喜ばしいことではなかった。このあたり一帯の子供たちはダドリーを怖がっていた——「あのポッターって子」も札つきの不良で、「セント・ブルータス更生不能非行少年院」に入っているのだと警戒され怖がられていたが、それよりも怖いのだ。

ハリーは芝生を横切ってくる黒い影を見つめながら、今夜は誰をなぐってきたのだろうと思った。**こっちを見ろよ**——人影を見ながらハリーは心の中でそう言っている自分に気づいた。**ほーら……こっちを見るんだ……僕はたった一人でここにいる……さあ、やってみろよ……。**

ハリーがここにいるのをダドリーの取り巻きが見つけたら、まちがいなく一直線にこっちにやってくる。そしたらダドリーはどうする？　軍団の前でメンツを失いたくはないが、ハリーを挑発するのは怖いはずだ……ゆかいだろうな、ダドリーがジレンマにおちいるのを見るのは。からかわれても何にも反撃できないダドリーを見るのは……。ダドリー以外の誰かがなぐりかかってきたら、こっちの準備はできている——杖があるんだ。やるならやってみろ……昔、僕の人生をみじめにしてくれたこいつらを、うっぷんのはけ口にしてやる。

しかし、誰も振り向かない。ハリーを見もせずに、もう柵のほうまで行ってしまった。ハリーは後ろから呼び止めたい衝動を抑えた……けんかを吹っかけるのは利口なやり方ではない……魔法を使ってはいけない……さもないとまた退学の危険をおかすことになる。

ダドリー軍団の声が遠のき、マグノリア通りのほうへと姿を消した。

ほうらね、シリウス――ハリーはぼんやり考えた。**全然むちゃしてない。おとなしくしているよ。シリウスがやったこととまるで正反対だ。**

ハリーは立ち上がってのびをした。ペチュニアおばさんもバーノンおじさんも、ダドリーが帰ってきたときが正しい帰宅時間で、それよりあとは遅刻だと思っているらしい。バーノンおじさんは、今度ダドリーより遅く帰ったら納屋に閉じ込める、とハリーを脅していた。そこでハリーは、あくびをかみ殺し、しかめっ面のまま、公園の出口に向かった。

マグノリア通りは、プリベット通りと同じく角張った大きな家が立ち並び、芝生はきっちり刈り込まれていたし、これまた四角四面の大物ぶった住人たちは、バーノンおじさんと同じく、磨き上げられた車に乗っていた。ハリーは夜のリトル・ウィンジングのほうが好きだった。カーテンのかかった窓々が、暗闇の中で点々と宝石のように輝いている。それに、家の前を通り過ぎるとき、ハリーの「非行少年」風の格好をブツブツ非難する声を聞かされる恐れもない。ハリーは急ぎ足で歩いた。すると、マグノリア通りの中ほどで再びダドリー軍団が見えてきた。マグノリア・クレセント通りの入口で互いにさよならを言っているところだった。ハリーはリラの大木の陰に身を寄せて待った。

「……あいつ、豚みたいにキーキー泣いてたよな？」マルコムがそう言うと、仲間がバカ笑いした。

「いい右フックだったぜ、ビッグD」ピアーズが言った。

「またあした、同じ時間だな？」ダドリーが言った。

「俺んとこでな。親父たちは出かけるし」ゴードンが言った。

「じゃ、またな」ダドリーが言った。

「バイバイ、ダッド！」

「じゃあな、ビッグD！」

ハリーは、軍団が全員いなくなるまで待ってから歩きだした。みんなの声が聞こえなくなったとき、ハリーは角を曲がってマグノリア・クレセント通りに入った。急ぎ足で歩くと、ダドリーに声が届く所まですぐに追いついた。ダドリーはフンフン鼻歌を歌いながら、気ままにぶらぶら歩いていた。

「おい、ビッグD！」

ダドリーが振り返った。

「何だ」ダドリーがうなるように言った。「おまえか」

「ところで、いつから『ビッグD』になったんだい？」ハリーが言った。

「**だまれ**」ダドリーは歯がみして顔を背けた。

「かっこいい名前だ」ハリーはニヤニヤしながらいとこと並んで歩いた。「だけど、僕にとっちゃ、君はいつまでたっても『ちっちゃなダドリー坊や』だな」

「だまれって言ってるんだ！」

ダドリーはハムのようにむっちりした両手を丸めて拳を握った。

「あの連中は、ママが君をそう呼んでいるのを知らないのか？」

「だまれよ」

「**ママにも**だまれって言えるかい？　『かわい子ちゃん』とか『ダディちゃん』なんてのはどうだい？　じゃあ、僕もそう呼んでいいかい？」

ダドリーはだまっていた。ハリーをなぐりたいのをがまんするのに、自制心を総動員しているらしい。

「それで、今夜は誰をなぐったんだい？」ニヤニヤ笑いをやめながらハリーが聞いた。「また十歳の子か？　おとといの晩、マーク・エバンズをなぐったのは知ってるぞ――」

「あいつがそうさせたんだ」ダドリーがうなるように言った。

「へー、そうかい？」

「ナマ言いやがった」

「そうかな？　君が後ろ足で歩くことを覚えた豚みたいだ、とか言ったかい？　そりゃ、ダッド、生意気じゃないな。ほんとだもの」

ダドリーのあごの筋肉がひくひくけいれんした。ダドリーをそれだけ怒らせたと思うと、ハリーは大いに満足だった。うっぷんを、唯一のはけ口のいとこに注ぎ込んでいるような気がした。

二人は角を曲がり狭い路地に入った。そこはハリーがシリウスを最初に見かけた場所で、マグノリア・クレセント通りからウィステリア通りへの近道になっていた。路地には人影もなく、街灯がないので、路地の両端に伸びる道よりずっと暗かった。路地の片側はガレージの壁、もう片側は高い塀になっていて、そのはざまに足音が吸い込まれていった。

「あれを持ってるから、自分は偉いと思ってるんだろう？」

一呼吸置いて、ダドリーが言った。

「あれって？」

「あれ――おまえが隠しているあれだよ」

ハリーはまたニヤッと笑った。

「ダド、見かけほどバカじゃないんだな？　歩きながら同時に話すなんて芸当は、君みたいなバカ面じゃできないと思ったけど」

ハリーは杖を引っ張り出した。ダドリーはそれを横目で見た。

「許されてないだろ」ダドリーがすぐさま言った。「知ってるぞ。おまえの通ってるあのへんちくりんな学校から追い出されるんだ」

「学校が校則を変えたかもしれないだろう？　ビッグＤ？」

「変えてないさ」そうは言ったものの、ダドリーの声は自信たっぷりとは言えなかった。

ハリーはフフッと笑った。

「おまえなんか、そいつがなけりゃ、おれにかかってくる度胸もないんだ。そうだろう？」ダドリーが歯をむいた。

「君のほうは、四人の仲間に護衛してもらわなけりゃ、十歳の子供を打ちのめすこともできないんだ。君がさんざん宣伝してる、ほら、ボクシングのタイトルだっけ？　相手は何歳だったんだい？　七つ？　八つ？」

「教えてやろう。十六だ」ダドリーがうなった。「それに、おれがやっつけたあと、二十分も気絶してたんだぞ。しかも、そいつはおまえの二倍も重かったんだ。おまえが杖を取り出したって、パパに言ってやるから覚えてろ――」

「今度はパパに言いつけるのかい？　パパのかわいいボクシング・チャンピオンちゃんはハリーのすごい杖が怖いのかい？」

「夜はそんなに度胸がないくせに。そうだろ？」ダドリーが嘲った。

「もう夜だよ、ダッド坊や。こんなふうにあたりが暗くなると、夜って呼ぶんだよ」

「おまえがベッドに入ったときのことさ！」ダドリーがすごんだ。

ダドリーは立ち止まった。ハリーも足を止め、いとこを見つめた。

ダドリーのでっかい顔から、ほんのわずかに読み取れる表情は、奇妙に勝ち誇っていた。

「僕がベッドでは度胸がないって、何を言ってるんだ？」

ハリーはさっぱりわけがわからなかった。

「僕が何を怖がるっていうんだ？　枕か何かかい？」

「きのうの夜、聞いたぞ」ダドリーが息をはずませた。「おまえの寝言を。うめいてたぞ」

「何を言ってるんだ？」

ハリーはくり返した。しかし、胃袋が落ち込むような、ヒヤリとした感覚が走った。昨夜、ハリーはあの墓場に戻った夢を見ていたのだ。

ダドリーはほえるような耳ざわりな笑い声を上げ、それから、かん高いヒイヒイ声で口まねをした。

「『セドリックを殺さないで！　セドリックを殺さないで！』セドリックって誰だ？——おまえのボーイフレンドか？」

「僕——君はうそをついてる」

反射的にそう言ったものの、ハリーは口の中がカラカラだった。ダドリーがうそをついていないことはわかっていた——うそでセドリックのことを知っているはずがない。

「『父さん！　助けて、父さん！　あいつが僕を殺そうとしている。父さん！　うぇーん、うぇーん！』」

「だまれ！」ハリーが低い声で言った。「だまれ、ダドリー。さもないと！」

「『父さん、助けにきて！　母さん、助けにきて！　あいつはセドリックを殺したんだ！　父さん、助けて！　あいつが僕を』——**そいつをおれに向けるな！**」

ダドリーは路地の壁際まであとずさりした。ハリーの杖が、まっすぐダドリーの心臓を指していた。ダドリーに対する十四年間の憎しみが、ドクンドクンと脈打つのを感じた――今ダドリーをやっつけられたらどんなにいいか……徹底的に呪いをかけて、ダドリーに触角を生やし、口もきけない虫けらのように家まではって帰らせたい……。

「そのことは二度と口にするな」ハリーがすごんだ。「わかったか？」

「そいつをどっかほかの所に向けろ！」

「聞こえないのか？　わかったかって言ってるんだ」

「そいつをほかの所に向けろ！」

「わかったのか？」

「そいつをおれから――」

ダドリーが冷水を浴びせられたかのように、奇妙な身の毛のよだつ声を上げて息をのんだ。

何かが夜を変えた。星を散りばめた群青色の空が、突然光を奪われ、真っ暗闇になった――星が、月が、路地の両端の道にある街灯のぼうっとした明かりが消え去った。遠くに聞こえる車の音も、木々のささやきもとだえた。とろりとした宵が、突然、突き刺すように、身を切るように冷たくなった。二人は、逃げ場のない森閑とした暗闇に、完全に取り囲まれた。まるで巨大な手が、分厚い冷たいマントを落として路地全体を覆い、二人に目隠しをしたかのようだった。

一瞬、ハリーは、そんなつもりもなく、必死でがまんしていたのに、魔法を使ってしまったのかと思った——やがて理性が感覚に追いついた——自分には星を消す力はない。ハリーは何か見えるものはないかと、あっちこっちに首を回した。しかし、暗闇はまるで無重力のベールのようにハリーの目をふさいでいた。

恐怖にかられたダドリーの声が、ハリーの耳に飛び込んできた。

「な、何をするつもりだ？　や、やめろ！」

「僕は何もしていないぞ！　だまっていろ。動くな！」

「み、見えない！　ぼく、め、目が見えなくなった！　ぼく——」

「だまってろって言ったろう！」

ハリーは見えない目を左右に走らせながら、身じろぎもせずに立っていた。激しい冷気で、ハリーは体中が震えていた。腕には鳥肌が立ち、首の後ろの髪が逆立った——ハリーは開けられるだけ大きく目を開け、周囲に目を凝らしたが何も見えない。

そんなことは不可能だ……あいつらがまさかここに……リトル・ウィンジングにいるはずがない……。ハリーは耳をそばだてた……あいつらなら、目に見えるより先に、音が聞こえるはずだ……。

「パパに、い、言いつけてやる！」ダドリーがヒィヒィ言った。「ど、どこにいるんだ？　な、何をして——？」

「だまっててくれないか？」ハリーは歯を食いしばったままささやいた。「聞こうとしてるんだから——」

ハリーは突然沈黙した。まさにハリーが恐れていた音を聞いたのだ。

路地には二人のほかに何かがいた。その何かが、ガラガラとしわがれた音を立てて、長々と息を吸い込んでいた。ハリーは恐怖に打ちのめされ、凍りつくような外気に震えながら立ち尽くした。

「や、やめろ！　こんなことやめろ！　なぐるぞ！　本気だ！」

「ダドリー、だま——」

ボッカーン。

拳がハリーの側頭に命中し、ハリーは吹っ飛んだ。目から白い火花が散った。頭が真っ二つになったかと思ったのは、この一時間のうちにこれで二度目だ。次の瞬間、ハリーは地面に打ちつけられ、杖が手から飛び出した。

「ダドリーの大バカ！」

ハリーは痛みで目をうるませながら、あわててはいつくばり、暗闇の中を必死で手探りした。ダドリーがまごまご走り回り、路地の壁にぶつかってよろける音が聞こえた。

「ダドリー、戻るんだ。あいつのほうに向かって走ってるぞ！」

ギャーッと恐ろしい叫び声がして、ダドリーの足音が止まった。同時に、ハリーは背後にゾクッとする冷気を感じた。まちがいない。相手は複数いる。

「ダドリー、口を閉じろ！　何が起こっても、口を開けるな！　杖は！」ハリーは死に物狂いでつぶやきながら、両手をクモのように地面にはわせた。「どこだ――杖は――出てこい――ルーモス！　光よ！」

杖を探すのに必死で明かりを求め、ハリーはひとりでに呪文を唱えていた。――すると、なんとうれしいことに、右手のすぐそばがぼうっと明るくなった。杖先に灯りがともったのだ。ハリーは杖を引っつかみ、あわてて立ち上がり振り向いた。

胃がひっくり返った。

フードをかぶったそびえ立つような影が、地上から少し浮かび、するするとハリーに向かってくる。足も顔もローブに隠れた姿が、夜を吸い込みながら近づいてくる。

よろけながらあとずさりし、ハリーは杖を上げた。

「守護霊よ来たれ！　エクスペクト　パトローナム！」

銀色の気体が杖先から飛び出し、吸魂鬼の動きが鈍った。しかし、呪文はきちんとかからなかった。ハリーは覆いかぶさってくる吸魂鬼から逃れ、もつれる足でさらにあとずさりした。恐怖で頭がぼんやりしている——集中しろ——。

ぬるっとしたかさぶただらけの灰色の手が二本、吸魂鬼のローブの中からすべり出て、ハリーのほうに伸びてきた。ハリーはガンガン耳鳴りがした。

「エクスペクト　パトローナム！」

自分の声がぼんやりと遠くに聞こえた。最初のより弱々しい銀色の煙が杖から漂った——もうこれ以上できない。呪文が効かない。

ハリーの頭の中で高笑いが聞こえた。鋭い、かん高い笑い声だ……吸魂鬼のくさった、死人のように冷たい息がハリーの肺を満たし、おぼれさせた。——考えろ……何か幸せなことを……。

しかし、幸せなことは何もない……吸魂鬼の氷のような指が、ハリーののど元に迫った——かん高い笑い声はますます大きくなる。頭の中で声が聞こえた。

「死におじぎするのだ、ハリー……痛みもないかもしれぬ……俺様にはわかるはずもないが……死んだことがないからな……」

もう二度とロンやハーマイオニーに会えない――。

息をつこうともがくハリーの心に、二人の顔がくっきりと浮かび上がった。

「エクスペクト　パトローナム！」

ハリーの杖先から巨大な銀色の牡鹿が噴出した。その角が、吸魂鬼の心臓にあたるはずの場所をとらえた。吸魂鬼は、重さのない暗闇のように後ろに投げ飛ばされた。牡鹿が突進すると、敗北した吸魂鬼はコウモリのようにすうっと飛び去った。

「こっちへ！」

ハリーは牡鹿に向かって叫んだ。同時にサッと向きを変え、ハリーは杖先の灯りを掲げて、全力で路地を走った。

「ダドリー？　ダドリー！」

十歩と走らずに、ハリーはその場所にたどり着いた。ダドリーは地面に丸くなって転がり、両腕でしっかり顔を覆っていた。二体目の吸魂鬼がダドリーの上にかがみ込み、ぬるりとした両手でダドリーの手首をつかみ、ゆっくりと、まるで愛しむように両腕をこじ開け、フードをかぶった顔をダドリーの顔のほうに下げて、まさに接吻しようとしていた。

「やっつけろ！」

ハリーが大声を上げた。するとハリーの創り出した銀色の牡鹿は、怒涛のごとくハリーの脇をかけ抜けていった。吸魂鬼の目のない顔が、ダドリーの顔すれすれに近づいた。その時、銀色の角が吸魂鬼をとらえ、空中に放り投げた。吸魂鬼はもう一人の仲間と同じように、宙に飛び上がり、暗闇に吸い込まれていった。牡鹿は並足になって路地の向こう端までかけ抜け、銀色の靄となって消えた。

月も、星も、街灯も急に生き返った。生温い夜風が路地を吹き抜けた。周囲の庭の木々がざわめき、マグノリア・クレセント通りを走る車の世俗的な音が、再びあたりを満たした。

ハリーはじっと立っていた。突然正常に戻ったことを体中の感覚が感じ取り、躍動していた。ふと気がつくと、Tシャツが体に張りついていた。ハリーは汗びっしょりだった。

今しがた起こったことが、ハリーには信じられなかった。吸魂鬼がここに、リトル・ウィンジングに――。

ダドリーはヒンヒン泣き、震えながら体を丸めて地面に転がっていた。ハリーは、ダドリーが立ち上がれる状態かどうかを見ようと身をかがめた。すると、その時、背後に誰かが走ってくる大きな足音がした。反射的に再び杖をかまえ、くるりと振り返り、ハリーは新たな相手に立ち向かおうとした。

近所に住む変わり者のフィッグばあさんが、息せき切って姿を現した。灰色まだらの髪はヘアネットからはみ出し、手首にかけた買い物袋はカタカタ音を立てて揺れ、タータンチェックの室内用スリッパは半分脱げかけていた。ハリーは急いで杖を隠そうとした。ところが――。

「バカ、そいつをしまうんじゃない！」

ばあさんが叫んだ。

「まだほかにもそのへんに残ってたらどうするんだね？　ああ、マンダンガス・フレッチャーのやつ、あたしゃ**殺してやる！**」

第2章　ふくろうのつぶて

「えっ？」ハリーはポカンとした。

「あいつめ、行っちまった！」フィッグばあさんは手をもみしだいた。

「ちょろまかした大鍋がまとまった数あるとかで、誰かに会いにいっちまった！　そんなことしたら、生皮をはいでやるって、あたしゃ言ったのに。言わんこっちゃない！　吸魂鬼！　あたしがミスター・チブルスを見張りにつけといたのが幸いだった！　だけど、ここでぐずぐずしてる間はないよ！　急ぐんだ。さあ、あんたを家に帰してやんなきゃ！　ああ、大変なことになった！　あいつめ、**殺してやる！**」

「でも――」

路地で吸魂鬼に出会ったのもショックだったが、変人で猫狂いの近所のばあさんが吸魂鬼のことを知っていたというのも、ハリーにとっては同じくらい大ショックだった。

「おばあさんが――あなたが**魔女？**」

「あたしゃ、できそこないのスクイブさ。マンダンガス・フレッチャーはそれをよく知ってる。だから、あんたが吸魂鬼を撃退するのを、あたしが助けてやれるわけがないだろ？　あんなにあいつに忠告したのに、あんたに何の護衛もつけずに置き去りにして――」

「そのマンダンガスが僕をつけてたの？　ちょっと待って――あれは彼だったのか！　マンダンガスが僕の家の前から『姿くらまし』したんだ！」

「そう、そう、そうさ。でも幸いあたしが、万が一を考えて、ミスター・チブルスを車の下に配置しといたのさ。ミスター・チブルスがあたしんとこに、危ないって知らせにきたんだ。でも、あたしがあんたの家に着いたときには、あんたはもういなくなってた――それで、今みたいなことが――ああ、ダンブルドアがいったい何ておっしゃるか。おまえさん！」

ばあさんがかん高い声で、まだ路地に仰向けにひっくり返ったままのダドリーを呼んだ。

「さっさとでかい尻を上げるんだ。早く！」

「ダンブルドアを知ってるの？」ハリーはフィッグばあさんを見つめた。

「もちろん知ってるともさ。ダンブルドアを知らん者がおるかい？　さあ、さっさとするんだ――またやつらが戻ってきたら、あたしゃ何にもできやしない。ティーバッグ一つ変身させたことがないんだから」

フィッグばあさんはかがんで、ダドリーの巨大な腕の片方を、しなびた両手で引っ張った。

「立つんだ。役立たずのどてかぼちゃ。立つんだよ！」

しかし動けないのか動こうとしないのか、ダドリーは動かない。地面に座ったまま、口をギュッと結び、血の気の失せた顔で震えていた。

「僕がやるよ」ハリーはダドリーの腕を取り、よいしょと引っ張った。さんざん苦労して、ハリーは何とかダドリーを立ち上がらせたが、ダドリーは気絶しかけているようだった。小さな目がぐるぐる回り、額には汗が噴き出している。ハリーが手を離したとたん、ダドリーの体がグラッと危なっかしげにかしいだ。

「急ぐんだ！」フィッグばあさんがヒステリックに言った。

ハリーはダドリーの巨大な腕の片方を自分の肩に回し、その重みで腰を曲げながら、ダドリーを引きずるようにして表通りに向かった。フィッグばあさんは、二人の前をちょこまか走り、路地の角で不安げに表通りをうかがった。

「杖を出しときな」ウィステリア通りに入るとき、ばあさんがハリーに言った。

「『機密保持法』なんて、もう気にしなくていいんだ。どうせめちゃめちゃに高いつけを払うことになるんだから、卵泥棒で捕まるより、いっそドラゴンを盗んで捕まるほうがいいってもんさ。

『未成年の制限事項』といえば……ダンブルドアが心配なすってたのは、まさにこれだったんだ――通りの向こう端にいるのは何だ？　ああ、ミスター・プレンティスかい……ほら、杖を下ろすんじゃないよ。あたしゃ役立たずだって、何度も言っただろう？」

杖を掲げながら、同時にダドリーを引っ張っていくのは楽ではなかった。ハリーはいらいらして、いとこのろっ骨に一発お見舞いしたが、ダドリーは自分で動こうとする気持ちをいっさい失ったかのようだった。ハリーの肩にもたれかかったまま、でかい足が地面をずるずる引きずっていた。

「フィッグさん、スクイブだってことをどうして教えてくれなかったの？」

ハリーは歩き続けるだけで精いっぱいで、息を切らしながら聞いた。

「ずっとあなたの家に行ってたのに――どうして何にも言ってくれなかったの？」

「ダンブルドアのお言いつけさ。あたしゃ、あんたを見張ってたけど、何にも言わないことになってた。あんたは若過ぎたし。ハリー、つらい思いをさせてすまなかったね。でも、あんたがあたしんとこに来るのが楽しいなんて思うようじゃ、ダーズリーはあんたを預けなかったろうよ。わかるだろ。あたしも楽じゃなかった……しかし、ああ、どうしよう」

ばあさんは、また手をもみしだきながら悲痛な声を出した。

「ダンブルドアがこのことを聞いたら――マンダンガスのやつ、夜中までの任務のはずだったのになんで行っちまったんだい――あいつはどこにいるんだ？　ダンブルドアに事件を知らせるのに、どうしたらいいんだろ？　あたしゃ、『姿あらわし』できないんだ」

「僕、ふくろうを持ってるよ。使っていいです」ハリーはダドリーの重みで背骨が折れるのではないかと思いながらうめいた。

「ハリー、わかってないね！　ダンブルドアは今すぐ行動を起こさなきゃならないんだ。何せ、魔法省は独自のやり方で未成年者の魔法使用を見つける。もう見つかっちまってるだろう。きっとそうさ」

「だけど、僕、吸魂鬼を追い払ったんだ。魔法を使わなきゃならなかった――魔法省は、吸魂鬼がウィステリア通りを浮遊して、何をやってたのか、そっちのほうを心配すべきだ。そうでしょう？」

「ああ、あんた、そうだったらいいんだけど、でも残念ながら――**マンダンガス・フレッチャーめ、殺してやる！**」

バシッと大きな音がして、酒臭さとむっとするたばこの臭いがあたりに広がり、ぼろぼろのオーバーを着た、無精ひげのずんぐりした男が、目の前に姿を現した。ガニマタの短足、長い赤茶色のざんばら髪、それに血走った腫れぼったい目が、バセット・ハウンド犬の悲しげな目つきを思わせた。手には何か銀色の物を丸めて握りしめている。ハリーはそれが「透明マント」だとすぐにわかった。

「どーした、フィギー？」男は、フィッグばあさん、ハリー、ダドリーと順に見つめながら言った。「正体がばれねえようにしてるはずじゃねえのかい？」

「おまえを**ばらしてやる！**」フィッグばあさんが叫んだ。「**吸魂鬼**だ。このろくでなしのくされ泥棒！」

「吸魂鬼？」マンダンガスが仰天してオウム返しに言った。「吸魂鬼？　ここにかい？」

「ああ、ここにさ。役立たずのコウモリのクソめ。ここにだよ！」フィッグばあさんがキンキン声で言った。「吸魂鬼が、おまえの見張ってるこの子を襲ったんだ！」

「とんでもねえこった」マンダンガスは弱々しくそう言うと、フィッグばあさんを見て、ハリーを見て、またフィッグばあさんを見た。「とんでもねえこった。おれは――」

「それなのに、おまえときたら、盗品の大鍋を買いにいっちまった。あたしゃ、行くなって言ったろう？　言ったろうが？」

「おれは――その、あの――」マンダンガスはどうにも身の置き場がないような様子だ。

「その――いい商売のチャンスだったもんで、何せ――」

フィッグばあさんは手さげ袋を抱えたほうの腕を振り上げ、マンダンガスの顔と首のあたりを張り飛ばした。ガンッという音からして、袋にはキャット・フーズの缶詰が詰まっているらしい。

「痛え――やーめろ――やーめろ、このくそばばぁ！　誰かダンブルドアに知らせねえと！」

「その――とおり――だわい！」

フィッグばあさんは缶詰入り手さげ袋をぶん回し、どこもかしこもおかまいなしにマンダンガスを打った。

「それに――おまえが――知らせに――行け――そして――自分で――ダンブルドアに――言うんだ――どうして――おまえが――その場に――いなかったのかって！」

「とさかを立てるなって！」マンダンガスは身をすくめて腕で顔を覆いながら言った。「行くから。おれが行くからよう！」

そしてまたバシッという音とともに、マンダンガスの姿が消えた。

「ダンブルドアがあいつを死刑にすりゃあいいんだ！」フィッグばあさんは怒り狂っていた。

「さあ、ハリー、早く。何をぐずぐずしてるんだい？」

ハリーは、大荷物のダドリーの下で、歩くのがやっとだと言いたかったが、すでに息もたえだえで、これ以上息のむだ使いはしないことにした。半死半生のダドリーを揺すり上げ、よろよろと前進した。

「戸口まで送るよ」プリベット通りに入るとフィッグばあさんが言った。「連中がまだそのへんにいるかもしれん……ああ、まったく。なんてひどいこった……そいで、おまえさんは自分でやつらを撃退しなきゃならなかった……そいで、ダンブルドアは、どんなことがあってもおまえさんに魔法を使わせるなって、あたしらにお言いつけなすった……まあ、こぼれた魔法薬、盆に返らずってとこか……しかし、猫の尾を踏んじまったね」

「それじゃ」ハリーはあえぎながら言った。「ダンブルドアは……ずっと僕を……つけさせてたの？」

「もちろんさ」フィッグばあさんが急き込んで言った。「ダンブルドアがおまえさんをひとりでほっつき歩かせると思うかい？　六月にあんなことが起こったあとで？　まさか、あんた。もう少し賢いかと思ってたよ……さあ……家の中に入って、じっとしてるんだよ」

三人は四番地に到着していた。

「誰かがまもなくあんたに連絡してくるはずだ」

「おばあさんはどうするの？」ハリーが急いで聞いた。

「あたしゃ、まっすぐ家に帰るさ」フィッグばあさんは暗闇をじっと見回して、身震いしながら言った。「指令が来るのを待たなきゃならないんでね。とにかく家の中にいるんだよ。おやすみ」

「待って。まだ行かないで！　僕、知りたいことが――」

しかし、スリッパをパタパタ、手さげ袋をカタカタ鳴らして、フィッグばあさんはもう小走りにかけだしていた。

「待って！」

ハリーは追いすがるように叫んだ。ダンブルドアと接触のある人なら誰でもいいから、聞きたいことがごまんとあった。しかし、あっという間に、フィッグばあさんは闇にのまれていった。顔をしかめ、ハリーはダドリーを背負いなおし、四番地の庭の小道を痛々しくゆっくりと歩いていった。

玄関の灯りはついていた。ハリーは杖をジーンズのベルトに挟み込んで、ベルを鳴らし、ペチュニアおばさんがやってくるのを見ていた。おばさんのりんかくが、玄関のガラス戸のさざ波模様で奇妙にゆがみながら、だんだん大きくなってきた。

「ダドちゃん！　遅かったわね。ママはとっても――とっても――ダドちゃん！　どうしたの？」

ハリーは横を向いてダドリーを見た。そして、ダドリーのわきの下からサッと身を引いた。間一髪。ダドリーはその場で一瞬ぐらりとした。顔が青ざめている……そして、口を開け、玄関マットいっぱいに吐いた。

「**ダドちゃん！**　ダドちゃん、どうしたの？　バーノン？　**バーノン！**」

バーノンおじさんが、居間からドタバタと出てきた。興奮したときの常で、セイウチ口ひげをあっちへゆらゆらこっちへゆらゆらさせながら、おじさんはペチュニアおばさんを助けに急いだ。おばさんは反吐の海に足を踏み入れないようにしながら、ぐらぐらしているダドリーを何とかして玄関に上げようとしていた。

「バーノン、この子、病気だわ！」

「坊主、どうした？　何があった？　ポルキスの奥さんが、夕食に異物でも食わせたのか？」

「泥だらけじゃないの。坊や、どうしたの？　地面に寝転んでたの？」

「待てよ――チンピラにやられたんじゃあるまいな？　え？　坊主」

ペチュニアおばさんが悲鳴を上げた。

「バーノン、警察に電話よ！　警察を呼んで！　ダドちゃん。かわいこちゃん。ママにお話しして！　チンピラに何をされたの？」

てんやわんやの中で、誰もハリーに気づかないようだった。そのほうが好都合だ。ハリーはバーノンおじさんが戸をバタンと閉める直前に家の中にすべり込んだ。ダーズリー一家がキッチンに向かって騒々しく前進している間、ハリーは慎重に、こっそりと階段へと向かった。

「坊主、誰にやられた？　名前を言いなさい。捕まえてやる。心配するな」

「シッ！　バーノン、何か言おうとしてますよ！　ダドちゃん、なあに？　ママに言ってごらん！」

ハリーは階段の一番下の段に足をかけた。その時、ダドリーが声を取り戻した。

「あいつ」

ハリーは階段に足をつけたまま凍りつき、顔をしかめ、爆発に備えて身がまえた。

「**小僧！　こっちへ来い！**」

恐れと怒りが入りまじった気持ちで、ハリーはゆっくり足を階段から離し、ダーズリー親子に従った。

徹底的に磨き上げられたキッチンは、表が暗かっただけに、妙に現実離れして輝いていた。ペチュニアおばさんは、真っ青でじっとりした顔のダドリーを椅子のほうに連れていった。バーノンおじさんは水切りかごの前に立ち、小さい目を細くしてハリーをねめつけていた。

「息子に何をした？」おじさんは脅すようにうなった。

「何にも」ハリーには、バーノンおじさんがどうせ信じないことがはっきりわかっていた。

「ダドちゃん、あの子が何をしたの？」ペチュニアおばさんは、ダドリーの革ジャンの前をスポンジできれいにぬぐいながら、声を震わせた。

「あれ——ねえ、『例のあれ』なの？　あの子が使ったの？　あの子の**あれを？**」

ダドリーがゆっくり、びくびくしながらうなずいた。

ペチュニアおばさんがわめき、バーノンおじさんが拳を振り上げた。

「やってない！」ハリーが鋭く言った。「僕はダドリーに何にもしていない。僕じゃない。あれは——」

ちょうどその時、コノハズクがキッチンの窓からサーッと入ってきた。バーノンおじさんの頭のてっぺんをかすめ、キッチンの中をスイーッと飛んで、くちばしにくわえていた大きな羊皮紙の封筒をハリーの足元に落とし、優雅に向きを変え、羽の先端で冷蔵庫の上を軽く払い、そして、再び外へと滑走し、庭を横切って飛び去った。

「**ふくろうめ！**」

バーノンおじさんがわめいた。こめかみに、おなじみの怒りの青筋をピクピクさせ、おじさんはキッチンの窓をピシャリと閉めた。

「またふくろうだ！　わしの家でこれ以上ふくろうは許さん！」
しかしハリーは、すでに封筒を破り、中から手紙を引っ張り出していた。心臓はのどぼとけのあたりでドキドキしている。

親愛なるポッター殿

我々の把握した情報によれば、貴殿は今夜九時二十三分すぎ、マグルの居住地区にて、マグルの面前で、守護霊の呪文を行使した。

「未成年魔法使いの妥当な制限に関する法令」の重大な違反により、貴殿はホグワーツ魔法魔術学校を退学処分となる。魔法省の役人がまもなく貴殿の住居に出向き、貴殿の杖を破壊するであろう。

貴殿には、すでに「国際魔法戦士連盟機密保持法」の第十三条違反の前科があるため、遺憾ながら、貴殿は魔法省の懲戒尋問への出席が要求されることをお知らせする。尋問は八月十二日午前九時から魔法省にて行われる。

貴殿のご健勝をお祈りいたします。

敬具

魔法省魔法不適正使用取締局

マファルダ・ホップカーク

ハリーは手紙を二度読んだ。バーノンおじさんとペチュニアおばさんが話しているのを、ハリーはぼんやりとしか感じ取れなかった。頭の中が冷たくしびれていた。一つのことが毒矢のように意識を貫き、しびれさせたのだ。僕はホグワーツを退学になった。すべておしまいだ。もう戻れない。

ハリーはダーズリー親子を見た。バーノンおじさんは顔を赤紫色にして叫び、拳を振り上げている。ペチュニアおばさんは両腕をダドリーに回し、ダドリーはまたゲーゲーやりだしていた。

一時的にまひしていたハリーの脳が、再び目を覚ましたようだ。――**魔法省の役人がまもなく貴殿の住居に出向き、貴殿の杖を破壊するであろう――**。道はただ一つだ。逃げるしかない――

すぐに。どこに行くのか、ハリーにはわからない。しかし、一つだけはっきりしている。ホグワーツだろうとそれ以外だろうと、ハリーには杖が必要だ。ほとんど夢遊病のように、ハリーは杖を引っ張り出し、キッチンを出ようとした。

「いったいどこに行く気だ？」

バーノンおじさんが叫んだ。ハリーが答えないでいると、おじさんはキッチンの向こうからドスンドスンとやってきて、玄関ホールへの出入口をふさいだ。

「話はまだすんどらんぞ、小僧！」

「どいてよ」ハリーは静かに言った。

「おまえはここにいて、説明するんだ。息子がどうして――」

「どかないと、呪いをかけるぞ」ハリーは杖を上げた。

「その手は食わんぞ！」バーノンおじさんがすごんだ。「おまえが学校とか呼んでいるあのバカ騒ぎ小屋の外では、おまえは杖を使うことを許されていない」

「そのバカ騒ぎ小屋が僕を追い出した。だから僕は好きなことをしていいんだ。三秒だけ待ってやる。一――二――」

バーンという音が、キッチン中に鳴り響いた。ペチュニアおばさんが悲鳴を上げた。バーノンおじさんも叫び声を上げて身をかわした。しかしハリーは、自分が原因ではない騒ぎの源を探していた。今夜はこれで三度目だ。すぐに見つかった。キッチンの窓の外側に、羽毛を逆立てたメンフクロウが目を白黒させながら止まっていた。閉じた窓に衝突したのだ。

バーノンおじさんがいまいましげに「ふくろうめ！」と叫ぶのを無視し、ハリーは走っていって窓をこじ開けた。ふくろうが差し出した脚に、小さく丸めた羊皮紙がくくりつけられていた。ふくろうは羽毛をプルプルッと震わせ、ハリーが手紙をはずすとすぐに飛び去った。ハリーは震える手で二番目のメッセージを開いた。大急ぎで書いたらしく、黒インクの字がにじんでいた。

ハリー――

ダンブルドアがたった今魔法省に着いた。何とか収拾をつけようとしている。**おじさん、おばさんの家を離れないよう。これ以上魔法を使ってはいけない。杖を引き渡してはいけない。**

アーサー・ウィーズリー

ダンブルドアが収拾をつけるって……どういう意味？　ダンブルドアは、どのくらい魔法省の決定をくつがえす力を持っているのだろう？　それじゃ、ホグワーツに戻るのを許されるチャンスはあるのだろうか？　ハリーの胸に小さな希望が芽生えたが、それもたちまち恐怖でねじれた――魔法を使わずに杖の引き渡しを拒むなんて、どうやったらいいんだ？　魔法省の役人と決闘しなくちゃならないだろうに。でもそんなことをしたら、退学どころか、アズカバン行きにならなけりゃ奇跡だ。

次々といろいろな考えが浮かんだ……逃亡して、魔法省に捕まる危険をおかすか、踏みとどまって、ここで魔法省に見つかるのを待つか。ハリーは最初の道を取りたいという気持ちのほうがずっと強かった。しかし、ウィーズリーおじさんがハリーにとって最善の道を考えてくれていることはわかっていた……それに、考えてみれば、ダンブルドアは、これよりもっと悪いケースを収拾してくれている。

「いいよ」ハリーが言った。「考えなおした。僕、ここにいるよ」

ハリーはサッとテーブルの前に座り、ダドリーとペチュニアおばさんとに向き合った。ダーズリー夫妻は、ハリーの気が突然変わったので、あぜんとしていた。ペチュニアおばさんは、絶望的な目つきでバーノンおじさんをちらりと見た。おじさんの赤紫色のこめかみで、青筋のヒクヒクがいっそう激しくなった。

「いまいましいふくろうどもは誰からなんだ？」おじさんがガミガミ言った。

「最初のは魔法省からで、僕を退学にした」

ハリーは冷静に言った。魔法省の役人が近づいてくるかもしれないと、ハリーは耳をそばだて、外の物音を聞き逃すまいとしていた。それに、バーノンおじさんの質問に答えているほうが、おじさんを怒らせてほえさせるより楽だったし、静かだった。

「二番目のは友人のロンのパパから。魔法省に勤めているんだ」

「**魔法省？**」バーノンおじさんが大声を出した。「おまえたちみたいな者が**政府にいるだと？**　ああ、それですべてわかったぞ。この国が荒廃するわけだ」

ハリーがだまっていると、おじさんはハリーをぎろりとにらみ、吐き捨てるように言った。

「それで、おまえはなぜ退学になった？」

「魔法を使ったから」

「**はっはーん！**」

バーノンおじさんは冷蔵庫のてっぺんを拳でドンとたたきながらほえた。冷蔵庫がパカンと開いた。ダドリーの低脂肪おやつがいくつか飛び出してひっくり返り、床に広がった。

「それじゃ、おまえは認めるわけだ！　**いったいダドリーに何をした？**」

「何にも」ハリーは少し冷静さを失った。「あれは僕がやったんじゃない――」

「やった」出し抜けにダドリーがつぶやいた。

バーノンおじさんとペチュニアおばさんはすぐさま手でシッシッとたたくようなしぐさをしてハリーをだまらせ、ダドリーに覆いかぶさるようにのぞき込んだ。

「坊主、続けるんだ」バーノンおじさんが言った。「あいつは何をした？」

「坊や、話して」ペチュニアおばさんがささやいた。

「杖をぼくに向けた」ダドリーがもごもご言った。

「ああ、向けた。でも、僕、使っていない――」ハリーは怒って口を開いた。しかし――。

「**だまって！**」バーノンおじさんとペチュニアおばさんが同時にほえた。

「坊主、続けるんだ」バーノンおじさんが口ひげを怒りで波打たせながらくり返して言った。

「全部真っ暗になった」ダドリーはかすれ声で、身震いしながら言った。

「みんな真っ暗。それから、ぼく、き、聞いた……**何かを**。ぼ、ぼくの頭の中で」

バーノンおじさんとペチュニアおばさんは、恐怖そのものの目を見合わせた。二人にとって、魔法がこの世で一番嫌いなものだが――その次に嫌いなのが、散水ホース使用禁止を自分たちよりうまくごまかすお隣さんたちだ――ありもしない声が聞こえるのは、まちがいなくワースト・

テンに入る。二人は、ダドリーが正気を失いかけていると思ったにちがいない。

「かわい子ちゃん、どんなものが聞こえたの？」

ペチュニアおばさんは蒼白になって目に涙を浮かべ、ささやくように聞いた。

しかし、ダドリーは何も言えないようだった。もう一度身震いし、でかいブロンドの頭を横に振った。最初のふくろうが到着したときから、ハリーは恐怖で無感覚になってしまっていたが、それでもちょっと好奇心が湧いた。吸魂鬼は、誰にでも人生最悪の時をまざまざと思い出させる。甘やかされ、わがままでいじめっ子のダドリーには、いったい何が聞こえたのだろう？

「坊主、どうして転んだりした？」バーノンおじさんは不自然なほど静かな声で聞いた。重病人の枕元でなら、おじさんはこんな声を出すのかもしれない。

「つ、つまずいた」ダドリーが震えながら言った。「そしたら――」

ダドリーは自分のだだっ広い胸を指差した。ハリーにはわかった。ダドリーは、望みや幸福感が吸い取られてゆくときの、じっとりした冷たさが肺を満たす感覚を思い出しているのだ。

「おっかない」ダドリーはかすれた声で言った。「寒い。とっても寒い」

「よしよし」

バーノンおじさんは無理に冷静な声を出し、ペチュニアおばさんは心配そうにダドリーの額に手を当てて熱を測った。

「それからどうした？」

「感じたんだ……感じた……感じた……まるで……まるで……」

「まるで、二度と幸福にはなれないような」ハリーは抑揚のない声でそのあとを続けた。

「うん」ダドリーは、まだ小刻みに震えながら小声で言った。

「さては！」上体を起こしたバーノンおじさんの声は、完全に大音量を取り戻していた。

「おまえは、息子にへんてこりんな呪文をかけおって、何やら声が聞こえるようにして、それで
――ダドリーに自分がみじめになる運命だと信じ込ませた。そうだな？」

「何度同じことを言わせるんだ！」ハリーはかんしゃくも声も爆発した。

「僕じゃない！　吸魂鬼がいたんだ！　二人も！」

「二人の――何だ、そのわけのわからん何とかは？」

「吸――魂――鬼」ハリーはゆっくりはっきり発音した。「二人の」

「それで、キューコンキとかいうのは、一体全体何だ？」

「魔法使いの監獄の看守だわ。アズカバンの」ペチュニアおばさんが言った。

言葉のあとに、突然耳鳴りがするような沈黙が流れた。そして、ペチュニアおばさんは、まる

でうっかりおぞましい悪態をついたかのように、パッと手で口を覆った。バーノンおじさんが目を丸くしておばさんを見た。ハリーは頭がくらくらした。フィッグばあさんもフィッグばあさんだが——しかし、**ペチュニアおばさんが？**

「どうして知ってるの？」ハリーはあぜんとして聞いた。

ペチュニアおばさんは、自分自身にぎょっとしたようだった。おどおどと謝るような目でバーノンおじさんをちらっと見て、口から少し手を下ろし、馬のような歯をのぞかせた。

「聞こえたのよ——ずっと昔——あのとんでもない若造が——あの妹に、やつらのことを話しているのを」ペチュニアおばさんはぎくしゃく答えた。

「僕の父さんと母さんのことを言ってるのなら、どうして名前で呼ばないの？」

ハリーは大声を出したが、ペチュニアおばさんは無視した。おばさんはひどくあわてふためいているようだった。

ハリーはぼうぜんとしていた。何年か前にたった一度、おばさんはハリーの母親を奇人呼ばわりしたことがあった。それ以外、おばさんが自分の妹のことに触れるのを、ハリーは聞いたことがなかった。普段は魔法界が存在しないかのように振る舞うのに全精力を注ぎ込んでいるおばさんが、魔法界についての断片的情報をこんなに長い間覚えていたことにハリーは驚愕していた。

バーノンおじさんが口を開き、口を閉じ、もう一度開いて、閉じた。まるでどうやって話すのかを思い出すのに四苦八苦しているかのように、三度目に口を開いて、しわがれ声を出した。

「それじゃ――じゃ――そいつらは――えー――そいつらは――あー――ほんとうにいるのだな――えー――キューコン何とかは？」

ペチュニアおばさんがうなずいた。

バーノンおじさんは、ペチュニアおばさんからダドリー、そしてハリーと順に見た。まるで、誰かが、「エイプリルフール！」と叫ぶのを期待しているかのようだ。誰も叫ばない。そこでもう一度口を開いた。しかし、続きの言葉を探す苦労をせずにすんだ。今夜三羽目のふくろうが到着したのだ。

まだ開いたままになっていた窓から、羽の生えた砲弾のように飛び込んできて、キッチン・テーブルの上にカタカタと音を立てて降り立った。ダーズリー親子三人がおびえて飛び上がった。ハリーは、二通目の公式文書風の封筒を、ふくろうのくちばしからもぎ取った。ビリビリ開封している間に、ふくろうはスイーッと夜空に戻っていった。

「たくさんだ――クソ――**ふくろうめ**」バーノンおじさんは気をそがれたようにブツブツ言うと、ドスドスと窓際まで行って、もう一度ピシャリと窓を閉めた。

ポッター殿

約二十二分前の当方からの手紙に引き続き、魔法省は、貴殿の杖を破壊する決定を直ちに変更した。貴殿は、八月十二日に開廷される懲戒尋問まで、杖を保持してよろしい。公式決定は当日下されることになる。

ホグワーツ魔法魔術学校校長との話し合いの結果、魔法省は、貴殿の退学の件についても当日決定することに同意した。したがって、貴殿は、更なる尋問まで停学処分であると理解されたし。

貴殿のご多幸をお祈りいたします。

敬具

魔法省魔法不適正使用取締局

マファルダ・ホップカーク

ハリーは手紙を立て続けに三度読んだ。まだ完全には退学になっていないと知って、胸につかえていたみじめさが少しゆるんだ。しかし、恐れが消え去ったわけではない。どうやら八月十二日の尋問にすべてがかかっている。

「それで？」バーノンおじさんの声で、ハリーは今の状況を思い出した。

「今度は何だ？　何か判決が出たか？　ところでおまえらに、死刑はあるのか？」

おじさんはいいことを思いついたとばかり言葉をつけ加えた。

「尋問に行かなきゃならない」

「そこでおまえの判決が出るのか？」ハリーが言った。

「そうだと思う」

「それでは、まだ望みを捨てずにおこう」バーノンおじさんは意地悪く言った。

「じゃ、もういいね」

ハリーは立ち上がった。ひとりになりたくてたまらなかった。考えたい。それに、ロンやハーマイオニー、シリウスに手紙を送ったらどうだろう。

「**だめだ、もういいはずがなかろう！**」バーノンおじさんがわめいた。「**座るんだ！**」

「今度は何なの？」ハリーはいらいらしていた。

「**ダドリーだ！**」バーノンおじさんがほえた。「息子に何が起こったのか、はっきり知りたい」

「**いいとも！**」

ハリーも叫んだ。腹が立って、手に持ったままの杖の先から、赤や金色の火花が散った。ダーズリー親子三人が、恐怖の表情であとずさりした。

「ダドリーは僕と、マグノリア・クレセント通りとウィステリア通りを結ぶ路地にいた」

ハリーは必死でかんしゃくを抑えつけながら、早口で話した。

「ダドリーが僕をやり込めようとした。僕が杖を抜いた。でも使わなかった。そしたら吸魂鬼が二人現れて――」

「しかし、いったい**何なんだ？** そのキューコントイドは？」バーノンおじさんが、カッカしながら聞いた。「そいつら、いったい**何をするんだ？**」

「さっき、言ったよ――幸福感を全部吸い取っていくんだ」ハリーが答えた。「そして、機会があれば、接吻する――」

「キスだと？」バーノンおじさんの目が少し飛び出した。「**キスするだと？**」

「そう呼んでるんだ。口から魂を吸い取ることを」

ペチュニアおばさんが小さく悲鳴を上げた。

「この子の魂？　取られてないわ――まだちゃんと持って――？」

おばさんはダドリーの肩をつかみ、揺り動かした。まるで、魂がダドリーの体の中でカタカタ音を立てるのが聞こえるかどうか、試しているようだった。

「もちろん、あいつらはダドリーの魂を取らなかった。取ってたらすぐわかる」

ハリーはいらいらをつのらせていた。

「追っ払ったんだな？　え、坊主？」

バーノンおじさんが声高に言った。何とかして話を自分の理解できる次元に持っていこうと奮闘している様子だ。

「パンチを食らわしたわけだ。そうだな？」

「吸魂鬼にパンチなんて効かない」ハリーは歯ぎしりしながら言った。

「それなら、いったいどうして息子は無事なんだ？」バーノンおじさんがどなりつけた。「それなら、どうして息子はもぬけの殻にならなかった？」

「僕が守護霊を使ったから――」

シューッ。カタカタという音、羽ばたき、パラパラ落ちるほこりとともに、四羽目のふくろうが暖炉から飛び出した。

「何たることだ！」わめき声とともに、バーノンおじさんは口ひげをごっそり引き抜いた。ここしばらく、そこまで追い詰められることはなかったのだが。

「この家にふくろうは入れんぞ！　こんなことは許さん。わかったか！」

しかし、ハリーはすでにふくろうの脚から羊皮紙の巻き紙を引き取っていた。ダンブルドアからの、すべてを説明する手紙にちがいない――吸魂鬼、フィッグばあさん、魔法省の意図、ダンブルドアがすべてをどう処理するつもりなのかなど――そう強く信じていただけに、シリウスの筆跡を見てハリーはがっかりした。そんなことはこれまで一度もなかったのだが。ふくろうのことでわめき続けるバーノンおじさんを尻目に、今来たふくろうが煙突に戻るとき巻き上げたもうもうたるほこりに目を細めて、ハリーはシリウスの手紙を読んだ。

アーサーが、何が起こったのかを、今、みんなに話してくれた。何があろうとも、けっして家を離れてはいけない。

これだけいろいろな出来事が今夜起こったというのに、その回答がこの手紙じゃ、あまりにもお粗末じゃないか、とハリーは思った。そして、羊皮紙を裏返し、続きはないかと探した。しかし何もない。

　ハリーのかんしゃく玉がまたふくらんできた。二人の吸魂鬼をたった一人で追い払ったのに、誰も「よくやった」って言わないのか？　ウィーズリーおじさんもシリウスも、まるでハリーが悪さをしたかのような反応で、被害がどのくらいかを確認するまでは、ハリーへの小言もお預けだとでも言わんばかりだ。

「……ふくろうがつっつき、もとい、ふくろうが次々、わしの家を出たり入ったり。許さんぞ、小僧、わしは絶対――」

「僕はふくろうが来るのを止められない」

　ハリーはシリウスの手紙を握りつぶしながらぶっきらぼうに言った。

「今夜何が起こったのか、ほんとうのことを言え！」バーノンおじさんがほえた。「キューコンダーとかがダドリーを傷つけたのなら、なんでおまえが退学になる？　おまえは『例のあれ』をやったのだ。自分で白状しただろうが！」

　ハリーは深呼吸して気を落ち着かせた。また頭が痛みはじめていた。何よりもまず、キッチンを出て、ダーズリーたちから離れたいと思った。

「僕は吸魂鬼を追い払うのに守護霊の呪文を使った」ハリーは必死で平静さを保った。「あいつらに対しては、それしか効かないんだ」

「しかし、キューコントイドとかは、**なんでまた**リトル・ウィンジングにいた？」バーノンおじさんが憤激して言った。

「教えられないよ」ハリーがうんざりしたように言った。「知らないから」

今度はキッチンの照明のギラギラで、頭がずきずきした。怒りはだんだん収まっていたが、ハリーは力が抜け、ひどくつかれていた。ダーズリー親子はハリーをじっと見ていた。

「おまえだ」バーノンおじさんが力を込めて言った。「おまえに関係があるんだ。小僧、わかっているぞ。それ以外、ここに現れる理由があるか？　それ以外、あの路地にいる理由があるか？　おまえだけがただ一人の――ただ一人の――」おじさんが、「魔法使い」という言葉をどうしても口にできないのは明らかだった。「このあたり一帯でただ一人の、『**例のあれ**』だ」

「あいつらがどうしてここにいたのか、僕は知らない」

しかし、バーノンおじさんの言葉で、つかれきったハリーの脳みそが再び動き出した。なぜ吸魂鬼がリトル・ウィンジングにやってきたのか？　ハリーが路地にいるとき、やつらがそこにやってきたのは**はたして偶然**だろうか？　誰かがやつらを送ってよこしたのか？　魔法省は吸魂鬼を制御できなくなったのか？　やつらはアズカバンを捨てて、ダンブルドアが予想したとおりヴォルデモートに与したのか？

「そのキュウコンバーは、妙ちきりんな監獄とやらをガードしとるのか？」

バーノンおじさんは、ハリーの考えている道筋に、ドシンドシンと踏み込んできた。

「ああ」ハリーが答えた。

頭の痛みが止まってくれさえしたら。キッチンから出て、暗い自分の部屋に戻り、考えることさえできたら……。

「おっほー！　やつらはおまえを捕まえにきたんだ！」

バーノンおじさんは絶対まちがいない結論に達したときのような、勝ち誇った口調で言った。

「そうだ。そうだろう、小僧？　おまえは法を犯して逃亡中というわけだ！」

「もちろん、ちがう」ハリーはハエを追うように頭を振った。いろいろな考えが目まぐるしく浮かんできた。

「それならなぜだ――？」

「『あの人』が送り込んだにちがいない」ハリーはおじさんにというより自分に聞かせるように低い声で言った。

「何だ、それは？　誰が送り込んだと？」

「ヴォルデモート卿だ」ハリーが言った。

ダーズリー一家は、「魔法使い」とか「魔法」、「杖」などという言葉を聞くと、あとずさったり、ぎくりとしたり、ギャーギャー騒いだりするのに、歴史上最も極悪非道の魔法使いの名を聞いてもピクリともしない。なんて奇妙なんだろうとハリーはぼんやりそう思った。

「ヴォルデ――待てよ」バーノンおじさんが顔をしかめた。豚のような目に、突如わかったぞという色が浮かんだ。「その名前は聞いたことがある……たしか、そいつは――」

「そう、僕の両親を殺した」ハリーが言った。

「しかし、そやつは死んだ」バーノンおじさんがたたみかけるように言った。ハリーの両親の殺害が、つらい話題だろうなどという気配は微塵も見せない。「あの大男のやつが、そう言いおった。そやつが死んだと」

「戻ってきたんだ」ハリーは重苦しく言った。

外科手術の部屋のように清潔なペチュニアおばさんのキッチンに立って、最高級の冷蔵庫と大型テレビのそばで、バーノンおじさんにヴォルデモート卿のことを冷静に話すなど、まったく不思議な気持ちだった。吸魂鬼がリトル・ウィンジングに現れたことで、プリベット通りという徹底した反魔法世界と、そのかなたに存在する魔法世界を分断していた、目に見えない大きな壁が破れたかのようだった。ハリーの二重生活が、なぜか一つに融合し、すべてがひっくり返った。ダーズリーたちは魔法界のことを細かく追及するし、フィッグばあさんはダンブルドアを知っている。吸魂鬼はリトル・ウィンジング界隈を浮遊し、ハリーは二度とホグワーツに戻れないかもしれない。ハリーの頭がますます激しく痛んだ。

「戻ってきた？」ペチュニアおばさんがささやくように言った。

ペチュニアおばさんはこれまでとはまったくちがったまなざしでハリーを見ていた。そして、突然、生まれて初めてハリーは、ペチュニアおばさんが自分の母親の姉だということをはっきり感じた。なぜその瞬間そんなにも強く感じたのか、言葉では説明できなかったろう。ただ、ヴォルデモート卿が戻ってきたことの意味を少しでもわかる人間が、ハリーのほかにもこの部屋にいる、ということだけがわかった。ペチュニアおばさんはこれまでの人生で、一度もそんなふうにハリーを見たことはなかった。色の薄い大きな目を（妹とはまったく似ていない目を）、嫌悪感や怒りで細めるどころか、恐怖で大きく見開いていた。ハリーが物心ついて以来、ペチュニアおばさんは常に激しい否定の態度を取り続けてきた——魔法は存在しないし、バーノンおじさんと一緒に暮らしているこの世界以外に、別の世界は存在しないと——それが崩れさったかのように見えた。

「そうなんだ」今度は、ハリーはペチュニアおばさんに直接話しかけた。「一か月前に戻ってきた。僕は見たんだ」

おばさんの両手が、ダドリーの革ジャンの上から巨大な肩に触れ、ギュッと握った。

「ちょっと待った」

バーノンおじさんは、妻からハリーへ、そしてまた妻へと視線を移し、二人の間に前代未聞の理解が湧き起こったことにとまどい、ぼうぜんとしていた。

「待てよ。そのヴォルデ何とか卿が戻ったと、そう言うのだな」

「そうだよ」

「おまえの両親を殺したやつだな」

「そうだよ」

「そして、そいつが今度はおまえにキューコンバーを送ってよこしたと？」

「そうらしい」ハリーが言った。

「なるほど」

バーノンおじさんは真っ青な妻の顔を見て、ハリーを見た。そしてズボンをずり上げた。おじさんの体がふくれ上がってきたかのようだった。でっかい赤紫色の顔が、見る見る巨大になってきた。

「さあ、これで決まりだ」おじさんが言った。体がふくれ上がったので、シャツの前がきつくなっていた。

「**小僧！　この家を出ていってもらうぞ！**」

「えっ？」

「聞こえたろう――**出ていけ！**」

バーノンおじさんが大声を出した。ペチュニアおばさんやダドリーでさえ飛び上がった。

「**出ていけ！　出ていけ！**　とっくの昔にそうすべきだった！　ふくろうはここを休息所扱いするし、デザートは破裂するわ、客間の半分は壊されるわ、ダドリーにしっぽだわ、マージはふくらんで天井をポンポンするわ、その上空飛ぶフォード・アングリアだ――出ていけ！　出ていけ！　もうおしまいだ！　おまえのことはすべて終わりだ！　狂ったやつがおまえをつけているなら、ここに置いてはおけん。おまえのせいで妻と息子を危険にさらさせはせんぞ。もうおまえに面倒を持ち込ませはせん。おまえがろくでなしの両親と同じ道をたどるのなら、わしはもうたくさんだ！　**出ていけ！**」

ハリーはその場に根が生えたように立っていた。魔法省の手紙、ウィーズリーおじさんとシリウスからの手紙が、みんなハリーの左手の中でつぶれていた。
――何があろうとも、けっして家を離れてはいけない。おじさん、おばさんの家を離れないよう。

「聞こえたな！」バーノンおじさんが今度はのしかかってきた。巨大な赤紫色の顔がハリーの顔にぐんと接近し、つばが顔に降りかかるのを感じた。

「行けばいいだろう！　三十分前はあんなに出ていきたかったおまえだ！　大賛成だ！　出ていけ！　二度とこの家の敷居をまたぐな！　そもそも、なんでわしらがおまえを手元に置いたのかわからん。マージの言うとおりだった。孤児院に入れるべきだった。わしらがお人好し過ぎた。……あれをおまえの中からたたき出してやれると思った。おまえをまともにしてやれると思った。しかし、おまえは根っからくさっていた。もうこれ以上は――ふくろうだ！」

五番目のふくろうが煙突を急降下してきて、勢い余って床にぶつかり、大声でギーギー鳴きながら再び飛び上がった。ハリーは手を上げて、真っ赤な封筒に入った手紙を取ろうとした。しかし、ふくろうはハリーの頭上をまっすぐ飛び越し、ペチュニアおばさんのほうに一直線に向かった。おばさんは悲鳴を上げ、両腕で顔を覆って身をかわした。ふくろうは真っ赤な封筒をおばさんの頭に落とし、方向転換してそのまま煙突に戻っていった。

ハリーは手紙を拾おうと飛びついた。しかし、ペチュニアおばさんのほうが早かった。

「開けたきゃ開けてもいいよ」ハリーが言った。「でもどうせ中身は僕にも聞こえるんだ。それ、『吠えメール』だよ」

「ペチュニア、手を離すんだ！」バーノンおじさんがわめいた。「さわるな。危険かもしれん！」

「私宛だわ」ペチュニアおばさんの声が震えていた。「私宛なのよ、バーノン。ほら、**プリベット通り四番地、キッチン、ペチュニア・ダーズリー様**――」

おばさんは真っ青になって息を止めた。真っ赤な封筒がくすぶりはじめたのだ。

「開けて！」ハリーがうながした。「すませてしまうんだ！　どうせ同じことなんだから」

「いやよ」

ペチュニアおばさんの手がブルブル震えている。おばさんはどこか逃げ道はないかと、キッチン中をきょろきょろ見回したが、もう手遅れだった――封筒が燃え上がった。ペチュニアおばさんは悲鳴を上げ、封筒を取り落とした。

テーブルの上で燃えている手紙から、恐ろしい声が流れてキッチン中に広がり、狭い部屋の中で反響した。

「**ペチュニア、私の最後のあれを思い出すのだ**」

ペチュニアおばさんは気絶するかのように見えた。両手で顔を覆い、ダドリーのそばの椅子に沈むように座り込んだ。沈黙の中で、封筒の残がいがくすぶり、灰になっていった。

「何だ、これは？」

バーノンおじさんがしわがれ声で言った。

「何のことか――わしにはとんと――ペチュニア？」

ペチュニアおばさんは何も言わない。ダドリーは口をポカンと開け、バカ面で母親を見つめていた。沈黙が恐ろしいほど張りつめた。ハリーはあっけに取られて、おばさんを見ていた。頭はずきずきと割れんばかりだった。

「ペチュニアや？」バーノンおじさんがおどおどと声をかけた。「ぺ、ペチュニア？」

おばさんが顔を上げた。まだブルブル震えている。おばさんはごくりと生つばを飲んだ。

「この子――この子は、バーノン、ここに置かないといけません」

おばさんが弱々しく言った。

「な――何と？」

「ここに置くのです」

おばさんはハリーの顔を見ないで言った。おばさんが再び立ち上がった。

「こいつは……しかしペチュニア……」

「私たちがこの子を放り出したとなれば、ご近所のうわさになりますわ」

おばさんは、まだ青い顔をしていたが、いつものつっけんどんで、ぶっきらぼうな言い方を急速に取り戻していた。

「面倒なことを聞いてきますよ。この子がどこに行ったか知りたがるでしょう。この子を家に置いておくしかありません」

バーノンおじさんは中古のタイヤのようにしぼんでいった。

「しかし、ペチュニアや――」

ペチュニアおばさんはおじさんを無視してハリーのほうを向いた。

「おまえは自分の部屋にいなさい」とおばさんが言った。「外に出てはいけない。さあ、寝なさい」

ハリーは動かなかった。

「『吠えメール』は誰からだったの？」

「質問はしない」ペチュニアおばさんがピシャリと言った。

「おばさんは魔法使いと接触してるの？」

「寝なさいと言ったでしょう！」

「どういう意味なの？　最後の何を思い出せって？」

「寝なさい！」

「どうして——？」

「おばさんの言うことが聞こえないの！　さあ、寝なさい！」

第章　先発護衛隊

僕はさっき吸魂鬼に襲われた。それに、ホグワーツを退学させられるかもしれない。何が起こっているのか、いったい僕はいつここから出られるのか知りたい。

暗い寝室に戻るやいなや、ハリーは同じ文面を三枚の羊皮紙に書いた。最初のはシリウス宛、二番目はロン、三番目はハーマイオニー宛だ。ハリーのふくろう、ヘドウィグは狩に出かけていて、机の上の鳥かごはからっぽだ。ハリーはヘドウィグの帰りを待ちながら、部屋を往ったり来たりした。目がチクチク痛むほどつかれてはいたが、頭がガンガンし、次々といろいろな思いが浮かんで眠れそうになかった。ダドリーを家まで背負ってきたので、背中が痛み、窓にぶつけたときとダドリーになぐられたときのこぶがずきずき痛んだ。

歯がみし、拳を握りしめ、部屋を往ったり来たりしながら、ハリーは怒りと焦燥感でつかれはてていた。窓際を通るたびに、何の姿も見えない星ばかりの夜空を、怒りを込めて見上げた。ハ

リーを始末するのに吸魂鬼が送られた。フィッグばあさんとマンダンガス・フレッチャーがこっそりハリーの跡をつけていた。その上、ホグワーツの停学処分に加えて魔法省での尋問――それなのに、まだ誰も何にも教えてくれない。

それに、あの「吠えメール」は何だ。**いったい何だったんだ？** キッチン中に響いた、あの恐ろしい、脅すような声は誰の声だったんだ？

どうして僕は、何にも知らされずに閉じ込められたままなんだ？ どうしてみんな、僕のことを聞き分けのない小僧扱いするんだ？

――これ以上魔法を使ってはいけない。家を離れるな……。

通りがかりざま、ハリーは学校のトランクをけとばした。しかし、怒りが収まるどころか、かえって気がめいった。体中が痛い上に、今度はつま先の鋭い痛みまで加わった。

片足を引きずりながら窓際を通り過ぎたとき、やわらかく羽をこすり合わせ、ヘドウィグが小さなゴーストのようにスイーッと入ってきた。

「遅かったじゃないか！」ヘドウィグがかごのてっぺんにふわりと降り立ったとたん、ハリーがうなるように言った。「それは置いとけよ。僕の仕事をしてもらうんだから！」

ヘドウィグは、死んだカエルをくちばしにくわえたまま、大きな丸い琥珀色の目で恨めしげにハリーを見つめた。

「こっちに来るんだ」ハリーは小さく丸めた三枚の羊皮紙と革ひもを取り上げ、ヘドウィグのうろこ状の脚にくくりつけた。「シリウス、ロン、ハーマイオニーにまっすぐに届けるんだ。相当長い返事をもらうまでは帰ってくるなよ。いざとなったら、みんながちゃんとした手紙を書くまで、ずっとつっついてやれ。わかったかい？」

ヘドウィグはまだくちばしがカエルでふさがっていて、くぐもった声でホーと鳴いた。

「それじゃ、行け」ハリーが言った。

ヘドウィグはすぐさま出発した。そのあとすぐ、ハリーは着替えもせずベッドに寝転び、暗い天井を見つめた。みじめな気持ちに、今度はヘドウィグにいらいらをぶつけた後悔が加わった。プリベット通り四番地で、ヘドウィグは唯一の友達なのに。シリウス、ロン、ハーマイオニーから返事をもらって帰ってきたらやさしくしてやろう。

三人とも、すぐに返事を書くはずだ。吸魂鬼の襲撃を無視できるはずがない。明日の朝、目が覚めたら、ハリーをすぐさま「隠れ穴」に連れ去る計画を書いた、同情に満ちた分厚い手紙が三通来ていることだろう。そう思うと気が休まり、眠気がさまざまな思いを包み込んでいった。

しかし、ヘドウィグは次の朝に戻ってはこなかった。ハリーはトイレに行く以外は一日中部屋に閉じこもっていた。ペチュニアおばさんが、その日三度、おじさんが三年前の夏に取りつけた猫用のくぐり戸から食事を入れてよこした。おばさんが部屋に近づくたびに、ハリーは「吠えメール」のことを聞き出そうとしたが、おばさんの答えときたら、石に聞いたほうがまだましだった。ダーズリー一家は、それ以外ハリーの部屋には近づかないようにしていた。無理やりみんなと一緒にいて何になる、とハリーは思った。また言い争いをして、結局ハリーが腹を立て、違法な魔法を使うのが落ちじゃないか。

そんなふうに丸三日が過ぎた。あるときは、いらいらと気がたかぶり、何も手につかず、部屋をうろつきながら、自分がわけのわからない状況にもんもんとしているのに、ほったらかしにしているみんなに腹を立てた。そうでないときは、まったくの無気力に襲われ、一時間もベッドに横になったままぼんやり空を見つめ、魔法省の尋問を思って恐怖にさいなまれていた。

不利な判決が出たらどうしよう？　ほんとうに学校を追われ、杖を真っ二つに折られたら？　何をしたら、どこに行ったらいいんだろう？　ここに帰ってずっとダーズリー一家と暮らすことなんてできない。自分がほんとうに属している別な世界を知ってしまった今、それはできない。シリウスの家に引っ越すことができるだろうか？　一年前、やむなく魔法省の手から逃亡する前にシリウスが誘ってくれた。まだ未成年のハリーが、そこに一人で住むことを許されるだろうか？　それとも、どこに住むということも判決で決まるのだろうか？　国際機密保持法に違反したのは、アズカバンの独房行きになるほどの重罪なのだろうか？　ここまで考えると、ハリーはいつもベッドからすべり降り、また部屋をうろうろしはじめるのだった。

　ヘドウィグが出発してから四日目の夜、ハリーは何度目かの無気力のサイクルに入り、つかれきって何も考えられずに天井を見つめて横たわっていた。その時、バーノンおじさんがハリーの部屋に入ってきた。ハリーはゆっくりと首を回しておじさんを見た。おじさんは一張羅の背広を着込み、ご満悦の表情だ。

「わしらは出かける」おじさんが言った。

「え？」

「わしら――つまりおまえのおばさんとダドリーとわしは――出かける」

「いいよ」ハリーは気のない返事をして、また天井を見上げた。

「わしらの留守に、自分の部屋から出てはならん」

「オーケー」

「テレビや、ステレオ、そのほかわしらの持ち物にさわってはならん」

「ああ」

「冷蔵庫から食べ物を盗んではならん」

「オーケー」

「この部屋に鍵をかけるぞ」

「そうすればいいさ」

　バーノンおじさんはハリーをじろじろ見た。さっぱり言い返してこないのをあやしんだらしい。それから足を踏み鳴らして部屋を出ていき、ドアを閉めた。鍵を回す音と、バーノンおじさんがドスンドスンと階段を下りていく音が聞こえた。数分後にバタンという車のドアの音、エンジンのブルンブルンという音、そして紛れもなく車寄せから車がすべり出る音が聞こえた。

　ダーズリー一家が出かけても、ハリーには何ら特別な感情も起こらなかった。連中が家にいようがいまいが、ハリーには何のちがいもない。起き上がって部屋の電気をつける気力もなかった。ハリーを包むように、部屋がだんだん暗くなっていった。横になったまま、ハリーは窓から入る夜の物音を聞いていた。ヘドウィグが帰ってくる幸せな瞬間を待って、窓はいつも開けっ放しにしてあった。

　からっぽの家が、ミシミシきしんだ。水道管がゴボゴボいった。ハリーは何も考えず、ただぼうぜんとみじめさの中に横たわっていた。

突然、階下のキッチンで、はっきりと、何かが壊れる音がした。

ハリーは飛び起きて、耳を澄ました。ダーズリー親子のはずはない。帰ってくるには早過ぎる。それにまだ車の音を聞いていない。

一瞬シーンとなった。そして人声が聞こえた。

泥棒だ。ハリーはベッドからそっとすべり降りて立ち上がった。——しかし、次の瞬間、泥棒なら声をひそめているはずだと気づいた。キッチンを動き回っているのが誰であれ、声をひそめようとしていないことだけはたしかだ。

ハリーはベッド脇の杖を引っつかみ、部屋のドアの前に立って全神経を耳にした。次の瞬間、鍵がガチャッと大きな音を立ててドアがパッと開き、ハリーは飛び上がった。

ハリーは身動きせず、開いたドアから二階の暗い踊り場を見つめ、何か聞こえはしないかと、さらに耳を澄ました。何の物音もしない。ハリーは一瞬ためらったが、すばやく、音を立てずに部屋を出て、階段の踊り場に立った。

心臓がのどまで跳び上がった。下の薄暗いホールに、玄関のガラス戸を通して入ってくる街灯の明かりを背に、人影が見える。八、九人はいる。ハリーの見るかぎり、全員がハリーを見上げている。

「おい、坊主、杖を下ろせ。誰かの目玉をくりぬくつもりか」低いうなり声が言った。

ハリーの心臓はどうしようもなくドキドキと脈打った。聞き覚えのある声だ。しかし、ハリーは杖を下ろさなかった。

「ムーディ先生？」ハリーは半信半疑で聞いた。

「『先生』かどうかはよくわからん」声がうなった。「わしが教える機会はそうそうなかったろうが？　ここに降りてくるんだ。おまえさんの顔をちゃんと見たいからな」

ハリーは少し杖を下ろしたが、握りしめた手をゆるめず、その場から動きもしなかった。疑うだけのちゃんとした理由があった。この九か月もの間、ハリーがマッド－アイ・ムーディだと思っていた人は、なんと、ムーディどころかペテン師だった。そればかりか、化けの皮がはがれる前に、ハリーを殺そうとさえした。しかし、ハリーが次の行動を決めかねているうちに、二番目の、少しかすれた声が昇ってきた。

「大丈夫だよ、ハリー。私たちは君を迎えにきたんだ」

ハリーは心が躍った。もう一年以上聞いていなかったが、この声も知っている。

「ル、ルーピン先生？」信じられない気持ちだった。「ほんとうに？」

「わたしたち、どうしてこんな暗いところに立ってるの？」

三番目の声がした。まったく知らない声、女性の声だ。

「ルーモス！　光よ！」

杖の先がパッと光り、魔法の灯がホールを照らし出した。ハリーは目を瞬いた。階段下に固まった人たちが、いっせいにハリーを見上げていた。よく見ようと首を伸ばしている人もいる。

リーマス・ルーピンが一番手前にいた。まだそれほどの年ではないのに、ルーピンはくたびれて、少し病気のような顔をしていた。ハリーが最後にルーピンに別れを告げたときより白髪が増え、ローブは以前よりみすぼらしく、継ぎはぎだらけだった。それでも、ルーピンはハリーにニッコリ笑いかけていた。ハリーはショック状態だったが、笑い返そうと努力した。

「わぁぁあ、わたしの思ってたとおりの顔をしてる」杖灯りを高く掲げた魔女が言った。中では一番若いようだ。色白のハート形の顔、キラキラ光る黒い瞳、髪は短く、強烈な紫で、ツンツン突っ立っている。「よっ、ハリー！」

「うむ、リーマス、君の言っていたとおりだ」一番後ろに立っているはげた黒人の魔法使いが言った――深いゆったりした声だ。片方の耳に金の耳輪をしている――「ジェームズに生き写しだ」

「目だけがちがうな」後ろのほうの白髪の魔法使いが、ゼイゼイ声で言った。

「リリーの目だ」

灰色まだらの長い髪、大きくそぎ取られた鼻のマッド-アイ・ムーディが、左右ふぞろいの目を細めて、あやしむようにハリーを見ていた。片方は小さく黒いキラキラした目、もう片方は大きく丸い鮮やかなブルーの目――この目は壁もドアも、自分の後頭部さえも貫いて透視できるのだ。

「ルーピン、たしかにポッターだと思うか？」ムーディがうなった。「ポッターに化けた『死喰い人』を連れ帰ったら、いい面の皮だ。本人しか知らないことを質問してみたほうがいいぞ。誰か『真実薬』を持っていれば話は別だが？」

「ハリー、君の守護霊はどんな形をしている？」ルーピンが聞いた。

「牡鹿」ハリーは緊張して答えた。

「マッド-アイ、まちがいなくハリーだ」ルーピンが言った。

みんながまだ自分を見つめていることをはっきり感じながら、ハリーは階段を下りた。下りながら杖をジーンズの尻ポケットにしまおうとした。

「おい、そんな所に杖をしまうな！」マッド-アイがどなった。「火がついたらどうする？　おまえさんよりちゃんとした魔法使いが、それでケツをなくしたんだぞ！」

「ケツをなくしたって、いったい誰？」紫の髪の魔女が興味津々でマッド-アイに尋ねた。

「誰でもよかろう。とにかく尻ポケットから杖を出しておくんだ！」マッド-アイがうなった。

「杖の安全の初歩だ。近ごろは誰も気にせん」

マッド-アイはコツッコツッとキッチンに向かった。

「それに、わしはこの目でそれを見たんだからな」

魔女が「やれやれ」というふうに天井を見上げたので、マッド-アイがいらいらしながらそうつけ加えた。

ルーピンは手を差し伸べてハリーと握手した。

「元気か？」ルーピンはハリーをじっとのぞき込んだ。

「ま、まあ……」

ハリーは、これが現実だとはなかなか信じられなかった。四週間も何もなかった。プリベット通りからハリーを連れ出す計画の気配さえなかったのに、突然、あたりまえだという顔で、まるで前々から計画されていたかのように、魔法使いが束になってこの家にやってきた。ハリーはルーピンを囲んでいる魔法使いたちをざっと眺めた。みんな貪るようにハリーを見たままだ。ハリーは、この四日間髪をとかしていなかったことが気になった。

「僕は――みなさんは、ダーズリー一家が外出していて、ほんとうにラッキーだった……」ハリーが口ごもった。

「ラッキー？　へ！　フ！　ハッ！」紫の髪の魔女が言った。「わたしよ、やつらをおびき出したのは。マグルの郵便で手紙を出して、『全英郊外芝生手入れコンテスト』で最終候補に残ったって書いたの。今ごろ授賞式に向かってるわ……そう思い込んで」

「全英郊外芝生手入れコンテスト」がないと知ったときの、バーノンおじさんの顔がちらっとハリーの目に浮かんだ。

「出発するんだね？」ハリーが聞いた。「すぐに？」

「まもなくだ」ルーピンが答えた。「安全確認を待っているところだ」

「どこに行くの？　『隠れ穴』？」ハリーはそうだといいなと思った。

「いや、『隠れ穴』じゃない。ちがう」

ルーピンがキッチンからハリーを手招きしながら言った。魔法使いたちが小さな塊になってそのあとに続いた。まだハリーをしげしげと見ている。

「あそこは危険過ぎる。本部は見つからないところに設置した。しばらくかかったがね……」

マッド-アイ・ムーディはキッチン・テーブルの前に腰かけ、携帯用酒瓶からグビグビ飲んでいた。魔法の目が四方八方にくるくる動き、ダーズリー家のさまざまな便利な台所用品をじっくり眺めていた。

「ハリー、この方はアラスター・ムーディだ」ルーピンがムーディを指して言った。

「ええ、知ってます」ハリーは気まずそうに言った。一年もの間知っていると思っていた人を、改めて紹介されるのは変な気持ちだった。

「そして、こちらがニンファドーラ――」

「リーマス、わたしのことニンファドーラって呼んじゃ**だめ**」若い魔女が身震いして言った。

「トンクスよ」

「ニンファドーラ・トンクスだ。苗字のほうだけを覚えてほしいそうだ」ルーピンが最後まで言った。

「母親に『かわいい水の精**ニンファドーラ**』なんてばかげた名前をつけられたら、あなただってそう思うわよ」トンクスがブツブツ言った。

「それからこちらは、キングズリー・シャックルボルト」ルーピンは、背の高い黒人の魔法使いを指していた。紹介された魔法使いが頭を下げた。

「エルファイアス・ドージ」ゼイゼイ声の魔法使いがこくんとうなずいた。

「ディーダラス・ディグル――」

「以前にお目にかかりましたな」興奮しやすいたちのディグルは、紫色のシルクハットを落として、キーキー声で挨拶した。

「エメリーン・バンス」エメラルド・グリーンのショールを巻いた、堂々とした魔女が、軽く首をかしげた。

「スタージス・ポドモア」あごの角ばった、麦わら色の豊かな髪の魔法使いがウィンクした。

「そしてヘスチア・ジョーンズ」ピンクのほおをした黒髪の魔女が、トースターの隣で手を振った。

紹介されるたびに、ハリーは一人一人にぎこちなく頭を下げた。みんなが何か自分以外のものを見てくれればいいのにと思った。突然舞台に引っ張り出されたような気分だった。どうしてこんなに大勢いるのかも疑問だった。

「君を迎えにいきたいと名乗りを上げる者が、びっくりするほどたくさんいてね」

ルーピンが、ハリーの心を読んだかのように言った。口の端がおもしろそうにヒクヒク動いている。

「うむ、まあ、多いに越したことはない」ムーディが暗い顔で言った。「ポッター、わしらは、おまえの護衛だ」

「私たちは今、出発しても安全だという合図を待っているところなんだが」ルーピンがキッチンの窓に目を走らせながら言った。「あと十五分ほどある」

「すっごく清潔なのね、ここのマグルたち。ね？」

トンクスと呼ばれた魔女が、興味深げにキッチンを見回して言った。

「わたしのパパはマグル生まれだけど、とってもだらしないやつで。魔法使いもおんなじだけど、人によるのよね？」

「あ――うん」ハリーが言った。「あの――」ハリーはルーピンのほうを見た。「いったい何が起こってるんですか？　誰からも何にも知らされない。いったいヴォル――？」

何人かがシーッと奇妙な音を出した。ディーダラス・ディグルはまた帽子を落とし、ムーディは「**だまれ！**」とうなった。

「えっ？」ハリーが言った。

「ここでは何も話すことができん。危険過ぎる」ムーディが普通の目をハリーに向けて言った。魔法の目は天井を向いたままだ。「くそっ」ムーディは魔法の目に手をやりながら、怒ったように毒づいた。「動きが悪くなった――あのろくでなしがこの目を使ってからずっとだ」

流しの詰まりをくみ取るときのようなブチュッというういやな音を立て、ムーディは魔法の目を取り出した。

「マッドーアイ、それって、気持ち悪いわよ。わかってるの？」トンクスがなにげない口調で言った。

「ハリー、コップに水を入れてくれんか？」ムーディが頼んだ。

ハリーは食器洗浄機まで歩いていき、きれいなコップを取り出し、流しで水を入れた。その間も、魔法使い集団はまだじっとハリーに見入っていた。あまりしつこく見るので、ハリーはわずらわしくなってきた。

「や、どうも」ハリーがコップを渡すと、ムーディが言った。

ムーディは魔法の目玉を水に浸け、つついて浮き沈みさせた。目玉はくるくる回りながら、全員を次々に見すえた。

「帰路には三百六十度の視野が必要なのでな」

「どうやって行くんですか？――どこへ行くのか知らないけど」ハリーが聞いた。

「箒だ」ルーピンが答えた。「それしかない。君は『姿あらわし』には若過ぎるし、『煙突ネットワーク』は見張られている。未承認の移動キーを作れば、我々の命がいくつあっても足りないことになる」

「リーマスが、君はいい飛び手だと言うのでね」キングズリー・シャックルボルトが深い声で言った。

「すばらしいよ」ルーピンが自分の時計で時間をチェックしながら言った。「とにかく、ハリー、部屋に戻って荷造りしたほうがいい。合図が来たときに出発できるようにしておきたいから」

「わたし、手伝いに行くわ」トンクスが明るい声で言った。

トンクスは興味津々で、ホールから階段へと、周りを見回しながらハリーについてきた。

「おかしなとこね」トンクスが言った。「あんまり清潔過ぎるわ。言ってることわかる？　ちょっと不自然よ。ああ、ここはましだわ」ハリーが部屋に入って明かりをつけると、トンクスが言った。

ハリーの部屋は、たしかに家の中のどこよりずっと散らかっていた。最低の気分で四日間も閉じこもっていたので、あと片づけなどする気にもなれなかったのだ。本は、ほとんど全部床に散らばっていた。気を紛らそうと次々引っ張り出しては放り出していたのだ。ヘドウィグの鳥かごは掃除しなかったので悪臭を放ちはじめていた。トランクは開けっ放しで、マグルの服やら魔法使いのローブやらがごちゃまぜになり、周りの床にはみ出していた。

ハリーは本を拾い、急いでトランクに投げ込みはじめた。トンクスは開けっ放しの洋だんすの前で立ち止まり、扉の内側の鏡に映った自分の姿を矯めつ眇めつ眺めていた。

「ねえ、わたし、紫が似合わないわね」ツンツン突っ立った髪を一房引っ張りながら、トンクスが物思わしげに言った。「やつれて見えると思わない？」

「あー――」手にした『イギリスとアイルランドのクィディッチ・チーム』の本の上から、ハリーはトンクスを見た。

「うん、そう見えるわ」トンクスはこれで決まりとばかり言い放つと、何かを思い出すのに躍起になっているかのように、目をギュッとつぶって顔をしかめた。すると、次の瞬間トンクスの髪は、風船ガムのピンク色に変わった。

「どうやったの？」ハリーはあっけに取られて、再び目を開けたトンクスを見た。

「わたし、『七変化』なの」鏡に映った姿を眺め、首を回して前後左右から髪が見えるようにしながらトンクスが答えた。

「つまり、外見を好きなように変えられるのよ」

鏡に映った自分の背後のハリーが、けげんそうな表情をしているのを見て、トンクスが説明を加えた。

「生まれつきなの。闇祓いの訓練で、全然勉強しないでも『変装・隠遁術』は最高点を取ったの。あれはよかったわねえ」

「闇祓いなんですか？」

ハリーは感心した。闇の魔法使いを捕らえる仕事は、ホグワーツ卒業後の進路として、ハリーが考えたことのある唯一の職業だった。

「そうよ」トンクスは得意げだった。「キングズリーもそう。わたしより少し地位が高いけど。わたし、一年前に資格を取ったばかり。『隠密追跡術』では落第すれすれだったの。おっちょこちょいだから。ここに到着したときにわたしが一階でお皿を割った音、聞こえた？」

「勉強で『七変化』になれるんですか？」ハリーは荷造りのことをすっかり忘れ、姿勢を正してトンクスに聞いた。

トンクスがクスクス笑った。

「その傷をときどき隠したいんでしょ？　ン？」

トンクスは、ハリーの額の稲妻形の傷に目をとめた。

「うん、そうできれば」ハリーは顔を背けて、もごもご言った。誰かに傷をじろじろ見られるのはいやだった。

「習得するのは難しいわ。残念ながら」トンクスが言った。「『七変化』って、めったにいないし、生まれつきで、習得するものじゃないのよ。魔法使いが姿を変えるには、だいたい杖か魔法薬を使うわ。でも、こうしちゃいられない。ハリー、わたしたち、荷造りしなきゃいけないいんだった」


トンクスはごちゃごちゃ散らかった床を見回し、気がとがめるように言った。

「あ――うん」ハリーは本をまた数冊拾い上げた。

「バカね。もっと早いやり方があるわ。わたしが――パック！　詰めろ！」

トンクスは杖で床を大きく掃うように振りながら叫んだ。

本も服も、望遠鏡もはかりも、全部空中に舞い上がり、トランクの中にごちゃごちゃに飛び込んだ。

「あんまりすっきりしてないけど」トンクスはトランクに近づき、中のごたごたを見下ろしながら言った。「ママならきちんと詰めるコツを知ってるんだけどね――ママがやると、ソックスなんかひとりでにたたまれてるの――でもわたしはママのやり方を絶対マスターできなかった――振り方はこんなふうで――」トンクスは、もしかしたらうまくいくかもしれないと杖を振った。

ハリーのソックスが一つ、わずかにごにょごにょ動いたが、またトランクのごたごたの上にポトリと落ちた。

「まあ、いいか」トンクスはトランクのふたをパタンと閉めた。「少なくとも全部入ったし。あれもちょっとお掃除が必要だわね」トンクスは杖をヘドウィグのかごに向けた。

「スコージファイ！　清めよ！」

羽根が数枚、フンと一緒に消え去った。

「うん、少しはきれいになった。──わたしって、家事に関する呪文はどうしてもコツがわからないのよね。さてと──忘れ物はない？　鍋は？　箒は？　ワァーッ！　──ファイアボルトじゃない？」

ハリーの右手に握られた箒を見て、トンクスは目を丸くした。ハリーの誇りでもあり喜びでもある箒、シリウスからの贈り物、国際級の箒だ。

「わたしなんか、まだコメット２６０に乗ってるのよ。あーあ」トンクスがうらやましそうに言った。

「……杖はまだジーンズの中？　お尻は左右ちゃんとくっついてる？　オッケー、行こうか。ロコモーター　トランク！　トランクよ動け！」

ハリーのトランクが床から数センチ浮いた。トンクスはヘドウィグのかごを左手に持ち、杖を指揮棒のように掲げて浮いたトランクを移動させ、先にドアから出した。ハリーは自分の箒を持って、あとに続いて階段を下りた。

キッチンではムーディが魔法の目を元に戻していた。洗った目が高速で回転し、見ていたハリーはめまいがした。キングズリー・シャックルボルトとスタージス・ポドモアは電子レンジを調べ、ヘスチア・ジョーンズは引き出しをひっかき回しているうちに見つけたジャガイモの皮むき器を見て笑っていた。ルーピンはダーズリー一家に宛てた手紙に封をしていた。

「よし」トンクスとハリーが入ってくるのを見て、ルーピンが言った。「あと約一分だと思う。庭に出て待っていたほうがいいかもしれないな。ハリー、おじさんとおばさんに、心配しないように手紙を残したから――」

「心配しないよ」ハリーが言った。

「――君は安全だと――」

「みんながっかりするだけだよ」

「――そして、君がまた来年の夏休みに帰ってくるって」

「そうしなきゃいけない？」

ルーピンはほほ笑んだが、何も答えなかった。

「おい、こっちへ来るんだ」ムーディが杖でハリーを招きながら、乱暴に言った。「おまえに『目くらまし』をかけないといかん」

「何をしなきゃって？」ハリーが心配そうに聞いた。

「『目くらまし術』だ」ムーディが杖を上げた。「ルーピンが、おまえには透明マントがあると言っておったが、飛ぶときはマントが脱げてしまうだろう。こっちのほうがうまく隠してくれる。それ――」

ムーディがハリーの頭のてっぺんをコツンとたたくと、ハリーはまるでムーディがそこで卵を割ったような奇妙な感覚を覚えた。杖で触れたところから、体全体に冷たいものがとろとろと流れていくようだった。

「うまいわ、マッド-アイ」トンクスがハリーの腹のあたりを見つめながら感心した。

ハリーは自分の体を見下ろした。いや、体だったところを見下ろした。もうとても自分の体には見えなかった。透明になったわけではない。ただ、自分の後ろにあるユニット・キッチンと同じ色、同じ質感になっていた。人間カメレオンになったようだ。

「行こう」ムーディは裏庭へのドアの鍵を杖で開けた。全員が、バーノンおじさんが見事に手入れした芝生に出た。

「明るい夜だ」魔法の目で空を入念に調べながら、ムーディがうめいた。「もう少し雲で覆われていればよかったのだが。よし、おまえ」ムーディが大声でハリーを呼んだ。「わしらはきっちり隊列を組んで飛ぶ。トンクスはおまえの真ん前だ。しっかりあとに続け。ルーピンはおまえの下をカバーする。わしは背後にいる。ほかの者はわしらの周囲を旋回する。何事があっても隊列を崩すな。わかったか？　誰か一人が殺されても――」

「そんなことがあるの？」ハリーが心配そうに聞いたが、ムーディは無視した。

「――ほかの者は飛び続ける。止まるな。列を崩すな。もし、やつらがわしらを全滅させておまえが生き残ったら、ハリー、後発隊がひかえている。東に飛び続けるのだ。そうすれば後発隊が来る」

「そんなに威勢のいいこと言わないでよ、マッド-アイ。それじゃハリーが、わたしたちが真剣にやってないみたいに思うじゃない」

トンクスが、自分の箒からぶら下がっている固定装置に、ハリーのトランクとヘドウィグのかごをくくりつけながら言った。

「わしは、この子に計画を話していただけだ」ムーディがうなった。「わしらの仕事はこの子を無事本部へ送り届けることであり、もしわしらが使命途上で殉職しても――」

「誰も死にはしませんよ」キングズリー・シャックルボルトが、人を落ち着かせる深い声で言った。

「箒に乗れ。最初の合図が上がった！」ルーピンが空を指した。

ずっとずっと高い空に、星にまじって、明るい真っ赤な火花が噴水のように上がっていた。それが杖から出る火花だと、ハリーにはすぐわかった。ハリーは右足を振り上げてファイアボルトにまたがり、しっかりと柄を握った。柄がかすかに震えるのを感じた。また空に飛び立てるのを、ハリーと同じく待ち望んでいるかのようだった。

「第二の合図だ。出発！」

ルーピンが大声で号令した。今度は緑の火花が、真上に高々と噴き上げていた。

ハリーは地面を強くけった。冷たい夜風が髪をなぶった。プリベット通りのこぎれいな四角い庭々がどんどん遠のき、たちまち縮んで暗い緑と黒のまだら模様になった。魔法省の尋問など、まるで風が吹き飛ばしてしまったかのように跡形もなく頭から吹っ飛んだ。ハリーは、うれしさに心臓が爆発しそうだった。また飛んでいるんだ。夏中胸に思い描いていたように、プリベット通りを離れて飛んでいるんだ。家に帰るんだ……このわずかな瞬間、この輝かしい瞬間、ハリーの抱えていた問題は無になり、この広大な星空の中では取るに足らないものになっていた。

「左に切れ。左に切れ。マグルが見上げておる！」

ハリーの背後からムーディが叫んだ。トンクスが左に急旋回し、ハリーも続いた。トンクスの箒の下で、トランクが大きく揺れるのが見えた。

「もっと高度を上げねば……四百メートルほど上げろ！」

上昇するときの冷気で、ハリーは目がうるんだ。眼下にはもう何も見えない。車のヘッドライトや街灯の明かりが、針の先でつついたように点々と見えるだけだった。その小さな点のうちの二つが、バーノンおじさんの車のものかもしれない……ダーズリー一家がありもしない芝生コンテストに怒り狂って、今ごろからっぽの家に向かう途中だろう……そう思うとハリーは大声で笑った。しかしその声は、ほかの音にのみ込まれてしまった――みんなのローブがはためく音、トランクと鳥かごをくくりつけた器具のきしむ音、空中を疾走する耳元でシューッと風を切る音。この一か月、ハリーはこんなに生きていると感じたことはなかった。こんなに幸せだったことはなかった。

「南に進路を取れ！」マッド‐アイが叫んだ。「前方に町！」

一行は右に上昇し、クモの巣状に輝く光の真上を飛ぶのをさけた。

「南東を指せ。そして上昇を続けろ。前方に低い雲がある。その中に隠れるぞ！」ムーディが号令した。

「雲の中は通らないわよ！」トンクスが怒ったように叫んだ。「ぐしょぬれになっちゃうじゃない、マッド-アイ！」

ハリーはそれを聞いてホッとした。ファイアボルトの柄を握った手がかじかんできていた。オーバーを着てくればよかったと思った。ハリーは震えはじめていた。

一行はマッド-アイの指令に従って、ときどきコースを変えた。氷のような風をよけて、ハリーは目をギュッと細めていた。耳も痛くなってきた。箒に乗っていて、こんなに冷たく感じたのはこれまでたった一度だけだ。三年生のときの対ハッフルパフ戦のクィディッチで、嵐の中の試合だった。護衛隊はハリーの周りを、巨大な猛禽類のように絶え間なく旋回していた。ハリーは時間の感覚がなくなっていた。もうどのくらい飛んでいるのだろう。少なくとも一時間は過ぎたような気がする。

「南西に進路を取れ！」ムーディが叫んだ。「高速道路をさけるんだ！」

体が冷えきって、ハリーは、眼下を走る車の心地よい乾いた空間をうらやましく思った。もっとなつかしく思ったのは、煙突飛行粉の旅だ。暖炉の中をくるくる回転して移動するのは快適ではないかもしれないが、少なくとも炎の中は暖かい……。キングズリー・シャックルボルトが、ハリーの周りをバサーッと旋回した。はげ頭とイヤリングが月明かりにかすかに光った……今度はエメリーン・バンスがハリーの右側に来た。杖を構え、左右を見回している……それからハリーの上を飛び越し、スタージス・ポドモアと交代した……。

「少しあと戻りするぞ。跡をつけられていないかどうかたしかめるのだ！」ムーディが叫んだ。

「**マッド－アイ、気はたしか？**」トンクスが前方で悲鳴を上げた。「みんな箒に凍りついちゃってるのよ！　こんなにコースをはずれてばかりいたら、来週まで目的地には着かないわ！　もうすぐそこじゃない！」

「下降開始の時間だ！」ルーピンの声が聞こえた。「トンクスに続け、ハリー！」

ハリーはトンクスに続いて急降下した。一行は、ハリーが今まで見てきた中でも最大の光の集団に向かっていた。縦横無尽に広がる光の線、網。そのところどころに真っ黒な部分が点在している。下へ、下へ、一行は飛んだ。ついにハリーの目に、ヘッドライトや街灯、煙突やテレビのアンテナの見分けがつくところまで降りてきた。ハリーは早く地上に着きたかった。ただし、きっと、箒に凍りついたハリーを、誰かが解凍しなければならないだろう。

「さあ、着陸！」トンクスが叫んだ。

数秒後、トンクスが着地した。そのすぐあとからハリーが着地し、小さな広場のぼさぼさの芝生の上に降り立った。トンクスはもうハリーのトランクをはずしにかかっていた。寒さに震えながら、ハリーはあたりを見回した。周囲の家々のすすけた玄関は、あまり歓迎ムードには見えなかった。あちこちの家の割れた窓ガラスが、街灯の明かりを受けて鈍い光を放っていた。ペンキがはげかけたドアが多く、何軒かの玄関先には階段下にごみが積み上げられたままだ。

「ここはどこ？」ハリーの問いかけに、ルーピンは答えず、小声で「あとで」と言った。ムーディは節くれだった手がかじかんでうまく動かず、マントの中をゴソゴソ探っていた。

「あった」ムーディはそうつぶやくと、銀のライターのようなものを掲げ、カチッと鳴らした。一番近くの街灯が、ポンと消えた。ムーディはもう一度ライターを鳴らした。次の街灯が消えた。広場の街灯が全部消えるまで、ムーディはカチッをくり返した。そして残る灯りは、カーテンからもれる窓明かりと頭上の三日月だけになった。

「ダンブルドアから借りた」ムーディは「灯消しライター」をポケットにしまいながらうなるように言った。「これで、窓からマグルがのぞいても大丈夫だろうが？　さあ、行くぞ、急げ」

ムーディはハリーの腕をつかみ、芝生から道路を横切り、歩道へと引っ張っていった。ルーピンとトンクスが、二人でハリーのトランクを持って続いた。ほかの護衛は全員杖を掲げ、四人の脇を固めた。

一番近くの家の二階の窓から、押し殺したようなステレオの響きが聞こえてきた。壊れた門の内側に置かれた、パンパンにふくれたごみ袋の山から漂うくさったごみの臭気が、ツンと鼻を突いた。

「ほれ」ムーディはそうつぶやくと、「目くらまし」がかかったままのハリーの手に、一枚の羊皮紙を押しつけた。そして自分の杖灯りを羊皮紙のそばに掲げ、その照明で読めるようにした。

「急いで読め、そして覚えてしまえ」

ハリーは羊皮紙を見た。縦長の文字は何となく見覚えがあった。こう書かれている。

不死鳥の騎士団の本部は、
ロンドン　グリモールド・プレイス　十二番地に存在する。

第4章　グリモールド・プレイス十二番地

「何ですか？　この騎士団って――？」ハリーが言いかけた。

「ここではだめだ！」ムーディがうなった。「中に入るまで待て！」

ムーディは羊皮紙をハリーの手から引ったくり、杖先でそれに火をつけた。メモが炎に包まれ、丸まって地面に落ちた。ハリーはもう一度周りの家々を見回した。今立っているのは十一番地。左を見ると十番地と書いてある。右は、なんと十三番地だ。

「でも、どこが――？」

「今覚えたばかりのものを考えるんだ」ルーピンが静かに言った。

ハリーは考えた。そして、グリモールド・プレイス十二番地というところまで来たとたん、十一番地と十三番地の間にどこからともなく古びて傷んだ扉が現れ、たちまち、薄汚れた壁とすすけた窓も現れた。まるで、両側の家を押しのけて、もう一つの家がふくれ上がってきたようだった。ハリーはポカンと口を開けて見ていた。十一番地のステレオはまだ鈍い音を響かせていた。

どうやら中にいるマグルは何も感じていないようだ。

「さあ、急ぐんだ」ムーディがハリーの背中を押しながら、低い声でうながした。ハリーは、突然出現した扉を見つめながら、すり減った石段を上がった。扉の黒いペンキがみすぼらしくはがれている。訪問客用の銀のドア・ノッカーは、一匹の蛇がとぐろを巻いた形だ。鍵穴も、郵便受けもない。

ルーピンは杖を取り出し、扉を一回たたいた。カチッカチッと大きな金属音が何度か続き、鎖がカチャカチャいうような音が聞こえて扉がギーッと開いた。

「早く入るんだ、ハリー」ルーピンがささやいた。「ただし、あまり奥には入らないよう。何にもさわらないよう」

ハリーは敷居をまたぎ、ほとんど真っ暗闇の玄関ホールに入った。湿ったほこりっぽい臭いと、すえた臭いがした。ここには打ち捨てられた廃屋の気配が漂っている。振り返ると、一行が並んで入ってくるところだった。ルーピンとトンクスはハリーのトランクとヘドウィグのかごを運んでいる。ムーディは階段の一番上に立ち、「灯消しライター」で盗み取った街灯の明かりの玉を返していた。灯りが街灯の中に飛び込むと、広場は一瞬オレンジ色に輝いた。ムーディが足を引きずりながら中に入り玄関の扉を閉めると、ホールはまた完璧な暗闇になった。

「さあ――」

ムーディがハリーの頭を杖でコツンとたたいた。今度は何か熱いものが背中を流れ落ちるような感じがして、ハリーは「目くらまし術」が解けたにちがいないと思った。

「みんな、じっとしていろ。わしがここに少し灯りをつけるまでな」ムーディがささやいた。

みんながヒソヒソ声で話すので、ハリーは何か不吉なことが起こりそうな、奇妙な予感がした。まるで、この家の誰かが臨終の時に入ってきたようだった。やわらかいジュッという音が聞こえ、旧式のガスランプが壁に沿ってポッとともった。長い陰気なホールの、はがれかけた壁紙とすり切れたカーペットに、ガスランプがぼんやりと明かりを投げかけ、天井には、クモの巣だらけのシャンデリアが一つ輝き、年代をへて黒ずんだ肖像画が、壁全体に斜めにかしいでかかっている。壁の腰板の裏側を、何かがガサゴソ走っている音が聞こえた。シャンデリアも、すぐそばの華奢なテーブルに置かれた燭台も、蛇の形をしている。

急ぎ足にやってくる足音がして、ホールの一番奥の扉からロンの母親のウィーズリーおばさんが現れた。急いで近づきながら、おばさんは笑顔で歓迎していた。しかしハリーは、おばさんが前に会ったときよりやせて青白い顔をしているのに気づいた。

「まあ、ハリー、また会えてうれしいわ！」

ささやくようにそう言うと、おばさんはろっ骨がきしむほど強くハリーを抱きしめ、それから両腕を伸ばして、ハリーを調べるかのようにまじまじと眺めた。

「やせたわね。ちゃんと食べさせなくちゃ。でも残念ながら、夕食までもうちょっと待たないといけないわね」

おばさんはハリーの後ろの魔法使いの一団に向かって、せかすようにささやいた。

「あの方が今しがたお着きになって、会議が始まっていますよ」

ハリーの背後で魔法使いたちが興奮と関心でざわめき、次々とハリーの脇を通り過ぎて、ウィーズリーおばさんがさっき出てきた扉へと入っていった。ハリーはルーピンについていこうとしたが、おばさんが引き止めた。

「だめよ、ハリー。騎士団のメンバーだけの会議ですからね。ロンもハーマイオニーも上の階にいるわ。会議が終わるまで一緒にお待ちなさいな。それからお夕食よ。それと、ホールでは声を低くしてね」おばさんは最後に急いでささやいた。

「どうして？」

「何にも起こしたくないからですよ」

「どういう意味――？」

「説明はあとでね。今は急いでるの。私も会議に参加することになっているから――あなたの寝るところだけを教えておきましょう」

唇にシーッと指を当て、おばさんは先に立って、虫食いだらけの長い両開きカーテンの前を、抜き足差し足で通った。その裏にはまた別の扉があるのだろうとハリーは思った。トロールの足を切って作ったのではないかと思われる巨大なかさ立ての脇をすり抜け、暗い階段を上り、しなびた首がかかった飾り板がずらりと並ぶ壁の前を通り過ぎた。よく見ると、首は屋敷しもべ妖精のものだった。全員、何だか豚のような鼻をしていた。

一歩進むごとに、ハリーはますますわけがわからなくなっていた。闇も闇、大闇の魔法使いの家のようなところで、いったいみんな何をしているのだろう。

「ウィーズリーおばさん、どうして――？」

「ロンとハーマイオニーが全部説明してくれますよ。私はほんとに急がないと」おばさんは上の空でささやいた。

「ここよ――」二人は二つ目の踊り場に来ていた。「――あなたのは右側のドア。会議が終わったら呼びますからね」

そしておばさんは、また急いで階段を下りていった。

ハリーは薄汚れた踊り場を歩いて、寝室のドアの取っ手を回した。取っ手は蛇の頭の形をしていた。ドアが開いた。

ほんの一瞬、ベッドが二つ置かれ、天井の高い陰気な部屋が見えた。次の瞬間、ホッホッという大きなさえずりと、それより大きな叫び声が聞こえ、ふさふさした髪の毛でハリーは完全に視界を覆われてしまった。ハーマイオニーがハリーに飛びついて、ほとんど押し倒しそうになるほど抱きしめたのだ。一方、ロンのチビふくろうのピッグウィジョンは、興奮して、二人の頭上をブンブン飛び回っていた。

「**ハリー！** ロン、ハリーが来たわ。ハリーが来たのよ！ 到着した音が聞こえなかったわ！ ああ、元気なの？ 大丈夫なの？ 私たちのこと、怒ってた？ 怒ってたわよね。私たちの手紙が役に立たないことは知ってたわ――だけど、あなたに何にも教えてあげられなかったの。ダンブルドアに、教えないって誓わせられて。ああ、話したいことがいっぱいあるわ。あなたもそうでしょうね。――吸魂鬼ですって！ それを聞いたとき――それに魔法省の尋問のこと――とにかくひどいわ。私、すっかり調べたのよ。魔法省はあなたを退学にできないわ。できないのよ。『未成年魔法使いの妥当な制限に関する法令』で、生命をおびやかされる状況においては魔法の使用が許されることになってるの――」

「ハーマイオニー、ハリーに息ぐらいつかせてやれよ」ハリーの背後で、ロンがニヤッと笑いながらドアを閉めた。一か月見ないうちに、ロンはまた十数センチも背が伸びたかのようで、これまでよりずっとひょろひょろのっぽに見えた。しかし、高い鼻、真っ赤な髪の毛とそばかすは変わっていない。

ハーマイオニーは、ニコニコしながらハリーを放した。ハーマイオニーが言葉を続けるより早く、やわらかいシューッという音とともに、何か白いものが黒っぽい洋だんすの上から舞い降りて、そっとハリーの肩に止まった。

「ヘドウィグ！」

白ふくろうはくちばしをカチカチ鳴らし、ハリーの耳をやさしくかんだ。ハリーはヘドウィグの羽をなでた。

「このふくろう、ずっといらいらしてるんだ」ロンが言った。「この前手紙を運んできたとき、僕たちのことつっついて半殺しの目にあわせたぜ。これ見ろよ――」

ロンは右手の人差し指をハリーに見せた。もう治りかかってはいたが、たしかに深い切り傷だ。

「へえ、そう」ハリーが言った。「悪かったね。だけど、僕、答えが欲しかったんだ。わかるだろ――」

「そりゃ、僕らだってそうしたかったさ」ロンが言った。「ハーマイオニーなんか、心配で気が狂いそうだった。君が、何のニュースもないままで、たった一人でいたら、何かバカなことをするかもしれないって、そう言い続けてたよ。だけどダンブルドアが僕たちに――」

「――僕に何も言わないって誓わせた」ハリーが言った。「ああ、ハーマイオニーがさっきそう言った」

氷のように冷たいものがハリーの胃の腑にあふれ、二人の親友に会って胸の中に燃え上がっていた温かな光を消した。突然――一か月もの間あんなに二人に会いたかったのに――ハリーは、ロンもハーマイオニーも自分をひとりにしてくれればいいのにと思った。

張り詰めた沈黙が流れた。ハリーは二人の顔を見ずに、機械的にヘドウィグをなでていた。

「それが最善だとお考えになったのよ」ハーマイオニーが息を殺して言った。「ダンブルドアが、ってことよ」

「ああ」ハリーはハーマイオニーの両手にもヘドウィグのくちばしの印があるのを見つけたが、それをちっとも気の毒に思わない自分に気づいた。

「僕の考えじゃ、ダンブルドアは、君がマグルと一緒のほうが安全だと考えて――」ロンが話しはじめた。

「へー？」ハリーは眉を吊り上げた。「君たちのどっちかが、夏休みに吸魂鬼に襲われたかい？」

「そりゃ、ノーさ——だけど、だからこそ不死鳥の騎士団の誰かが、夏休み中、君の跡をつけてたんだ——」

ハリーは、階段を一段踏みはずしたようなガクンという衝撃を内臓に感じた。それじゃ、僕がつけられてるって、僕以外はみんな知ってたんだ。

「でも、うまくいかなかったようじゃないか？」ハリーは声の調子を変えないよう最大限の努力をした。「結局、自分で自分の面倒を見なくちゃならなかった。そうだろ？」

「先生がお怒りだったわ」ハーマイオニーは恐れと尊敬の入りまじった声で言った。「ダンブルドアが。私たち、先生を見たわ。マンダンガスが自分の担当の時間中にいなくなったと知ったとき。怖かったわよ」

「いなくなってくれてよかったよ」ハリーは冷たく言った。「そうじゃなきゃ、僕は魔法も使わなかったろうし、ダンブルドアは夏休み中、僕をプリベット通りにほったらかしにしただろうからね」

「あなた……あなた心配じゃないの？　魔法省の尋問のこと？」ハーマイオニーが小さな声で聞いた。

「ああ」ハリーは意地になってうそをついた。

ハリーは二人のそばを離れ、満足そうなヘドウィグを肩にのせたまま部屋を見回した。この部屋はハリーの気持ちを引き立ててくれそうになかった。じめじめと暗い部屋だった。壁ははがれかけ、無味乾燥で、せめてもの救いは、装飾的な額縁に入った絵のないカンバス一枚だった。カンバスの前を通ったとき、ハリーは、誰かが隠れて忍び笑いする声を聞いたような気がした。

「それじゃ、ダンブルドアは、どうしてそんなに必死で僕に何にも知らせないようにしたんだい？」

ハリーは普通の気軽な声を保つのに苦労しながら聞いた。

「君たち――えーと――理由を聞いてみたのかなぁ？」

ハリーがちらっと目を上げたとき、ちょうど二人が顔を見合わせているのを見てしまった。ハリーの態度が、まさに二人が心配していたとおりだったという顔をしていた。ハリーはますます不機嫌になった。

「何が起こっているかを君に話したいって、ダンブルドアにそう言ったよ」ロンが答えた。

「ほんとだぜ、おい。だけど、ダンブルドアは今、めちゃくちゃ忙しいんだ。僕たち、ここに来てから二回しか会っていないし、あの人はあんまり時間が取れなかったし。ただ、僕たちが手紙を書くとき、重要なことは何にも書かないって誓わせられて。ダンブルドアは、ふくろうが途中で奪い取られるかもしれないって言った」

「それでも僕に知らせることはできたはずだ。ダンブルドアがそうしようと思えば」ハリーはズバリと言った。「ふくろうなしで伝言を送る方法を、ダンブルドアが知らないなんて言うつもりじゃないだろうな」

ハーマイオニーがロンをちらっと見て答えた。

「私もそう思ったの。でも、ダンブルドアはあなたに何にも知ってほしくなかったみたい」

「僕が信用できないと思ったんだろうな」二人の表情を見ながらハリーが言った。

「バカ言うな」ロンがとんでもないという顔をした。

「じゃなきゃ、僕が自分で自分の面倒を見られないと思った」

「もちろん、ダンブルドアがそんなこと思うわけないわ！」ハーマイオニーが気づかわしげに言った。

「それじゃ、君たち二人はここで起こっていることに加わってるのに、どうして僕だけがダーズリーの所にいなくちゃいけなかったんだ？」言葉が次々と口をついて転がり出た。一言しゃべるたびに声がだんだん大きくなった。「どうして君たち二人だけが、何もかも知っててもいいんだ？」

「何もかもじゃない！」ロンがさえぎった。「ママが僕たちを会議から遠ざけてる。若過ぎるからって言って――」

ハリーは思わず叫んでいた。

「それじゃ、君たちは会議には参加してなかった。だからどうだって言うんだ！　君たちはここにいたんだ。そうだろう？　君たちは一緒にいたんだ！　僕は、一か月もダーズリーの所にくぎづけだ！　だけど、僕は、君たち二人の手に負えないようなことでもいろいろやりとげてきた。ダンブルドアはそれを知ってるはずだ――賢者の石を守ったのは誰だ？　リドルをやっつけたのは誰だ？　君たちの命を吸魂鬼から救ったのは誰だって言うんだ？」

この一か月積もりに積もった恨みつらみがあふれ出した。何もニュースがなかったことのあせり、みんなが一緒にいたのに、ハリーだけがのけ者だったことの痛み、監視されていたのにそれを教えてもらえなかった怒り――自分でも半ば恥じていたすべての感情が、一気にせきを切ってあふれ出した。ヘドウィグは大声に驚いて飛び上がり、また洋だんすの上に舞い戻った。ピッグウィジョンはびっくりしてピーピー鳴きながら、頭上をますます急旋回した。

「四年生のとき、いったい誰が、ドラゴンやスフィンクスや、ほかの汚いやつらを出し抜いた？　誰があいつの復活を目撃した？　誰があいつから逃げおおせた？　僕だ！」

ロンは、度肝を抜かれて言葉も出ず、口を半分開けてその場に突っ立っていた。ハーマイオニーは泣きだしそうな顔をしていた。

「だけど、何が起こってるかなんて、どうせ僕に知らせる必要ないよな？　誰もわざわざ僕に教える必要なんてないものな？」

「ハリー、私たち、教えたかったのよ。ほんとうよ――」ハーマイオニーが口を開いた。

「それほど教えたいとは思わなかったんだよ。そうだろう？　そうじゃなきゃ僕にふくろうを送ったはずだ。だけど『ダンブルドアが君たちに誓わせたから』――」

「だって、そうなんですもの――」

「四週間もだぞ。僕はプリベット通りに缶詰で、何がどうなってるのか知りたくて、ごみ箱から新聞をあさってた――」

「私たち、教えてあげたかった――」

「君たち、さんざん僕を笑い物にしてたんだ。そうだろう？　みんな一緒に、ここ

に隠れて――」

「ちがうよ。まさか――」

「ハリー、ほんとにごめんなさい！」ハーマイオニーは必死だった。目には涙が光っていた。「あなたの言うとおりよ、ハリー――私だったら、きっとカンカンだわ！」

ハリーは息を荒らげたまま、ハーマイオニーをにらみつけた。それから二人から離れ、部屋を往ったり来たりした。ヘドウィグは洋だんすの上で、不機嫌にホーと鳴いた。しばらくみんなだまりこくった。ハリーの足元で、床がうめくようにきしむ音だけがときどき沈黙を破った。

「ここはいったいどこなんだ？」ハリーが突然ロンとハーマイオニーに聞いた。

「不死鳥の騎士団の本部」ロンがすぐさま答えた。

「どなたか、不死鳥の騎士団が何か、教えてくださいますかね――？」

「秘密同盟よ」ハーマイオニーがすぐに答えた。「ダンブルドアが率いてるし、設立者なの。前回『例のあの人』と戦った人たちよ」

「誰が入ってるんだい？」ハリーはポケットに手を突っ込んで立ち止まった。

「ずいぶんたくさんよ――」

「僕たちは二十人ぐらいに会った」ロンが言った。「だけど、もっといると思う」

ハリーは二人をじろっと見た。

「それで？」二人を交互に見ながら、ハリーが先をうながした。

「え？」ロンが言った。「それでって？」

「ヴォルデモート！」ハリーが怒り狂った。ロンもハーマイオニーも身をすくめた。「どうなってるんだ？　やつは何をたくらんでる？　どこにいる？　やつを阻止するのに何をしてるんだ？」

「言ったでしょう？　騎士団は、私たちを会議に入れてくれないって」ハーマイオニーが気を使いながら言った。「だから、くわしくは知らないの――だけど大まかなことはわかるわ」ハリーの表情を見て、ハーマイオニーは急いでつけ加えた。

「フレッドとジョージが『伸び耳』を発明したんだ。うん」ロンが言った。「なかなか役に立つぜ」

「伸び――？」

「耳。そうさ。ただ、最近は使うのをやめざるをえなくなった。ママが見つけてカンカンになってね。ママが耳をごみ箱に捨てちゃわないように、フレッドとジョージは耳を全部隠さなくちゃならなくなった。だけど、ママにばれるまでは、かなり利用したぜ。騎士団が、面の割れてる『死喰い人』をつけてることだけはわかってる。つまり、様子を探ってるってことさ。うん――」

「騎士団に入るように勧誘しているメンバーも何人かいるわ――」ハーマイオニーが言った。

「それに、何かの護衛に立ってるのも何人かいるな」ロンが言った。「しょっちゅう護衛勤務の話をしてる」

「もしかしたら僕の護衛のことじゃないのかな？」ハリーが皮肉った。

「ああ、そうか」ロンが急に謎が解けたような顔をした。

ハリーはフンと鼻を鳴らした。そしてロンとハーマイオニーのほうを絶対見ないようにしながら、また部屋を往ったり来たりしはじめた。「それじゃ、君たちはここで何してたんだい？　会議に入れないなら」ハリーは問い詰めた。「二人とも忙しいって言ってたろう」

「そうよ」ハーマイオニーがすぐ答えた。「この家を除染していたの。何年も空き家だったから、いろんなものが巣食っているのよ。厨房は何とかきれいにしたし、寝室もだいたいすんだわ。それから、客間に取りかかるのが明日――**ああーっ！**」

バシッバシッと大きな音がして、ロンの双子の兄、フレッドとジョージが、どこからともなく部屋の真ん中に現れた。ピッグウィジョンはますます激しくさえずり、洋だんすの上のヘドウィグのそばにブーンと飛んでいった。

「いいかげんにそれやめて！」ハーマイオニーがあきらめ声で言った。双子はロンと同じ鮮やかな赤毛だが、もっとがっちりしていて背は少し低い。

「やあ、ハリー」ジョージがハリーにニッコリした。「君の甘ーい声が聞こえたように思ったんでね」

「怒りたいときはそんなふうに抑えちゃだめだよ、ハリー。全部吐いっちまえ」フレッドもニッコリしながら言った。「百キロぐらい離れたとこに、君の声が聞こえなかった人が一人ぐらいいたかもしれないじゃないか」

「君たち二人とも、それじゃ、『姿あらわし』テストに受かったんだね？」ハリーは不機嫌なまま言った。

「優等でさ」フレッドが言った。手には何やら長い薄オレンジ色のひもを持っている。

「階段を下りたって、三十秒も余計にかかりゃしないのに」ロンが言った。

「弟よ、『時はガリオンなり』さ」フレッドが言った。「とにかく、ハリー、君の声が受信をさまたげているんだ。『伸び耳』のね」

ハリーがちょっと眉を吊り上げるのを見て、フレッドがひもを持ち上げながら説明をつけ加えた。そのひもの先が踊り場に伸びているのが見える。

「下で何してるのか、聞こうとしてたんだ」

「気をつけたほうがいいぜ」ロンが「耳」を見つめながら言った。「ママがまたこれを見つけたら……」

「その危険をおかす価値ありだ。今、重要会議をしてる」フレッドが言った。

ドアが開いて、長いふさふさした赤毛が現れた。

「ああ、ハリー、いらっしゃい」ロンの妹、ジニーが明るい声で挨拶した。「あなたの声が聞こえたように思ったの」

フレッドとジョージに向かってジニーが言った。

「『伸び耳』は効果なしよ。ママがわざわざ厨房の扉に『邪魔よけ呪文』をかけたもの」

「どうしてわかるんだ？」ジョージががっくりしたように聞いた。

「トンクスがどうやって試すかを教えてくれたわ」ジニーが答えた。「扉に何か投げつけて、それが扉に接触できなかったら、扉は『邪魔よけ』されているの。私、階段の上からクソ爆弾をポンポン投げつけてみたけど、みんな跳ね返されちゃった。だから、『伸び耳』が扉のすきまから忍び込むことは絶対できないわ」

フレッドが深いため息をついた。

「残念だ。あのスネイプのやつが何をするつもりだったのか、ぜひとも知りたかったのになあ」

「スネイプ！」ハリーはすぐに反応した。「ここにいるの？」

「ああ」ジョージは慎重にドアを閉め、ベッドに腰を下ろしながら言った。ジニーとフレッドも座った。「マル秘の報告をしてるんだ」

「いやな野郎」フレッドがのんびりと言った。

「スネイプはもう私たちの味方よ」ハーマイオニーがとがめるように言った。

ロンがフンと鼻を鳴らした。「それでも、いやな野郎はいやな野郎だ。あいつが僕たちのことを見る目つきときたら」

「ビルもあの人が嫌いだわ」ジニーが、まるでこれで決まりという言い方をした。

ハリーは怒りが収まったのかどうかわからなかったが、情報を聞き出したい思いのほうが、どなり続けたい気持ちより強くなっていた。ハリーはみんなと反対側のベッドに腰かけた。

「ビルもここにいるのかい？」ハリーが聞いた。「エジプトで仕事をしてると思ってたけど？」

「事務職を希望したんだ。家に帰って、騎士団の仕事ができるようにって」フレッドが答えた。「エジプトの墓場が恋しいって言ってる。だけど」フレッドがニヤッとした。「その埋め合わせがあるのさ」

「どういう意味？」

「あのフラー・デラクールって子、覚えてるか？」ジョージが言った。「グリンゴッツに勤めたんだ。**えいごーがうまーくなるよーに――**」

「それで、ビルがせっせと個人教授をしてるのさ」フレッドがクスクス笑った。

「チャーリーも騎士団だ」ジョージが言った。「だけど、まだルーマニアにいる。ダンブルドアは、なるべくたくさんの外国の魔法使いを仲間にしたいんだ。それでチャーリーが、仕事休みの日にいろいろと接触してる」

「それは、パーシーができるんじゃないの？」ハリーが聞いた。

ウィーズリー家の三男が魔法省の国際魔法協力部に勤めているというのが、ハリーの知っている一番新しい情報だった。

とたんに、ウィーズリー兄弟妹とハーマイオニーが暗い顔でわけありげに目を見かわした。

「どんなことがあっても、パパやママの前でパーシーのことを持ち出さないで」

ロンが、緊張した声でハリーに言った。

「どうして？」

「なぜって、パーシーの名前が出るたびに、親父は手に持っているものを壊しちゃうし、おふくろは泣きだすんだ」フレッドが言った。

「大変だったのよ」ジニーが悲しそうに言った。

「あいつなんかいないほうがせいせいする」ジョージが、柄にもなく顔をしかめて言った。

「何があったんだい？」ハリーが聞いた。

「パーシーが親父と言い争いをしたんだ」フレッドが言った。「親父が誰かとあんなふうに言い争うのを初めて見た。普通はおふくろが叫ぶもんだ」

「学校が休みに入ってから一週間目だった」ロンが言った。「僕たち、騎士団に加わる準備をしてたんだ。パーシーが家に帰ってきて、昇進したって言った」

「冗談だろ？」ハリーが言った。

パーシーが野心家だということはよく知っていたが、ハリーの印象では、パーシーの魔法省での最初の任務は、大成功だったとは言えない。上司がヴォルデモート卿に操作されていて（魔法省がそれを信じていたわけではない——みんな、クラウチ氏は気が触れたと思い込んでいた）、それに気づかなかったのは、パーシーが相当大きなポカをやったということになる。

「ああ、俺たち全員が驚いたさ」ジョージが言った。「だって、パーシーはクラウチの件でずいぶん面倒なことになったからな。尋問だとか何だとか。パーシーはクラウチが正気を失っていることに気づいて、それを上司に知らせるべきだったって、みんながそう言ってたんだぜ。だけど、

パーシーのことだから、クラウチに代理を任せられて、そのことで文句を言うはずがない
「じゃ、なんで魔法省はパーシーを昇進させたの？」

「それこそ、僕らも変だと思ったところさ」ロンが言った。ハリーがわめくのをやめたので、ロンは普通の会話を続けようと熱心になっているようだった。「パーシーは大得意で家に帰ってきた――いつもよりずっと大得意さ。そんなことがありうるならね――そして、親父に言った。ファッジの大臣室勤務を命ぜられたって。ホグワーツを卒業して一年目にしちゃ、すごくいい役職さ。大臣付下級補佐官。パーシーは親父が感心すると期待してたんだろうな」

「ところが親父はそうじゃなかった」フレッドが暗い声を出した。

「どうして？」ハリーが聞いた。

「うん。ファッジはどうやら、魔法省をひっかき回して、誰かダンブルドアと接触している者がいないかって調べてたらしい」ジョージが言った。

「ダンブルドアの名前は、近ごろじゃ魔法省の鼻つまみなんだ」フレッドが言った。「ダンブルドアが『例のあの人』が戻ったと言いふらして問題を起こしてるだけだって、魔法省じゃそう思ってる」

「親父は、ファッジが、ダンブルドアとつながっている者は机を片づけて出ていけって、はっき

り宣言したって言うんだ」ジョージが言った。

「問題は、ファッジが親父を疑ってるってこと。親父がダンブルドアと親しいって、ファッジは知ってる。それに、親父はマグル好きだから少し変人だって、ファッジはずっとそう思ってた」

「だけど、それがパーシーとどういう関係？」ハリーは混乱した。

「そのことさ。ファッジがパーシーを大臣室に置きたいのは、家族を――それとダンブルドアを――スパイするためでしかないって、親父はそう考えてる」

ハリーは低く口笛を吹いた。

「そりゃ、パーシーがさぞかし喜んだろうな」

ロンがうつろな笑い方をした。

「パーシーは完全に頭に来たよ。それでこう言ったんだ――うーん、ずいぶんひどいことをいろいろ言ったな。魔法省に入って以来、父さんの評判がぱっとしないから、それと戦うのに苦労したとか、父さんは何にも野心がないとか、それだからいつも――ほら――僕たちにはあんまりお金がないとか、つまり――」

「何だって？」ハリーは信じられないという声を出し、ジニーは怒った猫のような声を出した。

「そうなんだ」ロンが声を落とした。「そして、ますますひどいことになってさ。パーシーが言うんだ。父さんがダンブルドアと連んでいるのは愚かだとか、ダンブルドアは大きな問題を引き起こそうとしているとか、父さんはダンブルドアと落ちるところまで落ちるんだとか。そして、自分は――パーシーのことだけど――どこに忠誠を誓うかわかっている、魔法省だ。もし父さんと母さんが魔法省を裏切るなら、もう自分はこの家の者じゃないってことを、みんなにはっきりわからせてやるって。そしてパーシーはその晩、荷物をまとめて出ていったんだ。今、ここ、ロンドンに住んでるよ」

ハリーは声をひそめて毒づいた。ロンの兄弟の中では、ハリーは昔からパーシーとは一番気が合わなかった。しかし、パーシーが、ウィーズリーおじさんにそんなことを言うとは、考えもしなかった。

「ママは気が動転してさ」ロンが言った。「わかるだろ――泣いたりとか。ママはロンドンに出てきて、パーシーと話をしようとしたんだ。ところがパーシーはママの鼻先でドアをピシャリさ。職場でパパに出会ったら、パーシーがどうするかは知らない――無視するんだろうな、きっと」

「だけど、パーシーは、ヴォルデモートが戻ってきたことを知ってるはずだ」ハリーが考え考え言った。「バカじゃないもの。君のパパやママが、何の証拠もないのにすべてを懸けたりしないとわかるはずだ」

「ああ、うーん、君の名前も争いの引き合いに出された」ロンがハリーを盗み見た。

「パーシーが言うには、証拠は君の言葉だけだ……何て言うのかな……パーシーはそれじゃ不充分だって」

「パーシーは『日刊予言者新聞』を真に受けてるのよ」ハーマイオニーが辛辣な口調で言った。すると、全員が首をこっくりした。

「いったい何のこと？」ハリーがみんなを見回しながら聞いた。どの顔もハラハラしてハリーを見ていた。

「あなた――あなた、読んでなかったの？　『日刊予言者新聞』？」ハーマイオニーが恐る恐る聞いた。

「読んでたさ！」ハリーが言った。

「読んでたって――あの――完全に？」ハーマイオニーがますます心配そうに聞いた。

「隅から隅までじゃない」ハリーは言い訳がましく言った。「ヴォルデモートの記事がのるなら、一面大見出しだろう？　ちがう？」

　みんながその名を聞いてぎくりとした。ハーマイオニーが急いで言葉を続けた。「そうね、隅から隅まで読まないと気がつかないけど、でも、新聞に――うーん――一週間に数回はあなたのことがのってるわ」

「でも、僕、見なかったけど――」

「一面だけ読んでたらそうね。見ないでしょう」ハーマイオニーが首を振りながら言った。

「大きな記事のことじゃないの。決まり文句のジョークみたいに、あちこちにもぐり込んでるのよ」

「どういう――？」

「かなり悪質ね、はっきり言って」ハーマイオニーは無理に平静を装った声で言った。「リータの記事を利用してるの」

「だけど、リータはもうあの新聞に書いていないんだろ？」

「ええ、書いてないわ。約束を守ってる――選択の余地はないけどね」ハーマイオニーは満足そうにつけ加えた。「でも、リータが書いたことが、新聞が今やろうとしていることの足がかりになっているの」

「やるって、何を？」ハリーはあせった。

「あのね、リータは、あなたがあちこちで失神するとか、傷が痛むと言ったとか書いたわよね？」

「ああ」リータ・スキーターが自分について書いた記事を、ハリーがそんなにすぐに忘れられるわけがない。

「新聞は、そうね、あなたが思い込みの激しい目立ちたがり屋で、自分を悲劇のヒーローだと思っている、みたいな書き方をしているの」ハーマイオニーは一気に言いきった。こういう事実は大急ぎで聞くほうが、ハリーにとって不快感が少ないとでも言うかのようだった。

「新聞はあなたを嘲る言葉を、しょっちゅうもぐり込ませるの。信じられないような突飛な記事の場合だと、『ハリー・ポッターにふさわしい話』だとか、誰かがおかしな事故にあうと、『この人の額に傷が残らないように願いたいものだ。そうしないと、次に我々はこの人を拝めと言われかねない』――」

「僕は誰にも拝んでほしくない――」ハリーが熱くなってしゃべりはじめた。

「わかってるわよ」ハーマイオニーは、びくっとした顔であわてて言った。

「私にはわかってるのよ、ハリー。だけど新聞が何をやってるか、わかるでしょう？　あなたのことを、まったく信用できない人間に仕立て上げようとしてる。ファッジが糸を引いているわ。あなたはそうに決まってる。一般の魔法使いに、あなたのことをこんなふうに思い込ませようとしてるのよ――愚かな少年で、お笑い種。ありえないばかげた話をする。なぜなら、有名なのが得意で、ずっと有名でいたいから」

「僕が頼んだわけじゃない――望んだわけじゃない――ヴォルデモートは僕の両親を殺したんだ！」ハリーは急き込んだ。「僕が有名になったのは、あいつが僕の家族を殺して、僕を殺せなかったからだ！　誰がそんなことで有名になりたい？　みんなにはわからないのか？　僕は、あんなことが起こらなかったらって――」

「わかってるわ、ハリー」ジニーが心から言った。

「それにもちろん、吸魂鬼があなたを襲ったことは一言も書いてない」ハーマイオニーが言った。「誰かが口止めしたのよ。ものすごく大きな記事になるはずだもの。制御できない吸魂鬼なんて。あなたが『国際機密保持法』を破ったことさえ書いてないわ。書くと思ったんだけど。あなたが愚かな目立ちたがり屋だっていうイメージとぴったり合うもの。あなたが退学処分になるまでがまんして待っているんだと思うわ。その時に大々的に騒ぎ立てるつもりなのよ――もしも退学になったらっていう意味よ。当然だけど」ハーマイオニーは急いで言葉をつけ加えた。「退学になるはずがないわ。魔法省が自分の法律を守るなら、あなたには何にも罪はないもの」

話が尋問に戻ってきた。ハリーはそのことを考えたくなかった。ほかの話題はないかと探しているうちに、階段を上がってくる足音に救われた。

「う、ワ」

フレッドが「伸び耳」をぐっと引っ張った。また大きなバシッという音がして、フレッドとジョージは消えた。次の瞬間、ウィーズリーおばさんが部屋の戸口に現れた。

「会議は終わりましたよ。下りてきていいわ。夕食にしましょう。ハリー、みんながあなたにとっても会いたがってるわ。ところで、厨房の扉の外にクソ爆弾をごっそり置いたのは誰なの?」

「クルックシャンクスよ」ジニーがけろりとして言った。「あれで遊ぶのが大好きなの」

「そう」ウィーズリーおばさんが言った。「私はまた、クリーチャーかと思ったわ。あんな変なことばかりするし。さあ、ホールでは声を低くするのを忘れないでね。ジニー、手が汚れてるわよ。何してたの? お夕食の前に手を洗ってきなさい」

ジニーはみんなにしかめっ面をして見せ、母親について部屋を出た。部屋にはハリーとロン、ハーマイオニーだけが残った。ほかのみんながいなくなったので、ハリーがまた叫びだすかもしれないと恐れているかのように、二人は心配そうにハリーを見つめていた。二人があまりにも神経をとがらせているのを見て、ハリーは少し恥ずかしくなった。

「あのさ……」ハリーがぼそりと言った。しかし、ロンは首を振り、ハーマイオニーは静かに言った。

「ハリー、あなたが怒ることはわかっていた。無理もないわ。でも、わかってほしい。私たち、ほんとに努力したのよ。ダンブルドアを説得するのに――」

「うん、わかってる」ハリーは言葉少なに答えた。

ハリーは、校長がかかわらない話題はないかと探した。ダンブルドアのことを考えるだけで、またもや怒りで腸が煮えくり返る思いがするからだ。

「クリーチャーって誰？」ハリーが聞いた。

「ここにすんでる屋敷しもべ妖精」ロンが答えた。「いかれたやつさ。あんなの見たことない」

ハーマイオニーがロンをにらんだ。

「いかれたやつなんかじゃないわ、ロン」

「あいつの最大の野望は、首を切られて、母親と同じように楯に飾られることなんだぜ」ロンがじれったそうに言った。「ハーマイオニー、それでもまともかい？」

「それは――それは、ちょっと変だからって、クリーチャーのせいじゃないわ」

ロンはやれやれという目でハリーを見た。

「ハーマイオニーはまだ『反吐』をあきらめてないんだ」

「『反吐』じゃないってば！」ハーマイオニーが熱くなった。「S・P・E・W、しもべ妖精福祉振興協会です。それに、私だけじゃないのよ。ダンブルドアもクリーチャーにやさしくしなさいっておっしゃってるわ」

「はい、はい」ロンが言った。「行こう。腹ぺこだ」

ロンは先頭に立ってドアから踊り場に出た。しかし、三人が階段を下りる前に――。

「ストップ！」ロンが声をひそめ、片腕を伸ばして、ハリーとハーマイオニーを押しとどめた。

「みんな、まだホールにいるよ。何か聞けるかもしれない」

三人は慎重に階段の手すりからのぞき込んだ。階下の薄暗いホールは、魔法使いと魔女たちでいっぱいだった。ハリーの護衛隊もいた。興奮してささやき合っている。グループの真ん中に、脂っこい黒髪で鼻の目立つ魔法使いが見えた。ホグワーツでハリーが一番嫌いな、スネイプ先生だ。ハリーは階段の手すりから身を乗り出した。スネイプが不死鳥の騎士団で何をしているのかがとても気になった……。

細い薄オレンジ色のひもが、ハリーの目の前を下りていった。見上げると、フレッドとジョージが上の踊り場にいて、下の真っ黒な集団に向かってそろりそろりと「伸び耳」を下ろしていた。しかし次の瞬間、集団は全員、玄関の扉に向かい、姿が見えなくなった。

「チッキショー」

ハリーは、「伸び耳」を引き上げながらフレッドが小声で言うのを聞いた。

玄関の扉が開き、また閉まる音が聞こえた。

「スネイプは絶対ここで食事しないんだ」ロンが小声でハリーに言った。「ありがたいことにね。さあ」

「それと、ホールでは声を低くするのを忘れないでね、ハリー」ハーマイオニーがささやいた。しもべ妖精の首がずらりと並ぶ壁の前を通り過ぎるとき、ルーピン、ウィーズリーおばさん、トンクスが玄関の戸口にいるのが見えた。みんなが出ていったあとで、魔法の錠前やかんぬきをいくつもかけているところだった。

「厨房で食べますよ」階段下で三人を迎え、ウィーズリーおばさんが小声で言った。「さあ、ハリー、忍び足でホールを横切って、ここの扉から――」

バタッ。

「**トンクス！**」おばさんがトンクスを振り返り、あきれたように叫んだ。

「ごめん！」トンクスは情けない声を出した。床にはいつくばっている。「このバカバカしいかさ立てのせいよ。つまずいたのはこれで二度目――」

あとの言葉は、耳をつんざき血も凍る、恐ろしい叫びにのみ込まれてしまった。

さっきハリーがその前を通った、虫食いだらけのビロードのカーテンが、左右に開かれていた。

その裏にあったのは扉ではなかった。一瞬、ハリーは窓のむこう側が見えるのかと思った。窓の向こうに黒い帽子をかぶった老女がいて、叫んでいる。まるで拷問を受けているかのような叫びだ――次の瞬間、ハリーはそれが等身大の肖像画だと気づいた。ただし、ハリーが今まで見た中で一番生々しく、一番不快な肖像画だった。

老女はよだれを垂らし、白目をむき、叫んでいるせいで、黄ばんだ顔の皮膚が引きつっている。ホール全体にかかっているほかの肖像画も目を覚まして叫びだした。あまりの騒音に、ハリーは目をギュッとつぶり、両手で耳をふさいだ。

ルーピンとウィーズリーおばさんが飛び出して、カーテンを引き老女を閉じ込めようとした。しかしカーテンは閉まらず、老女はますます鋭い叫びを上げて、二人の顔を引き裂こうとするかのように、両手の長い爪を振り回した。

「穢らわしい！　クズども！　塵芥の輩！　雑種、異形、できそこないども。ここから立ち去れ！　わが祖先の館を、よくも汚してくれたな――」

トンクスは何度も何度も謝りながら、巨大などっしりしたトロールの足を引きずって立て直していた。ウィーズリーおばさんはカーテンを閉めるのをあきらめ、ホールをかけずり回って、ほかの肖像画に杖で「失神術」をかけていた。すると、ハリーの行く手の扉から、黒い長い髪の男が飛び出してきた。

「だまれ。この鬼婆。**だまるんだ！**」男は、ウィーズリーおばさんがあきらめたカーテンをつかんでほえた。

老女の顔が血の気を失った。

「**こいつうううう！**」老女がわめいた。男の姿を見て、両眼が飛び出していた。

「**血を裏切る者よ。忌まわしや。わが骨肉の恥！**」

「聞こえないのか——**だ——ま——れ！**」男がほえた。そして、ルーピンと二人がかりの金剛力で、やっとカーテンを元のように閉じた。

老女の叫びが消え、シーンと沈黙が広がった。

少し息をはずませ、長い黒髪を目の上からかき上げ、男がハリーを見た。ハリーの名付け親、シリウスだ。

「やあ、ハリー」シリウスが暗い顔で言った。

「どうやら私の母親に会ったようだね」

第5章 不死鳥の騎士団

「誰に――？」

「わが親愛なる母上にだよ」シリウスが言った。「かれこれ一か月もこれを取りはずそうとしているんだが、この女は、カンバスの裏に『永久粘着呪文』をかけたらしい。さあ、下に行こう。急いで。ここの連中がまた目を覚まさないうちに」

「だけど、お母さんの肖像画がどうしてここにあるの？」

ホールから階下に下りる扉を開けると、狭い石の階段が続いていた。その階段を下りながら、わけがわからず、ハリーが聞いた。ほかのみんなも、二人のあとから下りてきた。

「誰も君に話していないのか？　ここは私の両親の家だった」シリウスが答えた。「しかし、私がブラック家の最後の生き残りだ。だから、今は私の家だ。私がダンブルドアに本部として提供した。――私には、それぐらいしか役に立つことがないんでね」

シリウスはハリーが期待していたような温かい歓迎をしてくれなかったが、シリウスの言い方がなぜか苦渋に満ちていることに、ハリーは気づいていた。ハリーは名付け親について階段を一番下まで下り、地下の厨房に入る扉を通った。

そこは、上のホールとほとんど同じように暗く、あらい石壁のがらんとした広い部屋だった。明かりといえば、厨房の奥にある大きな暖炉の火ぐらいだ。パイプの煙が、戦場の焼け跡の煙のように漂い、その煙を通して、暗い天井から下がった重い鉄鍋や釜が、不気味な姿を見せていた。会議用に椅子がたくさん詰め込まれていたらしい。その真ん中に長い木のテーブルがあり、羊皮紙の巻き紙やゴブレット、ワインの空き瓶、それにボロ布の山のようなものが散らかっていた。ウィーズリーおじさんは、テーブルの端のほうで長男のビルと額を寄せ合い、ヒソヒソ話していた。

ウィーズリーおばさんが咳払いをした。角縁めがねをかけ、やせて、赤毛が薄くなりかかったウィーズリーおじさんが、振り返って、勢いよく立ち上がった。

「ハリー！」おじさんは急ぎ足で近づいてきて、ハリーの手を握り、激しく振った。「会えてうれしいよ！」

おじさんの肩越しに、ビルが見えた。相変わらず長髪をポニーテールにしている。ビルがテーブルに残っていた羊皮紙をサッと丸めるのが見えた。

「ハリー、旅は無事だったかい？」十二本の巻き紙を一度に集めようとしながら、ビルが声をかけた。「それじゃ、マッドーアイは、グリーンランド上空を経由しなかったんだね？」

「そうしようとしたわよ」トンクスがそう言いながら、ビルを手伝いにすたすた近づいてきたが、たちまち、最後に一枚残っていた羊皮紙の上にろうそくをひっくり返した。

「あ、しまった――ごめん――」

「任せて」ウィーズリーおばさんが、あきれ顔で言いながら、杖の一振りで羊皮紙を元に戻した。おばさんの呪文が放った閃光で、ハリーは建物の見取り図のようなものをちらりと見た。

ウィーズリーおばさんはハリーが見ていることに気づき、見取り図をテーブルからサッと取り上げ、すでにあふれそうになっているビルの腕の中に押し込んだ。

「こういうものは、会議が終わったら、すぐに片づけないといけません」おばさんはピシャリと言うと、さっさと古びた食器棚のほうに行き、中から夕食用のお皿を取り出しはじめた。

ビルは杖を取り出し、「エバネスコ！　消えよ！」とつぶやいた。巻き紙が消え去った。

「かけなさい、ハリー」シリウスが言った。「マンダンガスには会ったことがあるね？」

ハリーがボロ布の山だと思っていたものが、クウーッと長いいびきをかいたと思うと、がばっと目を覚ました。

「だンか、おンの名、呼んだか？」マンダンガスが眠そうにボソボソ言った。「俺は、シリウスンさン成する……」マンダンガスは投票でもするように、汚らしい手を挙げた。血走った垂れ目はどろんとして焦点が合っていない。

ジニーがクスクス笑った。

「会議は終わってるんだ、ダング」シリウスが言った。周りのみんなもテーブルに着いていた。

「ハリーが到着したんだよ」

「はぁ？」マンダンガスは赤茶けたくしゃくしゃの髪の毛を透かして、ハリーをみじめっぽく見た。「ほー。着いたンか。ああ……元気か、アリー？」

「うん」ハリーが答えた。

マンダンガスは、ハリーを見つめたままそわそわとポケットをまさぐり、すすけたパイプを引っ張り出した。パイプを口に突っ込み、杖で火をつけ、深く吸い込んだ。緑がかった煙がもくもくと立ち昇り、たちまちマンダンガスの顔に煙幕を張った。

「あんたにゃ、あやまンにゃならん」臭い煙の中から、ブツブツ言う声が聞こえた。

「マンダンガス、何度言ったらわかるの」ウィーズリーおばさんが向こうのほうから注意した。

「お願いだから、厨房ではそんなもの**吸**わないで。特にこれから食事っていう時に！」

「あー」マンダンガスが言った。「うン。モリー、すまン」

マンダンガスがポケットにパイプをしまうと、もくもくは消えた。しかし、靴下の焦げるような刺激臭が漂っていた。

「それに、真夜中にならないうちに夕食を食べたいなら、手を貸してちょうだいな」ウィーズリーおばさんがみんなに声をかけた。「あら、ハリー、あなたはじっとしていていいのよ。長旅だったもの」

「モリー、何しようか？」トンクスが、何でもするわとばかり、はずむように進み出た。

ウィーズリーおばさんが、心配そうな顔でとまどった。

「えーと――けっこうよ、トンクス。あなたも休んでらっしゃい。今日は充分働いたし」

「ううん。わたし、手伝いたいの！」トンクスが明るく言い、ジニーがナイフやフォークを取り出している食器棚のほうに急いで行こうとして、途中の椅子をけとばして倒した。

まもなく、ウィーズリーおじさんの指揮下で、大きな包丁が何丁も勝手に肉や野菜を刻みはじめた。おばさんは火にかけた大鍋をかき回し、ほかのみんなは皿や追加のゴブレット、貯蔵室からの食べ物を運んでいた。ハリーはシリウス、マンダンガスとテーブルに取り残され、マンダンガスは相変わらず申し訳なさそうに目をしょぼつかせていた。

「フィギーばあさんに、あのあと会ったか？」マンダンガスが聞いた。

「ううん」ハリーが答えた。「誰にも会ってない」

「なあ、おれ、持ち場をあなれたンは」すがるような口調で、マンダンガスは身を乗り出した。

「商売のチャンスがあったンで――」

ハリーは、ひざを何かでこすられたような気がしてびっくりしたが、何のことはない、ハーマイオニーのペットで、オレンジ色の猫、ガニマタのクルックシャンクスだった。甘え声を出してハリーの足の周りをひとめぐりし、それからシリウスのひざに飛び乗って丸くなった。シリウスは無意識に猫の耳の後ろをカリカリかきながら、相変わらず固い表情でハリーのほうを見た。

「夏休みは、楽しかったか？」

「ううん、ひどかった」ハリーが答えた。

シリウスの顔に、初めてニヤッと笑みが走った。

「私に言わせれば、君がなんで文句を言うのかわからないね」

「えっ？」ハリーは耳を疑った。

「私なら、吸魂鬼に襲われるのは歓迎だったろう。命を賭けた死闘でもすれば、このたいくつさも見事に破られたろうに。君はひどい目にあったと思っているだろうが、少なくとも外に出て歩き回ることができた。手足を伸ばせたし、けんかも戦いもやった……私はこの一か月、ここに缶詰だ」

「どうして？」ハリーは顔をしかめた。

「魔法省がまだ私を追っているからだ。それに、ヴォルデモートはもう私が『動物もどき』だと知っているはずだ。ワームテールが話してしまったろうから。だから私のせっかくの変装も役に立たない。不死鳥の騎士団のために私ができることはほとんどない……少なくともダンブルドアはそう思っている」

ダンブルドアの名前を言うとき、シリウスの声がわずかに曇った。それがハリーに、シリウスもダンブルドア校長に不満があることを物語っていた。名付け親のシリウスに対して、ハリーは急に熱い気持ちが込み上げてきた。

「でも、少なくとも、何が起きているかは知っていたでしょう？」ハリーは励ますように言った。

「ああ、そうとも」シリウスは自嘲的な言い方をした。「スネイプの報告を聞いて、あいつが命を懸けているのに、私はここでのうのうと居心地よく暮らしているなんて、いやみな当てこすりをたっぷり聞いて……大掃除は進んでいるか、なんてやつに聞かれて――」

「大掃除って？」ハリーが聞いた。

「ここを人間が住むのにふさわしい場所にしている」シリウスが、手を振るようにして陰気な厨房全体を指した。「ここには十年間誰も住んでいなかった。親愛なる母上が死んでからはね。年寄りの屋敷しもべ妖精を別にすればだが。やつはひねくれている——何年もまったく掃除していない」

「シリウス」マンダンガスは、話のほうにはまったく耳を傾けていなかったようだが、空のゴブレットをしげしげと眺めていた。「こりゃ、純銀かね、おい?」

「そうだ」シリウスはいまいましげにゴブレットを調べた。「十五世紀に小鬼がきたえた最高級の銀だ。ブラック家の家紋が型押ししてある」

「どっこい、そいつは消せるはずだ」マンダンガスはそで口で磨きをかけながらつぶやいた。

「フレッド——ジョージ、**おやめっ、普通に運びなさい!**」ウィーズリーおばさんが悲鳴を上げた。

ハリー、シリウス、マンダンガスが振り返り、間髪を容れず、三人ともテーブルから飛びのいた。フレッドとジョージが、シチューの大鍋、バタービールの大きな鉄製の広口ジャー、重い木製のパン切り板、しかもナイフつきを、一緒くたにテーブルめがけて飛ばせたのだ。シチューの大鍋は、木製のテーブルの端から端まで、長いこげ跡を残してすべり、落ちる寸前で止まった。

バタービールの広口ジャーがガシャンと落ちて、中身があたりに飛び散った。パン切りナイフは板からすべり落ち、切っ先を下にして着地し、不気味にプルプル振動している。今しがたシリウスの右手があった、ちょうどその場所だ。

「まったくもう！」ウィーズリーおばさんが叫んだ。**「そんな必要ないでしょっ――もうたくさん――おまえたち、もう魔法を使ってもいいからって、何でもかんでもいちいち杖を振る必要はないのっ！」**

「俺たち、ちょいと時間を節約しようとしたんだよ」フレッドが急いで進み出て、テーブルからパン切りナイフを抜き取った。「ごめんよ、シリウス――わざとじゃないぜ――」

ハリーもシリウスも笑っていた。マンダンガスは椅子から仰向けに転げ落ちていたが、悪態をつきながら立ち上がった。クルックシャンクスはシャーッと怒り声を出して食器棚の下に飛び込み、真っ暗な所で、大きな黄色い目をギラつかせていた。

「おまえたち」シチューの鍋をテーブルの真ん中に戻しながら、ウィーズリーおじさんが言った。「母さんが正しい。おまえたちも成人したんだから、責任感というものを見せないと――」

「兄さんたちはこんな問題を起こしたことがなかったわ！」

ウィーズリーおばさんが二人を叱りつけながら、バタービールの新しい広口ジャーをテーブルにドンとたたきつけた。中身がさっきと同じぐらいこぼれた。

「ビルは、一メートルごとに『姿あらわし』する必要なぞ感じなかったわ！　チャーリーは、何にでも見境なしに呪文をかけたりしなかった！　パーシーは──」

突然おばさんの言葉がとぎれ、息を殺し、こわごわウィーズリーおじさんの顔を見た。おじさんは、急に無表情になっていた。

「さあ、食べよう」ビルが急いで言った。

「モリー、おいしそうだよ」おばさんのために皿にシチューをよそい、テーブル越しに差し出しながら、ルーピンが言った。

しばらくの間、皿やナイフ、フォークのカチャカチャいう音や、みんながテーブルに椅子を引き寄せる音がするだけで、誰も話をしなかった。そして、ウィーズリーおばさんがシリウスに話しかけた。

「ずっと話そうと思ってたんだけどね、シリウス、客間の小机に何か閉じ込められているの。しょっちゅうガタガタ揺れているわ。もちろん単なる『まね妖怪』かもしれないけど、出してやる前に、アラスターに頼んで見てもらわないといけないと思うの」

「お好きなように」シリウスはどうでもいいというような口調だった。

「客間のカーテンは『かみつき妖精』のドクシーがいっぱいだし」ウィーズリーおばさんはしゃべり続けた。「明日あたり、みんなで退治したいと思ってるんだけど」

「楽しみだね」シリウスが答えた。ハリーは、その声に皮肉な響きを聞き取ったが、ほかの人もそう聞こえたかどうかはわからなかった。

ハリーのむかい側でトンクスが、食べ物をほおばる合間に鼻の形を変えて、ハーマイオニーとジニーを楽しませていた。ハリーの部屋でやって見せたように、「痛いっ」という表情で目をギュッとつぶったかと思うと、トンクスの鼻がふくれ上がってスネイプの鉤鼻のように盛り上がったり、縮んで小さなマッシュルームのようになったり、鼻の穴からワッと鼻毛が生えたりしている。どうやら、食事のときのおなじみの余興になっているらしく、まもなくハーマイオニーとジニーが、お気に入りの鼻をせがみはじめた。

「豚の鼻みたいの、やって。トンクス」

トンクスがリクエストにこたえた。目を上げたハリーは、一瞬、女性のダドリーがテーブルの向こうから笑いかけているような気がした。

ウィーズリーおじさん、ビル、ルーピンは小鬼について話し込んでいた。

「連中はまだ何ももらしていないんですよ」ビルが言った。「『例のあの人』が戻ってきたことを、連中が信じているのかいないのか、僕にはまだ判断がつかない。むろん、連中にしてみれば、どちらにも味方しないでいるほうがいいんだ。何にもかかわらずに」

「連中は『例のあの人』側につくことはないと思うね」ウィーズリーおじさんが頭を振りながら言った。「連中も痛手をこうむったんだ。前回、ノッティンガムの近くで『あの人』に殺された小鬼の一家のことを覚えてるだろう？」

「私の考えでは、見返りが何かによるでしょう」ルーピンが言った。「金のことじゃないんですよ。我々魔法使いが、連中に対して何世紀も拒んできた、自由を提供すれば、連中も気持ちが動くでしょう。ビル、ラグノックの件はまだうまくいかないのかね？」

「今のところ、魔法使いへの反感が相当強いですね」ビルが言った。「バグマンの件で、まだののしり続けていますよ。ラグノックは、魔法省が隠蔽工作をしたと考えています。例の小鬼たちは、結局バグマンから金をせしめることができなかったんです。それで――」

テーブルの真ん中から大爆笑が上がり、ビルの言葉をかき消してしまった。フレッド、ジョージ、ロン、マンダンガスが椅子の上で笑い転げていた。

「……それでよぅ」マンダンガスが涙を流し、息を詰まらせながらしゃべっていた。「そンで、信じられねえかもしんねえけどよぅ、あいつが俺に、俺によぅ、こう言うんだ。『あー、ダング、ヒキガエルをそんなにたくさん、どっから手に入れたね？　何せ、どっかのならずもンが、俺のヒキガエルを全部盗みやがったんで』。俺は言ってやったね。『ウィル、おめえのヒキガエルを全部？　次は何が起こるかわかったもんじゃねえなぁ？　そンで、おめえは、ヒキガエルを何匹か欲しいってぇわけだな？』。そンでよぅ、信じられるけぇ？　あのアホのガーゴイルめ、俺が持ってた、やつのヒキガエルをそっくり買い戻しやがった。最初にやつが払った値段よりずんと高い金でよぅ――」

　ロンがテーブルに突っ伏して、大笑いした。

「マンダンガス、あなたの商売の話は、もうこれ以上聞きたくありません。もうけっこう」

ウィーズリーおばさんが厳しい声で言った。

「ごめんよ、モリー」マンダンガスが涙をぬぐい、ハリーにウィンクしながら謝った。「だけンどよぅ、もともとそのヒキガエル、ウィルのやつがウォーティ・ハリスから盗んだんだぜ。だから、おれはなンも悪いことはしちゃいねえ」

「あなたが、いったいどこで善悪を学んだかは存じませんがね、マンダンガス、でも、大切な授業をいくつか受けそこねたようね」ウィーズリーおばさんが冷たく言った。

　フレッドとジョージはバタービールのゴブレットに顔を隠し、ジョージはしゃっくりしていた。

ウィーズリーおばさんは、立ち上がってデザートの大きなルバーブ・クランブルを取りにいく前に、なぜかいやな顔をして、シリウスをちらりとにらみつけた。ハリーは名付け親を振り返った。

「モリーはマンダンガスを認めていないんだ」シリウスが低い声で言った。

「どうしてあの人が騎士団に入ってるの？」ハリーもこっそり聞いた。

「あいつは役に立つ」シリウスがつぶやいた。「ならず者を全部知っている――そりゃ、知っているだろう。あいつもその一人だしな。しかし、あいつはダンブルドアに忠実だ。一度危ないところを救われたから。ダングのようなのが一人いると、それなりに価値がある。あいつは私たちの耳に入ってこないようなことを聞き込んでくる。しかし、モリーは、あいつを夕食に招待するのはやり過ぎだと思ってる。君を見張るべきときに、任務をほったらかしにして消えたことで、モリーはまだあいつを許していないんだよ」

ルバーブ・クランブルにカスタードクリームをかけて、三回もおかわりしたあと、ハリーは、ジーンズのベルトが気持ち悪いほどきつく感じた（これはただごとではなかった。何しろダドリーのお下がりジーンズなのだから）。ハリーがスプーンを置くころには、会話もだいたい一段落していた。ウィーズリーおじさんは満ち足りてくつろいだ様子で椅子に寄りかかり、トンクスは鼻が元どおりになり大あくびをしていた。ジニーはクルックシャンクスを食器棚の下から誘い出し、床にあぐらをかいてバタービールのコルク栓を転がし、猫に追わせていた。

「もうおやすみの時間ね」ウィーズリーおばさんが、あくびしながら言った。

「いや、モリー、まだだ」

シリウスが空になった自分の皿を押しのけ、ハリーのほうを向いて言った。

「いいか、君には驚いたよ。ここに着いたとき、君は真っ先にヴォルデモートのことを聞くだろうと思っていたんだが」

部屋の雰囲気がサーッと変わった。吸魂鬼が現れたときのような急激な変化だと、ハリーは思った。一瞬前は、眠たげでくつろいでいたのに、今や警戒し、張り詰めている。ヴォルデモートの名前が出たとたん、テーブル全体に戦慄が走った。ちょうどワインを飲もうとしていたルーピンは、緊張した面持ちで、ゆっくりとゴブレットを下に置いた。

「聞いたよ！」ハリーは憤慨した。「ロンとハーマイオニーに聞いた。でも、二人が言ったんだ。僕たちは騎士団に入れてもらえないから、だから――」

「二人の言うとおりよ」ウィーズリーおばさんが言った。「あなたたちはまだ若過ぎるの」

おばさんは背筋をぴんと伸ばして椅子にかけていた。椅子のひじかけに置いた両手を固く握りしめ、眠気などひとかけらも残っていない。

「騎士団に入っていなければ質問してはいけないと、いつからそう決まったんだ？」シリウスが聞いた。「ハリーはあのマグルの家に一か月も閉じ込められていた。何が起こったのかを知る権利がある――」

「ちょっと待った！」ジョージが大声でさえぎった。

「なんでハリーだけが質問に答えてもらえるんだ？」フレッドが怒ったように言った。「**俺たちだって**、この一か月、みんなから聞き出そうとしてきた。なのに、誰も何一つ教えてくれやしなかった！」

「**『あなたはまだ若過ぎます。あなたは騎士団に入っていません』**」フレッドが紛れもなく母親の声だとわかる高い声を出した。「ハリーはまだ成人にもなってないんだぜ！」

「騎士団が何をしているのか、君たちが教えてもらえなかったのは、私の責任じゃない」シリウスが静かに言った。「それは、君たちのご両親の決めたことだ。ところが、ハリーのほうは――」

「ハリーにとって何がいいのかを決めるのは、あなたではないわ！」ウィーズリーおばさんが鋭く言った。いつもはやさしいおばさんの顔が、険しくなっていた。「ダンブルドアがおっしゃったことを、よもやお忘れじゃないでしょうね？」

「どのお言葉でしょうね？」シリウスは礼儀正しかったが、戦いに備えた男の雰囲気を漂わせていた。

「**ハリーが知る必要があること**以外は話してはならない、とおっしゃった言葉です」ウィーズリーおばさんは最初のくだりをことさらに強調した。

ロン、ハーマイオニー、フレッド、ジョージの四人の頭が、シリウスとウィーズリー夫人の間を、テニスのラリーを見るように往復した。ジニーは、散らばったバタービールのコルク栓の山の中にひざをつき、口をかすかに開けて、二人のやりとりを見つめていた。ルーピンの目は、シリウスにくぎづけになっていた。

「私は、**ハリーが知る必要があること**以外を、この子に話してやるつもりはないよ、モリー」シリウスが言った。「しかし、ハリーがヴォルデモートの復活を目撃した者である以上（ヴォルデモートの名が、またしてもテーブル中をいっせいに身震いさせた）、ハリーは大方の人間以上に――」

「この子は不死鳥の騎士団のメンバーではありません！」ウィーズリーおばさんが言った。「この子はまだ十五歳です。それに――」

「それに、ハリーは騎士団の大多数のメンバーに匹敵するほどの、いや、何人かをしのぐほどのことをやりとげてきた」

「誰も、この子がやりとげたことを否定しやしません！」ウィーズリーおばさんの声が一段と高くなり、拳が椅子のひじかけで震えていた。「でも、この子はまだ――」

「ハリーは子供じゃない！」シリウスがいらいらと言った。

「大人でもありませんわ！」ウィーズリーおばさんは、ほおを紅潮させていた。

「シリウス、この子はジェームズじゃないのよ！」

「お言葉だが、モリー、私は、この子が誰か、はっきりわかっているつもりだ」シリウスが冷たく言った。

「私にはそう思えないわ！」ウィーズリーおばさんが言った。

「ときどき、あなたがハリーのことを話すとき、まるで親友が戻ってきたかのような口ぶりだわ！」

「そのどこが悪いの？」ハリーが言った。

「どこが悪いかというとね、ハリー、あなたはお父さんとはちがうからですよ。どんなにお父さんにそっくりでも！」ウィーズリーおばさんが、えぐるような目でシリウスをにらみながら言った。

「あなたはまだ学生です。あなたに責任を持つべき大人が、それを忘れてはいけないわ！」

「私が無責任な名付け親だという意味ですかね？」シリウスが、声を荒らげて問いただした。

「あなたは向こう見ずな行動を取ることもあるという意味ですよ、シリウス。だからこそ、ダンブルドアがあなたに、家の中にいるようにと何度もおっしゃるんです。それに――」

「ダンブルドアが私に指図することは、よろしければ、この際別にしておいてもらいましょう！」シリウスが大声を出した。

「アーサー！」おばさんは歯がゆそうにウィーズリーおじさんを振り返った。「アーサー、何とか言ってくださいな！」

ウィーズリーおじさんはすぐには答えなかった。めがねをはずし、妻のほうを見ずに、ローブでゆっくりとめがねをふいた。そのめがねを慎重に鼻にのせなおしてから、初めておじさんが口を開いた。

「モリー、ダンブルドアは立場が変化したことをご存じだ。今、ハリーは本部にいるわけだし、ある程度は情報を与えるべきだと認めていらっしゃる」

「そうですわ。でも、それと、ハリーに何でも好きなことを聞くようにとうながすのとは、全然別です」

「私個人としては」シリウスから目を離したルーピンが、静かに言った。ウィーズリーおばさんは、やっと味方ができそうだと、急いでルーピンを振り返った。「ハリーは事実を知っておいたほうがよいと思うね——何もかもというわけじゃないよ、モリー。でも、全体的な状況を、私たちから話したほうがよいと思う——歪曲された話を、誰か……ほかの者から聞かされるよりは」

ルーピンの表情はおだやかだったが、ウィーズリーおばさんの追放をまぬかれた「伸び耳」がまだあることを、少なくともルーピンは知っていると、ハリーははっきりそう思った。

「そう」ウィーズリーおばさんは息を深く吸い込み、支持を求めるようにテーブルをぐるりと見回したが、誰もいなかった。「そう……どうやら私は却下されるようね。これだけは言わせていただくわ。ダンブルドアがハリーにあまり多くを知ってほしくないとおっしゃるからには、ダンブルドアなりの理由がおありのはず。それに、ハリーにとって何が一番よいことかを考えている者として——」

「ハリーはあなたの息子じゃない」シリウスが静かに言った。

「息子も同然です」ウィーズリーおばさんが激しい口調で言った。「ほかに誰がいるっていうの？」

「私がいる！」

「そうね」ウィーズリーおばさんの口元がくいっと上がった。「ただし、あなたがアズカバンに閉じ込められていた間は、この子の面倒を見るのが少し難しかったのじゃありません？」

シリウスは椅子から立ち上がりかけた。

「モリー、このテーブルに着いている者で、ハリーのことを気づかっているのは、君だけじゃない」ルーピンは厳しい口調で言った。「シリウス、**座るんだ**」

ウィーズリーおばさんの下唇が震えていた。シリウスは蒼白な顔で、ゆっくりと椅子に腰かけた。

「ハリーも、このことで意見を言うのを許されるべきだろう」ルーピンが言葉を続けた。「もう自分で判断できる年齢だ」

「僕、知りたい。何が起こっているのか」ハリーは即座に答えた。

ハリーはウィーズリーおばさんのほうを見なかった。おばさんがハリーを息子同然だと言ったことに胸を打たれていた。しかし、おばさんに子供扱いされることにがまんできなかったのもたしかだった。シリウスの言うとおりだ。**僕は子供じゃない**。

「わかったわ」ウィーズリーおばさんの声がかすれていた。「ジニー――ロン――ハーマイオニー――フレッド――ジョージ――。みんな厨房から出なさい。すぐに」

たちまちどよめきが上がった。

「俺たち成人だ！」フレッドとジョージが同時にわめいた。

「ハリーがよくて、どうして僕はだめなんだ？」ロンが叫んだ。

「ママ、あたしも聞きたい！」ジニーが鼻声を出した。

「だめ！」ウィーズリーおばさんが叫んで立ち上がった。目がらんらんと光っている。「絶対に許しません――」

「モリー、フレッドとジョージを止めることはできないよ」ウィーズリーおじさんがつかれたように言った。

「二人ともたしかに成人だ」

「まだ学生だわ」

「しかし、法律ではもう大人だ」おじさんが、またつかれた声で言った。

おばさんは真っ赤な顔をしている。

「私は――ああ――しかたがないでしょう。フレッドとジョージは残ってよろしい。だけど、ロン――」

「どうせハリーが、僕とハーマイオニーに、みんなの言うことを全部教えてくれるよ！」ロンが熱くなって言った。「そうだよね？――ね？」ロンはハリーの目を見ながら、不安げに言った。

ハリーは一瞬、ロンに、一言も教えてやらないと言ってやろうかと思った。何にも知らされずにいることがどんな気持ちか味わってみればいい、と言おうかと思った。しかし、意地悪な衝動は、互いの目が合ったとき、消え去った。

「もちろんさ」ハリーが言った。

ロンとハーマイオニーがニッコリした。

「そう！」おばさんが叫んだ。「そう！　ジニー――**寝なさい！**」

ジニーはおとなしく引かれてはいかなかった。階段を上がる間ずっと、母親にわめき散らし、暴れているのが聞こえた。二人がホールに着いたとき、ブラック夫人の耳をつんざく叫び声が騒ぎにつけ加わった。ルーピンは静寂を取り戻すため、肖像画に向かって急いだ。ルーピンが戻り、厨房の扉を閉めてテーブルに着いたとき、シリウスがやっと口を開いた。

「オーケー、ハリー……何が知りたい？」

ハリーは深く息を吸い込み、この一か月間ずっと自分を悩ませていた質問をした。

「ヴォルデモートはどこにいるの？」

名前を口にしたとたん、またみんながぎくりとし、身震いするのをハリーは無視した。

「あいつは何をしているの？　マグルのニュースをずっと見てたけど、それらしいものはまだ何にもないんだ。不審な死とか」

「それは、不審な死がまだないからだ」シリウスが言った。「我々が知るかぎりでは、ということだが……それに我々は、相当いろいろ知っている」

「とにかく、あいつの想像以上にいろいろ知っているんだがね」ルーピンが言った。

「どうして人殺しをやめたの？」ハリーが聞いた。去年一年だけでも、ヴォルデモートが一度ならず人を殺したことをハリーは知っていた。

「それは、自分に注意を向けたくないからだ」シリウスが答えた。「あいつにとって、それが危険だからだ。あいつの復活は、自分の思いどおりにはいかなかった。わかるね。しくじったんだ」

「というより、君がしくじらせた」ルーピンが、満足げにほほ笑んだ。

「どうやって？」ハリーは当惑した。

「君は生き残るはずじゃなかった！」シリウスが言った。「『死喰い人』以外は、誰もあいつの復活を知るはずじゃなかった。ところが、君は証人として生き残った」

「しかも、よみがえったときに、それを一番知られたくない人物がダンブルドアだった」ルーピンが言った。「ところが、君がすぐさま、確実にダンブルドアに知らせた」

「それがどういう役に立ったの？」ハリーが聞いた。

「役立ったどころじゃない」ビルが信じられないという声を出した。「ダンブルドアは、『例のあの人』が恐れた唯一の人物だよ！」

「君のおかげで、ダンブルドアは、ヴォルデモートの復活から一時間後には、不死鳥の騎士団を呼び集めることができた」シリウスが言った。

「それで、騎士団は何をしているの？」ハリーが、全員の顔をぐるりと見渡しながら聞いた。

「ヴォルデモートが計画を実行できないように、できるかぎりのことをしている」シリウスが言った。

「あいつの計画がどうしてわかるの？」ハリーがすぐ聞き返した。

「ダンブルドアは洞察力が鋭い」ルーピンが言った。「しかも、その洞察は、結果的に正しいことが多い」

「じゃ、ダンブルドアは、あいつの計画がどんなものだと考えてるの？」

「そう、まず、自分の軍団を再構築すること」シリウスが言った。「かつて、あいつは膨大な数を指揮下に収めた。脅したり、魔法をかけたりして従わせた魔法使いや魔女、忠実な死喰い人、ありとあらゆる闇の生き物たち。やつが巨人を招集しようと計画していたことは聞いたはずだ。

そう、巨人は、やつが目をつけているグループの一つにすぎない。やつが、ほんの一握りの死喰い人だけで、魔法省を相手に戦うはずがない」

「それじゃ、みんなは、あいつが手下を集めるのを阻止しているわけ？」

「できるだけね」ルーピンが言った。

「どうやって？」

「そう、一番重要なのは、なるべく多くの魔法使いたちに、『例のあの人』がほんとうに戻ってきたのだと信じさせ、警戒させることだ」ビルが言った。「だけど、これがなかなかやっかいだ」

「どうして？」

「魔法省の態度のせいよ」トンクスが答えた。「『例のあの人』が戻った直後のコーネリウス・ファッジの態度を、ハリー、君は見たよね。そう、大臣はいまだにまったく立場を変えていないの。そんなことは起こらなかったと、頭っから否定してる」

「でも、どうして？」ハリーは必死の思いだった。「どうしてファッジはそんなにまぬけなんだ？　だって、ダンブルドアが――」

「ああ、そうだ。君はまさに問題の核心を突いた」ウィーズリーおじさんが苦笑いした。「ダンブルドアだ」

「ファッジはダンブルドアが怖いのよ」トンクスが悲しそうに言った。

「ダンブルドアが怖い？」ハリーは納得がいかなかった。

「ダンブルドアがくわだてていることが怖いんだよ」ウィーズリーおじさんが言った。「ファッジは、ダンブルドアがファッジの失脚をたくらんでいると思っている。ダンブルドアが魔法省乗っ取りをねらっているとね」

「でもダンブルドアはそんなこと望んで――」

「いないよ、もちろん」ウィーズリーおじさんが言った。「ダンブルドアは一度も大臣職を望まなかった。ミリセント・バグノールドが引退したとき、ダンブルドアを大臣にと願った者が大勢いたにもかかわらずだ。かわりにファッジが権力を握った。しかし、ダンブルドアがけっしてその地位を望まなかったにもかかわらず、いかに人望が厚かったかを、ファッジが完全に忘れたわけではない」

「心の奥で、ファッジはダンブルドアが自分より賢く、ずっと強力な魔法使いだと知っている。就任当初は、しょっちゅうダンブルドアの援助と助言を求めていた」ルーピンが言った。「しかし、ファッジは権力の味を覚え、自信をつけてきた。魔法大臣であることに執着し、自分が賢いと信じ込もうとしている。そして、ダンブルドアは単に騒動を引き起こそうとしているだけなんだとね」

「いったいどうして、そんなことを考えられるんだ？」ハリーは腹が立った。「ダンブルドアがすべてをでっち上げてるなんて――僕がでっち上げてるなんて？」

「それは、ヴォルデモートが戻ってきたことを受け入れれば、魔法省がここ十四年ほど遭遇したことがないような大問題になるからだ」シリウスが苦々しげに言った。「ファッジはどうしても正面きってそれと向き合えない。ダンブルドアがうそをついて、自分の政権を転覆させようとしていると信じ込むほうが、どんなに楽かしれない」

「何が問題かわかるだろう？」ルーピンが言った。「魔法省が、ヴォルデモートのことは何も心配する必要がないと主張し続けるかぎり、やつが戻ってきたと説得するのは難しい。そもそも、そんなことは誰も信じたくないんだから。その上、魔法省は『日刊予言者新聞』に圧力をかけて、いわゆる『ダンブルドアのガセネタ』はいっさい報道しないようにさせている。だから、一般の魔法族は、何が起こっているかまったく気がつきもしない。死喰い人にとっては、それがもっけの幸いで、『服従の呪い』をかけようとすれば、いいカモになる」

「でも、みんなが知らせているんでしょう？」ハリーは、ウィーズリーおじさん、シリウス、ビル、マンダンガス、ルーピン、トンクスの顔を見回した。「みんなが、あいつが戻ってきたって、知らせてるんでしょう？」

全員が、苦笑いした。

「さあ、私は気の触れた大量殺人者だと思われているし、魔法省が私の首に一万ガリオンの懸賞金を賭けているとなれば、街に出てビラ配りを始めるわけにもいかない。そうだろう？」シリウスがじりじりしながら言った。

「私はとくれば、魔法族の間では特に夕食に招きたい客じゃない」ルーピンが言った。「狼人間につきものの職業上の障害でね」

「トンクスもアーサーも、そんなことを触れ回ったら、職を失うだろう」シリウスが言った。

「それに、魔法省内にスパイを持つことは、我々にとって大事なことだ。何しろ、ヴォルデモートのスパイもいることはたしかだからね」

「それでも何とか、何人かを説得できた」ウィーズリーおじさんが言った。「このトンクスもその一人――前回は不死鳥の騎士団に入るには若過ぎたんだ。それに、闇祓いを味方につけるのは大いに有益だ――キングズリー・シャックルボルトもまったく貴重な財産だ。シリウスを追跡する責任者でね。だから、魔法省に、シリウスがチベットにいると吹聴している」

「でも、ヴォルデモートが戻ってきたというニュースを、この中の誰も広めてないのなら――」

ハリーが言いかけた。

「一人もニュースを流していないなんて言ったか？」シリウスがさえぎった。「ダンブルドアが苦境に立たされているのはなぜだと思う？」

「どういうこと？」ハリーが聞いた。

「連中はダンブルドアの信用を失墜させようとしている」ルーピンが言った。「先週の『日刊予言者新聞』を見なかったかね？　国際魔法使い連盟の議長職を投票で失った、という記事だ。老いぼれて判断力を失ったからというんだが、ほんとうのことじゃない。ヴォルデモートが復活したという演説をしたあとで、魔法省の役人たちの投票で職を追われた。ウィゼンガモット法廷――魔法使いの最高裁だが――そこの主席魔法戦士からも降ろされた。それに、勲一等マーリン勲章を剥奪する話もある」

「でも、ダンブルドアは『蛙チョコレート』のカードにさえ残れば、何にも気にしないって言うんだ」ビルがニヤッとした。

「笑い事じゃない」ウィーズリーおじさんがビシッと言った。「ダンブルドアがこんな調子で魔法省に楯突き続けていたら、アズカバン行きになるかもしれない。ダンブルドアが幽閉されれば、我々としては最悪の事態だ。ダンブルドアが立ちはだかり、たくらみを見抜いていると知っていればこそ、『例のあの人』も慎重になる。ダンブルドアが取り除かれたとなれば――そう、『例のあの人』にもはやじゃま者はいない」

「でも、ヴォルデモートが死喰い人をもっと集めようとすれば、どうしたって復活したことが表ざたになるでしょう?」ハリーは必死の思いだった。

「ハリー、ヴォルデモートは魔法使いの家を個別訪問して、正面玄関をノックするわけじゃない」シリウスが言った。「だまし、呪いをかけ、恐喝する。隠密工作は手なれたものだ。いずれにせよ、やつの関心は、配下を集めることだけじゃない。ほかにも求めているものがある。やつがまったく極秘で進めることができる計画だ。今はそういう計画に集中している」

「配下集め以外に、何を?」ハリーがすぐ聞き返した。シリウスとルーピンが、ほんの一瞬目配せしたような気がした。それからシリウスが答えた。

「極秘にしか手に入らないものだ」

ハリーがまだキョトンとしていると、シリウスが言葉を続けた。「武器のようなものというかな。前のときには持っていなかったものだ」

「前に勢力を持っていたときってこと?」

「そうだ」

「それ、どんな種類の武器なの？」ハリーが聞いた。「『アバダ　ケダブラ』呪文より悪いもの——？」

「もうたくさん！」

扉の脇の暗がりから、ウィーズリーおばさんの声がした。ハリーは、ジニーを上に連れていったおばさんが、戻ってきていたのに気づかなかった。腕組みをして、カンカンに怒った顔だ。

「今すぐベッドに行きなさい。全員です」おばさんはフレッド、ジョージ、ロン、ハーマイオニーをぐるりと見渡した。

「僕たちに命令はできない——」フレッドが抗議を始めた。

「できるかできないか、見ててごらん」おばさんがうなるように言った。

シリウスを見ながら、おばさんは小刻みに震えていた。

「あなたはハリーに充分な情報を与えたわ。これ以上何か言うなら、いっそハリーを騎士団に引き入れたらいいでしょう」

「そうして！」ハリーが飛びつくように言った。「僕、入る。入りたい。戦いたい」

「だめだ」答えたのは、ウィーズリーおばさんではなく、ルーピンだった。

「騎士団は、成人の魔法使いだけで組織されている」ルーピンが続けた。「学校を卒業した魔法使いたちだ」フレッドとジョージが口を開きかけたので、ルーピンがつけ加えた。「危険がともなう。君たちには考えもおよばないような危険が……シリウス、モリーの言うとおりだ。私たちはもう充分話した」

シリウスは中途半端に肩をすくめたが、言い争いはしなかった。ウィーズリーおばさんは威厳たっぷりに息子たちとハーマイオニーを手招きした。一人、また一人とみんなが立ち上がった。ハリーは敗北を認め、みんなに従った。

第6章　高貴なる由緒正しきブラック家

ウィーズリーおばさんは、みんなのあとからむっつりと階段を上った。

「まっすぐベッドに行くんですよ。おしゃべりしないで」

最初の踊り場に着くとおばさんが言った。

「明日は忙しくなるわ。ジニーは眠っていると思います」最後の言葉はハーマイオニーに向かって言った。「だから、起こさないようにしてね」

「眠ってる。ああ、絶対さ」ハーマイオニーがおやすみを言って別れ、あとのみんなが上の階に上るとき、フレッドが小声で言った。「ジニーは目をぱっちり開けて寝てる。下でみんなが何を言ったか、ハーマイオニーが全部教えてくれるのを待ってるさ。もしそうじゃなかったら、俺、レタス食い虫並みだ」

「さあ、ロン、ハリー」二つ目の踊り場で、二人の部屋を指差しながらおばさんが言った。

「寝なさい。二人とも」

「おやすみ」ハリーとロンが双子に挨拶した。

「ぐっすり寝ろよ」フレッドがウィンクした。

おばさんはハリーが部屋に入ると、ピシャッと勢いよくドアを閉めた。寝室は、最初に見たときより、一段と暗くじめじめしていた。絵のないカンバスは、まるで姿の見えない絵の主が眠っているかのように、ゆっくりと深い寝息を立てていた。ハリーはパジャマに着替え、めがねを取って、ヒヤッとするベッドにもぐり込んだ。ヘドウィグとピッグウィジョンが洋だんすの上でカタカタ動き回り、落ち着かない様子で羽をこすり合わせていたので、ロンは、おとなしくさせるのに「ふくろうフーズ」を投げてやった。

「あいつらを毎晩狩に出してやるわけにはいかないんだ」栗色のパジャマに着替えながら、ロンが説明した。「ダンブルドアは、この広場のあたりであんまりたくさんふくろうが飛び回るのはよくないって。あやしまれるから。あ、そうだ……忘れてた……」

ロンはドアのところまで行って、鍵をかけた。

「どうしてそうするの？」

「クリーチャーさ」ロンが灯りを消しながら言った。「僕がここに来た最初の夜、クリーチャーが夜中の三時にふらふら入ってきたんだ。目が覚めたとき、あいつが部屋の中をうろついてるのを見たらさ、まじ、いやだぜ。ところで……」

ロンはベッドにもぐり込んで上がけをかけ、暗い中でハリーのほうを向いた。すすけた窓を通して入ってくる月明かりで、ハリーはロンのりんかくを見ることができた。

「どう思う？」

ロンが何を聞いたのか、聞き返す必要もなかった。

「うーん、僕たちが考えつかないようなことは、あんまり教えてくれなかったよね？」

ハリーは、地下で聞いたことを思い出しながら言った。

「つまり、結局何を言ったかというと、騎士団が阻止しようとしてるってこと――みんながヴォル――」

ロンが突然息をのむ音がした。

「――デモートに与するのを」ハリーははっきり言いきった。「いつになったら、あいつの名前を言えるようになるんだい？　シリウスもルーピンも言ってるよ」

ロンはその部分は無視した。

「うん、君の言うとおりだ」ロンが言った。「みんなが話したことは、僕たち、だいたいもう知ってた。『伸び耳』を使って。ただ、一つだけ初耳は――」

バシッ。

「**あいたっ！**」

「大きな声を出すなよ、ロン。ママが戻ってくるじゃないか」

「二人とも、僕のひざの上に『姿あらわし』してるぞ！」

「そうか、まあ、暗いとこじゃ、少し難しいもんだ」

フレッドとジョージのぼやけたりんかくが、ロンのベッドから飛び降りるのを、ハリーは見ていた。ハリーのベッドのバネがうめくような音を出したと思うと、ベッドが数センチ沈み込んだ。ジョージがハリーの足元に座ったのだ。

「それで、もうわかったか？」ジョージが急き込んで言った。

「シリウスが言ってた武器のこと？」ハリーが言った。

「うっかり口がすべったって感じだな」今度はロンの隣に座って、フレッドがうれしそうに言った。「愛しの『伸び耳』でも、**そいつは**聞かなかったな？　そうだよな？」

「何だと思う？」ハリーが聞いた。

「何でもありだな」フレッドが言った。

「だけど、『アバダ　ケダブラ』の呪いより恐ろしいものなんてありえないだろ？」ロンが言った。「死ぬより恐ろしいもの、あるか？」

「何か、一度に大量に殺せるものかもしれないな」ジョージが意見を述べた。

「何か、とっても痛い殺し方かも」ロンが怖そうに言った。

「痛めつけるなら、『磔呪文』が使えるはずだ」ハリーが言った。「やつには、あれより強力なものはいらない」

しばらくの間、みんなだまっていた。みんなが、自分と同じように、いったいその武器がどんな恐ろしいことをするのか考えているのだと、ハリーにはわかった。

「それじゃ、今は誰がそれを持ってると思う？」ジョージが聞いた。

「僕たちの側にあればいいけど」ロンが少し心配そうに言った。

「もしそうなら、たぶんダンブルドアが持ってるな」フレッドが言った。

「どこに？」ロンがすぐに聞いた。「ホグワーツか？」

「きっとそうだ」ジョージが言った。「『賢者の石』を隠した所だし」

「だけど、武器はあの石よりずっと大きいぞ！」ロンが言った。

「そうとはかぎらない」フレッドが言った。

「うん。大きさで力は測れない」ジョージが言った。「ジニーを見ろ」

「どういうこと？」ハリーが聞いた。

「あの子の『コウモリ鼻クソの呪い』を受けたことがないだろう？」

「シーッ」フレッドがベッドから腰を浮かしながら言った。「静かに！」

みんなシーンとなった。階段を上がってくる足音がする。

「ママだ」ジョージが言った。間髪を容れず、バシッという大きな音がして、ハリーはベッドの端から重みが消えたのを感じた。二、三秒後、ドアの外で床がきしむ音が聞こえた。ウィーズリーおばさんが、二人がしゃべっていないかどうか、聞き耳を立てているのだ。

ヘドウィグとピッグウィジョンが哀れっぽく鳴いた。床板がまたきしみ、おばさんがフレッドとジョージを調べに上がっていく音が聞こえた。

「ママは僕たちのこと全然信用してないんだ」ロンが悔しそうに言った。

ハリーはとうてい眠れそうにないと思った。今夜は考えることがあまりにいろいろ起こって、何時間も悶々として起きているだろうと思った。ロンと話を続けたかったが、ウィーズリーおばさんがまた床をきしませながら階段を下りていく音が聞こえた。おばさんが行ってしまうと、何か別なものが階段を上がってくる音をはっきり聞いた……それは、肢が何本もある生き物で、カサコソと寝室の外をかけ回っている。「魔法生物飼育学」の先生、ハグリッドの声が聞こえる。

「どうだ、美しいじゃねえか、え？　ハリー？　今学期は、武器を勉強するぞ……」ハリーはその生き物が頭に大砲を持っていて、自分のほうを振り向いたのを見た……ハリーは身をかわした……。

次に気がついたときには、ハリーはベッドの中でぬくぬくと丸まっていた。ジョージの大声が部屋中に響いた。

「お袋が起きろって言ってるぞ。朝食は厨房だ。それから客間に来いってさ。ドクシーが、思ったよりどっさりいるらしい。それに、ソファの下に死んだパフスケインの巣を見つけたんだって」

三十分後、急いで服を着て朝食をすませたハリーとロンは、客間に入っていった。二階にある天井の高い、長い部屋で、オリーブグリーンの壁は汚らしいタペストリーで覆われていた。じゅうたんは、誰かが一歩踏みしめるたびに、小さな雲のようなほこりを巻き上げた。モスグリーンの長いビロードのカーテンは、まるで姿の見えない蜂が群がっているかのようにブンブンうなっていた。その周りに、ウィーズリーおばさん、ハーマイオニー、ジニー、フレッド、ジョージが集まっていた。みんな鼻と口を布で覆って、奇妙な格好だ。手に手に黒い液体が入った噴射用ノズルつきの瓶を持っている。

「顔を覆って、スプレーを持って」

ハリーとロンの顔を見るなり、おばさんが言った。紡錘形の脚のテーブルに、黒い液体の瓶があと二つあり、それを指差している。

「ドクシー・キラーよ。こんなにひどくはびこっているのは初めて見たわ――あの屋敷しもべ妖精は、この十年間、**いったい何をしてたことやら**――」

ハーマイオニーの顔は、キッチン・タオルで半分隠れていたが、ウィーズリーおばさんにとがめるような目を向けたのを、ハリーはまちがいなく見た。

「クリーチャーはとっても年を取ってるもの、とうてい手が回らなくって――」

「ハーマイオニー、クリーチャーが本気になれば、君が驚くほどいろいろなことに手が回るよ」

ちょうど部屋に入ってきたシリウスが言った。血に染まった袋を抱えている。死んだネズミが入っているらしい。

「バックビークに餌をやっていたんだ」ハリーがけげんそうな顔をしているので、シリウスが言った。「上にあるお母上さまの寝室で飼ってるんでね。ところで……この机か……」

シリウスはネズミ袋をひじかけ椅子に置き、鍵のかかった机の上からかがみ込むようにして調べた。机が少しガタガタ揺れているのに、ハリーはその時初めて気づいた。

「うん、モリー、私もまね妖怪にまちがいないと思う」鍵穴からのぞき込みながら、シリウスが言った。「だが、中から出す前に、マッド-アイの目でのぞいてもらったほうがいい――何しろ私の母親のことだから、もっと悪質なものかもしれない」

「わかったわ、シリウス」ウィーズリーおばさんが言った。

二人とも、慎重に、なにげない、ていねいな声で話をしていたが、それがかえって、どちらも昨夜のいさかいを忘れてはいないことをはっきり物語っているとハリーは思った。

下の階で、カランカランと大きなベルの音がした。とたんに、耳を覆いたくなる大音響で嘆き叫ぶ声が聞こえてきた。昨夜、トンクスがかさ立てをひっくり返したときに引き起こした、あの声だ。

「扉のベルは鳴らすなと、あれほど言ってるのに」

シリウスは憤慨して、急いで部屋から出ていった。シリウスが嵐のように階段を下りていき、ブラック夫人の金切り声が、たちまち家中に響き渡るのが聞こえてきた。

「不名誉な汚点、穢らわしい雑種、血を裏切る者、汚れた子らめ……」

「ハリー、扉を閉めてちょうだい」ウィーズリーおばさんが言った。

ハリーは、変に思われないぎりぎりの線で、できるだけゆっくり客間の扉を閉めた。下で何が起こっているか聞きたかったのだ。シリウスは母親の肖像画を、何とかカーテンで覆ったようだ。肖像画が叫ぶのをやめた。シリウスがホールを歩く足音が聞こえ、玄関の鎖がはずれるカチャカチャという音、そして聞き覚えのあるキングズリー・シャックルボルトの深い声が聞こえた。

「今、ヘスチアが私とかわってくれたんだ。だからムーディのマントは今、ヘスチアが持っている。ダンブルドアに報告を残しておこうと思って……」

頭の後ろにウィーズリーおばさんの視線を感じて、ハリーはしかたなく客間の扉を閉め、ドクシー退治部隊に戻った。

ウィーズリーおばさんは、ソファの上に開いて置いてある『ギルデロイ・ロックハートのガイドブック――一般家庭の害虫』をのぞき込み、ドクシーに関するページをたしかめていた。

「さあ、みんな、気をつけるんですよ。ドクシーはかみつくし、歯に毒があるの。毒消しはここに一本用意してあるけど、できれば誰も使わなくてすむようにしたいわ」

おばさんは体を起こし、カーテンの真正面で身がまえ、みんなに前に出るように合図した。

「私が合図したら、すぐに噴射してね」おばさんが言った。「ドクシーはこっちをめがけて飛んでくるでしょう。でも、たっぷり一回シューッとやればまひするって、スプレー容器にそう書いてあるわ。動けなくなったところを、このバケツに投げ入れてちょうだい」

おばさんは、みんながずらりと並んだ噴射線から慎重に一歩踏み出し、自分のスプレー瓶を高く掲げた。

「用意――噴射！」

ハリーがほんの数秒噴霧したかというとき、成虫のドクシーが一匹、カーテンのひだから飛び出してきた。妖精に似た胴体はびっしりと黒い毛で覆われ、輝くコガネムシのような羽を震わせ、針のように鋭く小さな歯をむき出し、怒りで四つの小さな拳をギュッと握りしめて飛んでくる。ハリーはその顔に、まともにドクシー・キラーを噴きつけた。ドクシーは空中で固まり、そのままズシンとびっくりするほど大きな音を立ててすり切れたじゅうたんの上に落ちた。ハリーはそれを拾い、バケツに投げ込んだ。

「フレッド、何やってるの？」おばさんが鋭い声を出した。「すぐそれに薬をかけて、投げ入れなさい！」

ハリーが振り返ると、フレッドが親指と人差し指でバタバタ暴れるドクシーをつまんでいた。

「がってん承知」

フレッドがほがらかに答えて、ドクシーの顔に薬を噴きかけて気絶させた。しかし、おばさんが向こうを向いたとたん、フレッドはそれをポケットに突っ込んでウィンクした。

「『ずる休みスナックボックス』のためにドクシーの毒液を実験したいのさ」ジョージがヒソヒソ声でハリーに言った。

鼻めがけて飛んできたドクシーを器用に二匹まとめて仕とめ、ハリーはジョージのそばに移動して、こっそり聞いた。

「『ずる休みスナックボックス』って、何？」

「病気にしてくれる菓子、もろもろ」おばさんの背中を油断なく見張りながら、ジョージがささやいた。「といっても、重い病気じゃないさ。サボりたいときに授業を抜け出すのには充分な程度に気分が悪くなる。フレッドと二人で、この夏ずっと開発してたんだ。二色のかむキャンディで、半分ずつ色分けしてある。『ゲーゲー・トローチ』は、オレンジ色の半分をかむと、ゲーゲー吐く。あわてて教室から出され、医務室に急ぐ道すがら、残り半分の紫色を飲み込む――」

「『――すると、たちまちあなたは元気いっぱい。無益なたいくつさに奪われるはずの一時間、お好みどおりの趣味の活動に従事できるというすぐれもの』。とにかく広告のうたい文句にはそう書く」

おばさんの視界からじりじりと抜け出してきたフレッドがささやいた。フレッドは床にこぼれ落ちたドクシーを二、三匹、サッと拾ってポケットに入れるところだった。「だけどもうちょい作業が残ってるんだ。今のところ、実験台にちょいと問題があって、ゲーゲー吐き続けなもんだから、紫のほうを飲み込む間がないのさ」

「実験台？」

「俺たちさ」フレッドが言った。「かわりばんこに飲んでる。ジョージは『気絶キャンディ』をやったし――『鼻血ヌルヌル・ヌガー』は二人とも試したし――」

「おふくろは、俺たちが決闘したと思ってるんだ」ジョージが言った。

「それじゃ、『いたずら専門店』は続いてるんだね？」ハリーはノズルの調節をするふりをしながらこっそり聞いた。

「うーん、まだ店を持つチャンスがないけど」フレッドがさらに声を落とした。ちょうどおばさんが、次の攻撃に備えてスカーフで額をぬぐったところだった。「だから、今んとこ、通販でやってるんだ。先週『日刊予言者新聞』に広告を出した」

「みんな君のおかげだぜ、兄弟」ジョージが言った。「だけど、心配ご無用……おふくろは全然気づいてない。もう『日刊予言者新聞』を読んでないんだ。君やダンブルドアのことで新聞がうそ八百だからって」

ハリーはニヤッとした。三校対抗試合の賞金一千ガリオンを、ウィーズリーの双子に無理やり受け取らせ、「いたずら専門店」を開きたいという志の実現を助けたのは、ハリーだった。しかし、双子の計画を推進するのにハリーがかかわっていることが、ウィーズリーおばさんにばれていないのはうれしかった。おばさんは、二人の息子の将来に、「いたずら専門店」経営はふさわしくないと考えているのだ。

カーテンのドクシー駆除に、午前中まるまるかかった。ウィーズリーおばさんが覆面スカーフを取ったのは正午を過ぎてからだった。おばさんは、クッションのへこんだひじかけ椅子にドサッと腰を下ろしたが、ギャッと悲鳴を上げて飛び上がった。死んだネズミの袋に腰かけてしまったのだ。カーテンはもうブンブンいわなくなり、スプレーの集中攻撃で、湿ってだらりと垂れ下がっていた。その下のバケツには、気絶したドクシーが詰め込まれ、その脇には黒い卵の入ったボウルが置かれていた。クルックシャンクスがボウルをフンフンかぎ、フレッドとジョージは欲しくてたまらなそうにちらちら見ていた。

「**こっちのほうは、**午後にやっつけましょう」

ウィーズリーおばさんは、暖炉の両脇にある、ほこりをかぶったガラス扉の飾り棚を指差した。中には奇妙な物が雑多に詰め込まれていた。錆びた短剣類、鉤爪、とぐろを巻いた蛇の抜け殻、ハリーの読めない文字を刻んだ、黒く変色した銀の箱がいくつか、それに、一番気持ちの悪いのが、装飾的なクリスタルの瓶で、栓に大粒のオパールが一粒はめ込まれている。中にたっぷり入っているのは血にちがいないと、ハリーは思った。

玄関のベルがまたカランカランと鳴った。全員の目がウィーズリーおばさんに集まった。

またしても、ブラック夫人の金切り声が階下から聞こえてきた。

「ここにいなさい」おばさんがネズミ袋を引っつかみ、きっぱりと言い渡した。「サンドイッチを持ってきますからね」

おばさんは部屋から出るとき、きっちりと扉を閉めた。とたんに、みんないっせいに窓際にかけ寄り、玄関の石段を見下ろした。赤茶色のもじゃもじゃ頭のてっぺんと、積み上げた大鍋が、危なっかしげにふらふら揺れているのが見えた。

「マンダンガスだわ！」ハーマイオニーが言った。「大鍋をあんなにたくさん、どうするつもりかしら？」

「安全な置き場所を探してるんじゃないかな」ハリーが言った。「僕を見張っているはずだったあの晩、取引してたんだろ？　うさんくさい大鍋の？」

「うん、そうだ！」

フレッドが言ったとき、玄関の扉が開いた。マンダンガスがよっこらしょと大鍋を運び込み、窓からは見えなくなった。

「うへー、おふくろはお気に召さないぞ……」

フレッドとジョージは扉に近寄り、耳を澄ました。ブラック夫人の悲鳴は止まっていた。

「マンダンガスがシリウスとキングズリーに話してる」フレッドが、しかめっ面で耳をそばだてながらつぶやいた。「よく聞こえねえな……『伸び耳』の危険をおかすか？」

「その価値ありかもな」ジョージが言った。「こっそり上まで行って、一組取ってくるか――」

しかし、まさにその瞬間、階下で大音響が炸裂し、「伸び耳」は用なしになった。ウィーズリーおばさんが声をかぎりに叫んでいるのが、全員にはっきり聞き取れた。

「ここは盗品の隠し場所じゃありません！」

「おふくろが誰かほかのやつをどなりつけるのを聞くのは、いいもんだ」

フレッドが満足げにニッコリしながら、扉をわずかに開け、ウィーズリーおばさんの声がもっとよく部屋中に行き渡るようにした。

「気分が変わって、なかなかいい」

「――**無責任もいいところだわ。それでなくても、いろいろ大変なのに、その上あんたがこの家に盗品の大鍋を引きずり込むなんて**――」

「あのバカども、おふくろの調子を上げてるぜ」ジョージが頭を振り振り言った。「早いとこ矛先をそらさないと、おふくろさん、だんだん熱くなって何時間でも続けるぞ。しかも、ハリー、マンダンガスが君を見張っているはずだったのにドロンしてから、おふくろはあいつをどなりたくて、ずっとうずうずしてたんだ――ほーら来た、またシリウスのママだ」

ウィーズリーおばさんの声は、ホールの肖像画の悲鳴と叫びの再開でかき消されてしまった。

ジョージは騒音を抑えようと扉を閉めかけたが、閉めきる前に屋敷しもべ妖精が部屋に入り込んできた。

腹に腰布のように巻いた汚らしいボロ以外は、すっぱだかだった。相当の年寄りに見えた。皮膚は体の数倍あるかのようにだぶつき、しもべ妖精に共通のはげ頭だが、コウモリのような大耳からは白髪がぼうぼうと生えていた。どんよりとした灰色の目は血走り、肉づきのいい大きな鼻は豚のようだ。

しもべ妖精は、ハリーにもほかの誰にもまったく関心を示さない。まるで誰も見えないかのように、背中を丸め、ゆっくり、執拗に、部屋の向こう端まで歩きながら、ひっきりなしに、食用ガエルのようなしわがれた太い声で何かブツブツつぶやいていた。

「……ドブ臭い、おまけに罪人だ。あの女も同類だ。いやらしい血を裏切る者。そのガキどもが奥様のお屋敷を荒らして。ああ、おかわいそうな奥様。お屋敷にカスどもが入り込んだことをお知りになったら、このクリーチャーめに何とおおせられることか。おお、何たる恥辱。穢れた血、狼人間、裏切り者、泥棒めら。哀れなこのクリーチャーは、どうすればいいのだろう……」

「おーい、クリーチャー」フレッドが扉をピシャリと閉めながら、大声で呼びかけた。

屋敷しもべ妖精はぱたりと止まり、ブツブツをやめ、大げさな、しかしうそくさい様子で驚いてみせた。

「クリーチャーめは、お若い旦那様に気づきませんで」そう言うと、クリーチャーは回れ右して、フレッドにおじぎをし、うつむいてじゅうたんを見たまま、はっきりと聞き取れる声でそのあとを続けた。「血を裏切る者の、いやらしいガキめ」

「え？」ジョージが聞いた。「最後に何て言ったかわからなかったけど」

「クリーチャーめは何も申しません」しもべ妖精が、今度はジョージにおじぎしながら言った。そして、低い声ではっきりつけ加えた。「それに、その双子の片われ。異常な野獣め。こいつら」

ハリーは笑っていいやらどうやら、わからなかった。しもべ妖精は体を起こし、全員を憎々しげに見つめ、誰も自分の言うことが聞こえないと信じきっているらしく、ブツブツ言い続けた。

「……それに、穢れた血め。ずうずうしく鉄面皮で立っている。ああ、奥様がお知りになったら、ああ、どんなにお嘆きか。それに、一人、新顔の子がいる。クリーチャーは名前を知らない。ここで何をしてるのか？　クリーチャーは知らない……」

「こちら、ハリーよ、クリーチャー」ハーマイオニーが遠慮がちに言った。「ハリー・ポッターよ」

クリーチャーのにごった目がカッと見開かれ、前よりもっと早口に、怒り狂ってつぶやいた。

「穢れた血が、クリーチャーに友達顔で話しかける。クリーチャーめがこんな連中と一緒にいるところを奥様がご覧になったら、ああ、奥様は何とおおせられることか――」

「ハーマイオニーを穢れた血なんて呼ぶな！」ロンとジニーがカンカンになって同時に言った。

「いいのよ」ハーマイオニーがささやいた。「正気じゃないのよ。何を言ってるのか、わかってないんだから――」

「甘いぞ、ハーマイオニー。こいつは、何を言ってるのかちゃーんとわかってるんだ」

いやなやつ、とクリーチャーをにらみながらフレッドが言った。

クリーチャーはハリーを見ながら、まだブツブツ言っていた。

「ほんとうだろうか？　ハリー・ポッター？　クリーチャーには傷痕が見える。ほんとうにちがいない。闇の帝王をとどめた男の子。どうやってとどめたのか、クリーチャーは知りたい――」

「みんな知りたいさ、クリーチャー」フレッドが言った。

「ところで、いったい何の用だい？」ジョージが聞いた。

クリーチャーの巨大な目が、サッとジョージに走った。

「クリーチャーめは掃除をしております」クリーチャーがごまかした。

「見え透いたことを」ハリーの後ろで声がした。

シリウスが戻ってきていた。戸口から苦々しげにしもべ妖精をにらみつけている。ホールの騒ぎは静まっていた。ウィーズリーおばさんとマンダンガスの議論は、厨房にもつれ込んだのだろう。

シリウスの姿を見ると、クリーチャーは身を躍らせ、ばかていねいに頭を下げて、豚の鼻を床に押しつけた。

「ちゃんと立つんだ」シリウスがいらいらと言った。「さあ、いったい何がねらいだ？」

「クリーチャーめは掃除をしております」しもべ妖精は同じことをくり返した。「クリーチャーめは高貴なブラック家にお仕えするために生きております――」

「そのブラック家は日に日にますますブラックになっている。汚らしい」シリウスが言った。

「ご主人様はいつもご冗談がお好きでした」クリーチャーはもう一度おじぎをし、低い声で言葉を続けた。「ご主人様は、母君の心をめちゃめちゃにした、ひどい恩知らずの卑劣漢でした」

「クリーチャー、私の母に、心などなかった」シリウスがバシリと言った。「母は怨念だけで生き続けた」

クリーチャーはしゃべりながらまたおじぎをした。

「ご主人様のおおせのとおりです」クリーチャーは憤慨してブツブツつぶやいた。「ご主人様は母君の靴の泥をふくのにもふさわしくない。ああ、おかわいそうな奥様。クリーチャーがこの方にお仕えしているのをごらんになったら、何とおおせられるか。どんなにこの人をお嫌いになられていたか。この方がどんなに奥様を失望させたか――」

「何がねらいだと聞いている」シリウスが冷たく言った。「掃除をしているふりをして現れるときは、おまえは必ず何かをくすねて自分の部屋に持っていくな。私たちが捨ててしまわないように」

「クリーチャーめは、ご主人様のお屋敷で、あるべき場所から何かを動かしたことはございません」そう言ったすぐあとに、しもべ妖精は早口でつぶやいた。「タペストリーが捨てられてしまったら、奥様はクリーチャーめをけっしてお許しにはならない。七世紀もこの家に伝わるものを、クリーチャーは守らなければなりません。クリーチャーはご主人様や血を裏切る者や、そのガキどもに、それを破壊させはいたしません——」

「そうじゃないかと思っていた」シリウスはさげすむような目つきで反対側の壁を見た。「あの女は、あの裏にも『永久粘着呪文』をかけているだろう。まちがいなくそうだ。しかし、もし取りはずせるなら、私は必ずそうする。クリーチャー、さあ、立ち去れ」

クリーチャーは、ご主人様直々の命令にはどんなことがあろうと逆らえないかのようだった。にもかかわらず、のろのろと足を引きずるようにしてシリウスのそばを通り過ぎるときに、ありったけの嫌悪感を込めてシリウスを見た。そして、部屋を出るまでブツブツ言い続けた。

「——アズカバン帰りがクリーチャーに命令する。ああ、おかわいそうな奥様。今のお屋敷の様子をごらんになったら、何とおおせになることか。カスどもが住み、奥様のお宝を捨てて。奥様はこんなやつは自分の息子ではないとおおせられた。なのに、戻ってきた。その上、人殺しだとみんなが言う——」

「ブツブツ言い続けろ。本当に人殺しになってやるぞ！」しもべ妖精をしめ出し、バタンと扉を閉めながら、シリウスがいらいらと言った。

「シリウス、クリーチャーは気が変なのよ」ハーマイオニーが弁護するように言った。「私たちには聞こえないと思っているのよ」

「あいつは長いことひとりでい過ぎた」シリウスが言った。「母の肖像画からの狂った命令を受け、ひとり言を言って。しかし、あいつは前からずっと、くさったいやな――」

「自由にしてあげさえすれば」ハーマイオニーが願いを込めて言った。「もしかしたら――」

「自由にはできない。騎士団のことを知り過ぎている」シリウスはにべもなく言った。「それに、いずれにせよショック死してしまうだろう。君からあいつに、この家を出てはどうかと言ってみるがいい。あいつがそれをどう受け止めるか」

シリウスが壁のほうに歩いていった。そこには、クリーチャーが守ろうとしていたタペストリーが壁いっぱいにかかっていた。ハリーもほかの者もシリウスについていった。

タペストリーは古色蒼然としていた。色あせ、ドクシーが食い荒らしたらしい跡があちこちにあった。しかし、縫い取りをした金の刺繍糸が、家系図の広がりをいまだに輝かせていた。時代は(ハリーの知るかぎり)、中世にまでさかのぼっている。タペストリーの一番上に、大きな文字で次のように書かれている。

高貴なる由緒正しきブラック家
〝純血よ永遠なれ〟

「シリウスおじさんがのっていない！」家系図の一番下をざっと見て、ハリーが言った。

「かつてはここにあった」

シリウスが、タペストリーの小さな丸い焼け焦げを指差した。たばこの焼け焦げのように見えた。

「おやさしいわが母上が、私が家出したあとに抹消してくださってね――クリーチャーはその話をブツブツ話すのが好きなんだ」

「家出したの？」

「十六のころだ」シリウスが答えた。「もうたくさんだった」

「どこに行ったの？」ハリーはシリウスをじっと見つめた。

「君の父さんのところだ」シリウスが言った。「君のおじいさん、おばあさんは、ほんとうによくしてくれた。私を二番目の息子として養子同然にしてくれた。そうだ、学校が休みになると、君の父さんのところに転がり込んだ。そして十七歳になると、ひとりで暮らしはじめた。おじのアルファードが、私にかなりの金貨を残してくれていた――このおじも、ここから抹消されているがね。たぶんそれが原因で――まあ、とにかく、それ以来自分ひとりでやってきた。ただ日曜日の昼食は、いつでもポッター家で歓迎された」

「だけど……どうして……？」

「家出したか？」

シリウスは苦笑いし、くしの通っていない髪を指ですいた。

「なぜなら、この家の者全員を憎んでいたからだ。両親は狂信的な純血主義者で、ブラック家の者は事実上王族だと信じていた……愚かな弟は、軟弱にも両親の言うことを信じていた……それが弟だ」

シリウスは家系図の一番下の名前を突き刺すように指差した。

「レギュラス・ブラック」

生年月日のあとに、死亡年月日（約十五年ほど前だ）が書いてある。

「弟は私よりもよい息子だった」シリウスが言った。「私はいつもそう言われながら育った」

「でも、死んでる」ハリーが言った。

「そう」シリウスが言った。「バカなやつだ……『死喰い人』に加わったんだ」

「うそでしょう！」

「おいおい、ハリー、これだけこの家を見れば、私の家族がどんな魔法使いだったか、いいかげんわかるだろう？」シリウスはいらだたしげに言った。

「ご――ご両親も『死喰い人』だったの？」

「いや、ちがう。しかし、なんと、ヴォルデモートが正しい考え方をしていると思っていたんだ。魔法族の浄化に賛成だった。マグル生まれを排除し、純血の者が支配することにね。両親だけじゃなかった。ヴォルデモートが本性を現すまでは、ずいぶん多くの魔法使いが、やつの考え方が正しいと思っていた……そういう魔法使いは、やつが権力を得るために何をしようとしているかに気づくと、怖気づいた。しかし、私の両親は、はじめのうちは、死喰い人に加わったレギュラスを、まさに小さな英雄だと思っていたことだろう」

「弟さんは闇祓いに殺されたの？」ハリーは遠慮がちに聞いた。

「いいや、ちがう」シリウスが言った。「ちがう。ヴォルデモートに殺された。というより、ヴォルデモートの命令で殺されたと言ったほうがいいかな。レギュラスはヴォルデモート自身が手を下すには小者過ぎた。死んでからわかったことだが、弟はある程度まで入り込んだとき、命令されて自分がやっていることに恐れをなして、身を引こうとした。まあしかし、ヴォルデモートに辞表を提出するなんていうわけにはいかない。一生涯仕えるか、さもなくば死だ」

「お昼よ」ウィーズリーおばさんの声がした。

おばさんは杖を高く掲げ、その杖先に、サンドイッチとケーキを山盛りにした大きなお盆をのせて、バランスを取っていた。顔を真っ赤にして、まだ怒っているように見えた。みんなが、何か食べたくて、いっせいにおばさんのほうに行った。しかしハリーは、さらに丹念にタペストリーをのぞき込んでいるシリウスと一緒にいた。

「もう何年もこれを見ていなかったな。フィニアス・ナイジェラスがいる……曽々祖父だ。わかるか？……ホグワーツの歴代の校長の中で、一番人望がなかった……。アラミンタ・メリフルア……母のいとこだ……マグル狩を合法化する魔法省令を強行可決しようとした……。親愛なるおばのエラドーラだ……屋敷しもべ妖精が年老いて、お茶の盆を運べなくなったら首をはねるというわが家の伝統を打ち立てた……。当然、少しでもまともな魔法使いが出ると、勘当だ。どうやらトンクスはここにいないな。だからクリーチャーはトンクスの命令には従わないんだろう――家族の命令なら何でも従わなければならないはずだから――」

「トンクスと親せきなの？」ハリーは驚いた。

「ああ、そうだ。トンクスの母親、アンドロメダは、私の好きないとこだった」シリウスはタペストリーを入念に調べながら言った。「いや、アンドロメダものっていない。見てごらん――」

シリウスはもう一つの小さい焼け焦げを指した。ベラトリックスとナルシッサという二つの名前の間にあった。

「アンドロメダのほかの姉妹はのっている。すばらしい、きちんとした純血結婚をしたからね。しかし、アンドロメダはマグル生まれのテッド・トンクスと結婚した。だから――」

シリウスは杖でタペストリーを撃つまねをして、自嘲的に笑った。しかし、ハリーは笑わなかった。アンドロメダの焼け焦げの右にある名前に気を取られて、じっと見つめていたのだ。金の刺繍の二重線がナルシッサ・ブラックとルシウス・マルフォイを結び、その二人の名前から下に金の縦線が一本、ドラコという名前につながっていた。

「マルフォイ家と親せきなんだ！」

「純血家族はみんな姻戚関係だ」シリウスが言った。「娘も息子も純血としか結婚させないというのなら、あまり選択の余地はない。純血種はほとんど残っていないのだから。モリーも結婚によって私といとこ関係になった。アーサーは私の遠縁の、またいとこに当たるかな。しかし、ウィーズリー家をこの図で探すのはむだだ――血を裏切る者ばかりを輩出した家族がいるとすれば、それがウィーズリー家だからな」

しかしハリーは、今度はアンドロメダの焼け焦げの左の名前を見ていた。ベラトリックス・ブラック。二重線で、ロドルファス・レストレンジと結ばれている。

「レストレンジ……」

ハリーが読み上げた。この名前は、何かハリーの記憶を刺激する。どこかで聞いた名だ。しかし、どこだったか、とっさには思い出せない。ただ、胃の腑に奇妙な、ぞっとするような感触がうごめいた。

「この二人はアズカバンにいる」シリウスはそれしか言わなかった。

ハリーはもっと知りたそうにシリウスを見た。

「ベラトリックスと夫のロドルファスは、バーティ・クラウチの息子と一緒に入ってきた」シリウスは、相変わらずぶっきらぼうな声だ。「ロドルファスの弟のラバスタンも一緒だった」

そこでハリーは思い出した。ベラトリックス・レストレンジを見たのは、ダンブルドアの「憂いの篩」の中だった。思いや記憶を蓄えておける、あの不思議な道具の中だ。背の高い黒髪の女性で、厚ぼったいまぶたの半眼の魔女だった。裁判の終わりに立ち上がり、ヴォルデモート卿への変わらぬ恭順を誓い、ヴォルデモートが失脚したあとも卿を探し求めたことを誇り、その忠誠ぶりをほめてもらえる日が来ると宣言した魔女だ。

「今まで一度も言わなかったね。この魔女が――」

「私のいとこだったらどうだって言うのかね？」シリウスがピシャリと言った。「私に言わせれば、ここにのっている連中は私の家族ではない。この魔女は、絶対に家族ではない。君ぐらいの年のときから、この女には一度も会っていない。アズカバンでちらりと見かけたことを勘定に入れなければだが。こんな魔女を親せきに持ったことを、私が誇りにするとでも思うのか？」

「ごめんなさい」ハリーは急いで謝った。「そんなつもりじゃ――僕、ただ驚いたんだ。それだけ――」

「気にするな。謝ることはない」

シリウスが口ごもった。シリウスは両手をポケットに深く突っ込み、タペストリーから顔をそむけた。

「ここに戻って来たくなかった」客間を見渡しながら、シリウスが言った。「またこの屋敷に閉じ込められるとは思わなかった」

ハリーにはよくわかった。自分が大きくなって、プリベット通りから完全に解放されたと思ったとき、またあの四番地に戻って住むとしたら、どんな思いがするかわかっていた。

「もちろん、本部としては理想的だ」シリウスが言った。「父がここに住んでいたときに、魔法使いが知るかぎりのあらゆる安全対策を、この屋敷にほどこした。位置探知は不可能だ。だから、マグルは絶対にここを訪れたりはしない――もっともそうしたいとは思わないだろうが――それに、今はダンブルドアが追加の保護策を講じている。ここより安全な屋敷はどこにもない。ダンブルドアが、ほら、『秘密の守人』だ――ダンブルドア自身が誰かにこの場所を教えないかぎり、誰も本部を見つけることはできない――ムーディが昨晩君に見せたメモだが、あれはダンブルドアからだ……」

シリウスは、犬がほえるような声で短く笑った。

「私の両親が、今この屋敷がどんなふうに使われているかを知ったら……まあ、母の肖像画で、君も少しはわかるだろうがね……」

シリウスは一瞬顔をしかめ、それからため息をついた。

「ときどきちょっと外に出て、何か役に立つことができるなら、私も気にしないんだが。ダンブルドアに、君の尋問についていくことはできないかと聞いてみた――もちろん、スナッフルズとしてだが――君を精神的に励ましたいんだが、どう思うかね？」

ハリーは胃袋がほこりっぽいじゅうたんの下まで沈み込んだような気がした。尋問のことは、昨夜の夕食のとき以来、考えていなかった。一番好きな人たちと再会した喜びと、何が起こっているかを聞いた興奮で、尋問は完全に頭から吹っ飛んでいた。しかし、シリウスの言葉で、押しつぶされそうな恐怖感が戻ってきた。ハリーはサンドイッチを貪っているウィーズリー兄弟妹とハーマイオニーをじっと見た。みんなが自分を置いてホグワーツに帰ることになったら、僕はどんな気持ちがするだろう。

「心配するな」シリウスが言った。

ハリーは目を上げ、シリウスが自分を見つめているのに気づいた。

「無罪になるに決まっている。『国際機密保持法』に、自分の命を救うためなら魔法を使ってもよいと、まちがいなく書いてある」

「でも、もし退学になったら」ハリーが静かに言った。「ここに戻って、おじさんと一緒に暮らしてもいい?」

シリウスはさびしげに笑った。

「考えてみよう」

「ダーズリーの所に戻らなくてもいいとわかっていたら、僕、尋問のこともずっと気が楽になるだろうと思う」ハリーはシリウスに答えを迫った。

「ここのほうがいいなんて、連中はよっぽどひどいんだろうな」シリウスの声が陰気に沈んでいた。

「そこの二人、早くしないと食べ物がなくなりますよ」ウィーズリーおばさんが呼びかけた。

シリウスはまた大きなため息をつき、タペストリーに暗い視線を投げた。それから二人はみんなのところへ行った。

その日の午後、ガラス扉の飾り棚をみんなで片づける間、ハリーは努めて尋問のことは考えないようにした。ハリーにとって都合のよいことに、中に入っている物の多くが、ほこりっぽい棚から離れるのをとてもいやがったため、作業は相当集中力が必要だった。シリウスは銀のかぎたばこ入れにいやというほど手をかまれ、あっという間に気持ちの悪いかさぶたができて、手が堅い茶色のグローブのようになった。

「大丈夫だ」

シリウスは興味深げに自分の手を調べ、それから杖で軽くたたいて元の皮膚に戻した。

「たぶん『かさぶた粉』が入っていたんだ」

シリウスはそのたばこ入れを、棚からの廃棄物を入れる袋に投げ入れた。その直後、ジョージが自分の手を念入りに布で巻き、すでにドクシーでいっぱいになっている自分のポケットにこっそりそれを入れるのを、ハリーは目撃した。

気持ちの悪い形をした銀の道具もあった。毛抜きに肢がたくさん生えたようなもので、つまみ上げると、ハリーの腕をクモのようにガサゴソはい上がり、刺そうとした。シリウスが捕まえて、分厚い本でたたきつぶした。本の題は『生粋の貴族——魔法界家系図』だった。オルゴールは、ネジを巻くと何やら不吉なチンチロリンという音を出し、みんな不思議に力が抜けて眠くなった。ジニーが気づいて、ふたをバタンと閉じるまでそれが続いた。誰も開けることができない重いロケット、古い印章がたくさん、それに、ほこりっぽい箱に入った勲章。魔法省への貢献に対して、シリウスの祖父に贈られた勲一等マーリン勲章だった。

「じいさんが魔法省に、金貨を山ほどくれてやったということさ」

シリウスは勲章を袋に投げ入れながら軽蔑するように言った。

クリーチャーが何度か部屋に入ってきて、品物を腰布の中に隠して持ち去ろうとした。捕まるたびに、ブツブツと恐ろしい悪態をついた。シリウスがブラック家の家紋が入った大きな金の指輪をクリーチャーの手からもぎ取ると、クリーチャーは怒りでワッと泣きだし、すすり泣き、しゃくり上げながら、部屋を出ていくとき、ハリーが聞いたことがないようなひどい言葉でシリウスをののしった。

「父の物だったんだ」シリウスが指輪を袋に投げ入れながら言った。

「クリーチャーは父に対して、必ずしも母に対するほど献身的ではなかったんだが、それでも、先週あいつが、父の古いズボンを抱きしめている現場を見た」

ウィーズリーおばさんは、それから数日間みんなをよく働かせた。客間の除染にはまるまる三日かかった。最後に残ったいやなものの一つ、ブラック家の家系図タペストリーは、壁からはがそうとするあらゆる手段に、ことごとく抵抗した。もう一つはガタガタいう小机だ。ムーディがまだ本部に立ち寄っていないので、中に何が入っているのか、はっきりとはわからなかった。

客間の次は一階のダイニング・ルームで、そこの食器棚には、大皿ほどもある大きなクモが数匹隠れているのが見つかった（ロンはお茶を入れると言って出ていったきり、一時間半も戻ってこなかった）。ブラック家の紋章と家訓を書き入れた食器類は、シリウスが全部、無造作に袋に投げ込んだ。黒ずんだ銀の枠に入った古い写真類も同じ運命をたどった。写真の主たちは、自分を覆っているガラスが割れるたびに、かん高い叫び声を上げた。

スネイプはこの作業を「大掃除」と呼んだかもしれないが、屋敷に対して戦いを挑んでいるというのがハリーの意見だった。屋敷は、クリーチャーにあおられて、なかなかいい戦いぶりを見せていた。このしもべ妖精は、みんなが集まっているところにしょっちゅう現れ、ごみ袋から何かを持ち出そうとするときのブツブツも、ますますいやみったらしくなっていた。

シリウスは、洋服をくれてやるぞとまで脅したが、クリーチャーはどんよりした目でシリウスを見つめ、「ご主人様はご主人様のお好きなようになさいませ」と言ったあと、背を向けて大声でブツブツ言った。

「しかし、ご主人様はクリーチャーめを追い払うことはできません。できませんとも。なぜなら、クリーチャーめはこいつらが何をたくらんでいるか知っているからです。ええ、そうですとも。ご主人様の闇の帝王に抵抗するたくらみです。穢れた血と、裏切り者と、クズどもと……」

この言葉で、シリウスは、ハーマイオニーの抗議を無視して、クリーチャーの腰布を後ろから引っつかみ、思いっきり部屋から放り出した。

一日に何回か玄関のベルが鳴り、それを合図にシリウスの母親がまた叫びだした。そして同じ合図で、ハリーもみんなも訪問客の言葉を盗み聞きしようとした。しかし、ちらっと姿を見て、会話の断片を盗み聞きしたところで、ウィーズリーおばさんに作業に呼び戻されるので、ほとんど何も収穫がなかった。スネイプはそれから数回、あわただしく出入りしたが、ハリーとは、うれしいことに、一度も顔を合わせなかった。「変身術」のマクゴナガル先生の姿も、ハリーはちらりと見かけた。マグルの服とコートを着て、とても奇妙な姿だった。マクゴナガル先生も忙しそうで、長居はしなかった。時には訪問客が手伝うこともあった。トンクスが手伝った日の午後は、上階のトイレをうろついていた年老いたグールお化けを発見した記念すべき午後になった。

ルーピンは、シリウスと一緒に屋敷に住んでいたが、騎士団の秘密の任務で長いこと家を空けていた。古い大きな床置時計に、誰かがそばを通ると太いボルトを発射するといういやなくせがついたので、それを直すのをルーピンが手伝った。マンダンガスは、ロンが洋だんすから取り出そうとした古い紫のローブが、ロンを窒息させようとしたところを救ったので、ウィーズリーおばさんの手前、少し名誉挽回した。

　ハリーはまだよく眠れなかったし、廊下と鍵のかかった扉の夢を見て、そのたびに傷痕が刺すように痛んだが、この夏休みに入って初めて楽しいと思えるようになっていた。忙しくしているかぎり、ハリーは幸せだった。しかし、あまりやることがなくなって、気がゆるんだり、つかれて横になり、天井を横切るぼんやりした影を見つめたりしていると、魔法省の尋問のことが重苦しくのしかかってくるのだった。退学になったらどうしようと考えるたび、恐怖が針のようにチクチクと体内を突き刺した。考えるだけで空恐ろしく、言葉に出して言うこともできず、ロンやハーマイオニーにさえも話せなかった。

　二人が、ときどきヒソヒソ話をし、心配そうにハリーのほうを見ていることに気づいてはいたが、二人ともハリーが何も言わないのならと、そのことには触れてこなかった。時には、考えまいと思っても、どうしても想像してしまうことがあった。顔のない魔法省の役人が現れ、ハリーの杖を真っ二つに折り、ダーズリーの所へ戻れと命令する……しかしハリーは戻りはしない。ハリーの心は決まっていた。グリモールド・プレイスに戻り、シリウスと一緒に暮らすんだ。

水曜の夕食のとき、ウィーズリーおばさんがハリーのほうを向いて、低い声で言った。

「ハリー、明日の朝のために、あなたの一番よい服にアイロンをかけておきましたよ。今夜は髪を洗ってちょうだいね。第一印象がいいとずいぶんちがうものよ」

ハリーは胃の中にれんがが落ちてきたような気がした。

ロン、ハーマイオニー、フレッド、ジョージ、ジニーがいっせいに話をやめ、ハリーを見た。ハリーはうなずいて、肉料理を食べ続けようとしたが、口がカラカラでとてもかめなかった。

「どうやって行くのかな？」ハリーは平気な声をつくろって、おばさんに聞いた。

「アーサーが仕事に行くときに連れていくわ」おばさんがやさしく言った。

ウィーズリーおじさんが、テーブルの向こうから励ますようにほほ笑んだ。

「尋問の時間まで、私の部屋で待つといい」おじさんが言った。

ハリーはシリウスのほうを見たが、質問する前にウィーズリーおばさんがその答えを言った。

「ダンブルドア先生は、シリウスがあなたと一緒に行くのは、よくないとお考えですよ。それに、私も――」

「――ダンブルドアが『正しいと思いますよ』」シリウスが、食いしばった歯の間から声を出した。

ウィーズリーおばさんが唇をキッと結んだ。

「ダンブルドアは、いつ、そう言ったの？」ハリーはシリウスを見つめながら聞いた。

「昨夜、君が寝ているときにお見えになった」ウィーズリーおじさんが答えた。

シリウスはむっつりと、ジャガイモにフォークを突き刺した。ハリーは自分の皿に目を落とした。ダンブルドアが尋問の直前の夜にここに来ていたのに、ハリーに会おうとしなかった。そう思うと、すでに最低だったはずのハリーの気持ちが、また一段と落ち込んだ。

第7章　魔法省

次の朝、ハリーは五時半に目覚めた。まるで誰かが耳元で大声を出したかのように、突然、しかもはっきりと目覚めた。しばらくの間、ハリーはじっと横になっていた。しかし、懲戒尋問のことが頭の隅々まで埋め尽くし、ついにたえられなくなってベッドから飛び出し、めがねをかけた。ウィーズリーおばさんがベッドの足元に、洗い立てのジーンズとTシャツを置いてくれていた。ハリーは急いでそれを着込んだ。壁の絵のない絵がせせら笑った。

ロンは大の字になり、大口を開けて眠りこけていた。ハリーが部屋を横切り、踊り場に出てそっとドアを閉めるまで、ロンはピクリとも動かなかった。次にロンに会うときは、もはやホグワーツの生徒同士ではなくなってしまっているかもしれない。その時のことは考えまいと思いながら、ハリーはそっと階段を下り、クリーチャーの先祖たちの首の前を通り過ぎ、厨房に下りていった。

厨房には誰もいないだろうと思っていたが、扉のところまで来ると、中からザワザワと低い話し声が聞こえてきた。扉を開けると、ウィーズリーおじさん、おばさん、シリウス、ルーピン、トンクスが、ハリーを待ち受けていたかのように座っていた。みんな着替えをすませていたが、おばさんだけは紫のキルトの部屋着をはおっていた。ハリーが入っていくと、おばさんが勢いよく立ち上がった。

「朝食ね」おばさんは杖を取り出し、暖炉のほうに急いだ。

「お――お――おはよう。ハリー」トンクスがあくびをした。今朝はブロンドの巻き毛だ。

「よく眠れた？」

「うん」ハリーが答えた。

「わたし、ず――ず――ずっと起きてたの」トンクスはもう一つブルルッと体を震わせてあくびをした。「ここに座りなさいよ……」

トンクスが椅子を引っ張り、ついでに隣の椅子をひっくり返してしまった。

「何を食べる？」おばさんが呼びかけた。「オートミール？　マフィン？　ニシンの燻製？ベーコンエッグ？　トースト？」

「あの――トーストだけ、お願いします」ハリーが言った。

ルーピンがハリーをちらっと見て、それからトンクスに話しかけた。

「スクリムジョールのことで、何か言いかけていたね？」

「あ……うん……あのね、わたしたち、もう少し気をつける必要があるってこと。あの男、キングズリーやわたしに変な質問するんだ……」

会話に加わる必要がないことを、ハリーはぼんやりとありがたく思った。腸がのたうち回っていた。ウィーズリーおばさんがハリーの前に置いてくれた、マーマレードを塗ったトーストを二枚、何とか食べようとしたが、じゅうたんをかみしめているようだった。おばさんが隣に座って、ハリーのTシャツのタグを内側に入れたり、肩のしわを伸ばしたり、面倒を見はじめた。ハリーは、やめてくれればいいのにと思った。

「……それに、ダンブルドアに言わなくちゃ。あしたは夜勤できないわ。わたし、と――と――とってもつかれちゃって」トンクスはまた大あくびをした。

「私がかわってあげよう」ウィーズリーおじさんが言った。「私は大丈夫だ。どうせ報告書を一つ仕上げなきゃならないし」

ウィーズリーおじさんは、魔法使いのローブではなく、細じまのズボンにそで口と腰のしまった古いボマージャケットを着ていた。おじさんはトンクスからハリーのほうに向きなおった。

「気分はどうかね？」

ハリーは肩をすくめた。

「すぐ終わるよ」おじさんは元気づけるように言った。「数時間後には無罪放免だ」

ハリーはだまっていた。

「尋問は、私の事務所と同じ階で、アメリア・ボーンズの部屋だ。魔法法執行部の部長で、君の尋問を担当する魔女だがね」

「アメリア・ボーンズは大丈夫よ、ハリー」トンクスがまじめに言った。「公平な魔女だから。ちゃんと聞いてくれるわよ」

ハリーはうなずいた。何を言っていいのかまだ考えつかなかった。

「カッとなるなよ」突然シリウスが言った。「礼儀正しくして、事実だけを言うんだ」

ハリーはまたうなずいた。

「法律は君に有利だ」ルーピンが静かに言った。「未成年魔法使いでも、命をおびやかされる状況では魔法を使うことが許される」

何かとても冷たいものが、ハリーの首筋を流れ落ちた。一瞬、ハリーは誰かに「目くらまし術」をかけられたかと思ったが、おばさんがぬれたくしでハリーの髪を何とかしようとしているのだと気づいた。おばさんはハリーの頭のてっぺんをギュッと押さえた。

「まっすぐにはならないのかしら？」おばさんが絶望的な声を出した。

ハリーは首を横に振った。

ウィーズリーおじさんは時間をチェックし、ハリーのほうを見た。

「そろそろ出かけよう」おじさんが言った。「少し早いが、ここでぐずぐずしているより、魔法省に行っていたほうがいいだろう」

「オーケー」ハリーはトーストを置き、反射的に答えながら立ち上がった。

「大丈夫よ、ハリー」トンクスがハリーの腕をポンポンとたたいた。

「がんばれ」ルーピンが言った。「必ずうまくいくと思うよ」

「そうじゃなかったら」シリウスが怖い顔で言った。「私が君のためにアメリア・ボーンズに一泡吹かせてやる……」

ハリーは弱々しく笑った。ウィーズリーおばさんがハリーを抱きしめた。

「みんなでお祈りしてますよ」

「それじゃ」ハリーが言った。

「あの……行ってきます」

ハリーはウィーズリーおじさんについて階段を上がり、ホールを歩いた。シリウスの母親がカーテンの陰でグーグー寝息を立てているのが聞こえた。おじさんが玄関のかんぬきをはずし、二人は外に出た。冷たい灰色の夜明けだった。

「いつもは歩いていくんじゃないんでしょう？」

二人で広場を足早に歩きながら、ハリーが聞いた。

「いや、いつもは『姿あらわし』で行く」おじさんが言った。

「しかし、当然君にはそれができないし、完全に魔法を使わないやり方で向こうに到着するのが一番いいと思う……君の懲戒処分の理由を考えれば、そのほうが印象がいいし……」

ウィーズリーおじさんは、片手をジャケットに突っ込んだまま歩いていた。その手が杖を握りしめていることを、ハリーは知っていた。荒れはてた通りにはほとんど人影もなかったが、みすぼらしい小さな地下鉄の駅にたどり着くと、そこはすでに早朝の通勤客でいっぱいだった。いつものことだが、マグルが日常の生活をしているのを身近に感じると、おじさんは興奮を抑えきれないようだった。

「まったくすばらしい」おじさんは自動券売機を指差してささやいた。

「驚くべき思いつきだ」

「故障してるよ」ハリーが貼り紙を指差した。

「そうか。しかし、それでも……」おじさんは機械に向かって愛しげにニッコリした。二人は機械ではなく、眠そうな顔の駅員から切符を買った（おじさんはマグルのお金にうといので、ハリーがやりとりした）。そして五分後、二人は地下鉄に乗り、ロンドンの中心部に向かってガタゴト揺れていた。ウィーズリーおじさんは窓の上に貼ってある地下鉄の地図を、心配そうに何度もたしかめていた。

「あと四駅だ、ハリー……これであと三つになった……あと二つだ、ハリー」

ロンドンの中心部の駅で、ブリーフケースを抱えたスーツ姿の男女の波に流されるように、二人は電車を降りた。エスカレーターを上り、改札口を通り（自動改札機に切符が吸い込まれるのを見て、おじさんは大喜びだった）、広い通りに出た。通りには堂々たるビルが立ち並び、すでに車で混雑していた。

「ここはどこかな？」

おじさんはポカンとして言った。ハリーは一瞬心臓が止まるかと思った。あんなにひっきりなしに地図を見ていたのに、降りる駅をまちがえたのだろうか。しかし、次の瞬間、おじさんは「ああ、そうか……ハリー、こっちだ」と、ハリーを脇道に導いた。

「すまん」おじさんが言った。「何せ電車で来たことがないので、マグルの視点から見ると、何もかもかなりちがって見えたのでね。実を言うと、私はまだ外来者用の入口を使ったことがないんだ」

さらに歩いていくと、建物はだんだん小さくなり、厳しくなくなった。最後にたどり着いた通りには、かなりみすぼらしいオフィスが数軒と、パブが一軒、それにごみのあふれた大型ごみ容器が一つあった。ハリーは、魔法省のある場所はもう少し感動的な所だろうと期待していたのだが――。

「さあ着いた」

ウィーズリーおじさんは、赤い古ぼけた電話ボックスを指差して、明るく言った。ボックスはガラスが数枚なくなっていたし、後ろの壁は落書きだらけだ。

「先にお入り、ハリー」おじさんは電話ボックスの戸を開け、ハリーに言った。

いったいどういうことなのかわけがわからなかったが、ハリーは中に入った。おじさんも、ハリーの脇に体を折りたたむようにして入り込み、戸を閉めた。ぎゅうぎゅうだった。ハリーの体は電話機に押しつけられていた。電話機をはずそうとした野蛮人がいたらしく、電話機は斜めになって壁にかかっていた。おじさんはハリー越しに受話器を取った。

「おじさん、これも故障してるみたいだよ」ハリーが言った。

「いやいや、これは大丈夫」

おじさんはハリーの頭の上で受話器を持ち、ダイヤルをのぞき込んだ。

「えーと……六……」おじさんが六を回した。「二……四……もひとつ四と……それからまた二……」

ダイヤルがなめらかに回転し終わると、おじさんが手にした受話器からではなく、電話ボックスの中から、落ち着きはらった女性の声が流れてきた。まるで二人のすぐそばに姿の見えない女性が立っているように、大きくはっきりと聞こえた。

「魔法省へようこそ。お名前とご用件をおっしゃってください」

「えー……」

おじさんは、受話器に向かって話すべきかどうか迷ったあげく、受話器の口の部分を耳に当てることで妥協した。

「マグル製品不正使用取締局のアーサー・ウィーズリーです。懲戒尋問に出廷するハリー・ポッターに付き添ってきました……」

「ありがとうございます」落ち着きはらった女性の声が言った。

「外来の方はバッジをお取りになり、ローブの胸にお着けください」

カチャ、カタカタと音がして、普通なら釣りが出てくるコイン返却口の受け皿に、何かがすべり出てきた。拾い上げると銀色の四角いバッジで、「ハリー・ポッター　懲戒尋問」と書いてある。ハリーはTシャツの胸にバッジをとめた。また女性の声がした。

「魔法省への外来の方は、杖を登録いたしますので、守衛室にてセキュリティ・チェックを受けてください。守衛室はアトリウムの一番奥にございます」

電話ボックスの床がガタガタ揺れたと思うと、ゆっくりと地面にもぐりはじめた。ボックスのガラス窓越しに地面がだんだん上昇し、ついに頭上まで真っ暗になるのを、ハリーはハラハラしながら見つめていた。何も見えなくなった。電話ボックスがもぐっていくガリガリいう鈍い音以外は何も聞こえない。

一分も経ったろうか、ハリーにはもっと長い時間に感じられたが、一筋の金色の光が射し込み、足元を照らした。光はだんだん広がり、ハリーの体を照らし、ついに、パッと顔を照らした。ハリーは涙が出そうになり、目をパチパチさせた。

「魔法省です。本日はご来省ありがとうございます」女性の声が言った。

電話ボックスの戸がサッと開き、ウィーズリーおじさんが外に出た。続いて外に出たハリーは、口があんぐり開いてしまった。

そこは長い豪華なホールの一番端で、黒っぽい木の床はピカピカに磨き上げられていた。ピーコック・ブルーの天井には金色に輝く記号が象嵌され、その記号が絶え間なく動き変化して、まるで空にかかった巨大な掲示板のようだった。両側の壁はピカピカの黒い木の腰板で覆われ、そこに金張りの暖炉がいくつも設置されていた。左側の暖炉からは、数秒ごとに魔法使いや魔女がやわらかいヒューッという音とともに現れ、右側には、暖炉ごとに出発を待つ短い列ができていた。

ホールの中ほどに噴水があった。丸い水盆の真ん中に、実物大より大きい黄金の立像がいくつも立っている。一番背が高いのは、高貴な顔つきの魔法使いで、天を突くように杖を掲げている。その周りを囲むように、美しい魔女、ケンタウルス、小鬼、屋敷しもべ妖精の像がそれぞれ一体ずつ立っていた。ケンタウルス以下三体の像は、魔法使いと魔女をあがめるように見上げている。二本の杖の先、ケンタウルスの矢尻、小鬼の帽子の先、そして屋敷しもべ妖精の両耳の先から、キラキラと噴水が上がっている。それがパチパチと水面を打つ音や、「姿あらわし」するポン、バシッという音、何百人もの魔法使いや魔女の足音が混じり合って聞こえてくる。魔法使いたちの多くは、早朝のむっつりした表情で、ホールの一番奥に立ち並ぶ黄金のゲートに向かって足早に歩いていた。

「こっちだ」

ウィーズリーおじさんが言った。

二人は人波にまじり、魔法省で働く人たちの間を縫うように進んだ。羊皮紙の山をぐらぐらさせながら運んでいる役人もいれば、くたびれたブリーフケースを抱えている者や、歩きながら『日刊予言者新聞』を読んでいる魔法使いもいる。噴水のそばを通るとき、水底にシックル銀貨やクヌート銅貨が光るのが見えた。噴水脇の小さな立て札に、にじんで薄くなった字でこう書いてあった。

「魔法族の和の泉」からの収益は、
聖マンゴ魔法疾患傷害病院に寄付されます。

もしホグワーツを退学にならなかったら、十ガリオン入れよう。ハリーはすがる思いでそんなことを考えている自分に気づいた。

「こっちだ、ハリー」

おじさんが言った。二人は、黄金のゲートに向かって流れていく魔法省の役人たちから抜け出した。左のほうに「守衛」と書かれた案内板があり、その下の机に、ピーコック・ブルーのローブを着た無精ひげの魔法使いが座っていて、二人が近づくのに気づき、「日刊予言者新聞」を下に置いた。

「外来者の付き添いです」

ウィーズリーおじさんはハリーのほうを見ながら言った。

「こっちへどうぞ」守衛がつまらなそうに言った。

ハリーが近づくと、守衛は、車のアンテナのように細くてへなへなした、長い金の棒を取り出し、ハリーの体の前と後ろで上下させた。

「杖」

金の棒を下に置き、無愛想にそう言うと、守衛は片手を突き出した。

ハリーは杖を差し出した。守衛はそれを奇妙な真鍮の道具にポンと落とした。皿が一つしかないはかりのような道具が、震えはじめた。台の所にある切れ目から、細長い羊皮紙がすっと出てきた。守衛はそれをピリリと破り取り、書かれている文字を読み上げた。

「二十八センチ、不死鳥の尾羽根の芯、使用期間四年。まちがいないか？」

「はい」ハリーは緊張して答えた。

「これは保管する」守衛は羊皮紙の切れ端を小さな真鍮のくぎに突き刺した。「これはそっちに返す」守衛は杖をハリーに突っ返した。

「ありがとうございます」

「ちょっと待て……」守衛がゆっくりと言った。

守衛の目が、ハリーの胸の銀バッジから額へと走った。

「ありがとう、エリック」

ウィーズリーおじさんはきっぱりそう言うと、ハリーの肩をつかみ、守衛の机から引き離して、黄金のゲートに向かう魔法使いや魔女の流れに連れ戻した。

流れにもまれるように、ハリーはおじさんのあとに続いてゲートをくぐり、そのむこう側の小ホールに出た。そこには少なくとも二十機のエレベーターが、各々がっしりした金の格子の後ろに並んでいた。ハリーはおじさんと一緒に、そのうちの一台の前に集まっている群れに加わった。そばにひげ面の大柄な魔法使いが、大きな段ボール箱を抱えて立っていた。箱の中から、ガリガリという音が聞こえる。

「やあ、アーサー」ひげ面がウィーズリーおじさんに向かってうなずいた。

「ボブ、何が入ってるんだい？」おじさんが箱に目をやった。

「よくわからないんだ」ひげ面が深刻な顔をした。「ごくありきたりの鶏だと思っていたんだが、火を吐いてね。どうも、『実験的飼育禁止令』の重大違反らしい」

ジャラジャラ、カタカタと派手な音を立てながら、エレベーターが目の前に下りてきた。金の格子がするすると横に開き、ハリーとウィーズリー氏はみんなと一緒に乗り込んだ。気がつくと、ハリーは後ろの壁に押しつけられていた。魔法使いや魔女が数人、ものめずらしげにハリーを見ている。ハリーは目が合わないように足元を見つめ、同時に前髪をなでつけた。格子がするするすべり、ガチャンと閉まった。エレベーターはチェーンをガチャガチャいわせながら、ゆっくりと昇りはじめた。同時に、ハリーが電話ボックスで聞いた、あの落ち着きはらった女性の声がまた鳴り響いた。

「七階。魔法ゲーム・スポーツ部がございます。そのほか、イギリス・アイルランド・クィディッチ連盟本部、公式ゴブストーン・クラブ、奇抜な特許庁はこちらでお降りください」

エレベーターの扉が開いた。雑然とした廊下と、壁に曲がって貼ってあるクィディッチ・チームのいろいろなポスターが目に入った。腕いっぱいに箒を抱えた魔法使いが一人、やっとのことでエレベーターから降り、廊下の向こうに消えていった。扉が閉まり、エレベーターはまた激しくきしみながら昇っていった。女性のアナウンスが聞こえた。

「六階。魔法運輸部でございます。煙突ネットワーク庁、箒規制管理課、移動キー局、姿あらわしテストセンターはこちらでお降りください」

扉が再び開き、四、五人の魔法使いと魔女が降りた。同時に、紙飛行機が数機、スイーッと飛び込んできた。ハリーは、頭の上をのんびり飛び回る紙飛行機を見つめた。薄紫色で、両翼の先端に「魔法省」とスタンプが押してある。

「省内連絡メモだよ」ウィーズリーおじさんが小声でハリーに言った。「昔はふくろうを使っていたんだが、とんでもなく汚れてね……机はフンだらけになるし……」

ガタゴトと上へ昇る間、メモ飛行機は天井から下がって揺れているランプの周りをはたはたと飛び回った。

「五階。国際魔法協力部でございます。国際魔法貿易基準機構、国際魔法法務局、国際魔法使い連盟イギリス支部は、こちらでお降りください」

扉が開き、メモ飛行機が二機、二、三人の魔法使いたちと一緒にスイーッと出ていった。しかし、入れ替わりに数機飛び込んできて、ランプの周りをビュンビュン飛び回るので、灯りがちらついて見えた。

「四階。魔法生物規制管理部でございます。動物課、存在課、霊魂課、小鬼連絡室、害虫相談室はこちらでお降りください」

「失礼」

火を吐く鶏を運んでいた魔法使いが降り、あとを追ってメモ飛行機が群れをなして出ていった。扉がまたガチャンと閉まった。

「三階。魔法事故惨事部がございます。魔法事故リセット部隊、忘却術士本部、マグル対策口実委員会はこちらでお降りください」

この階でほとんど全員が降りた。残ったのは、ハリー、ウィーズリー氏、それに、床まで垂れる長い羊皮紙を読んでいる魔女が一人だった。残ったメモ飛行機は、エレベーターが再び揺れながら昇る間、ランプの周りを飛び回った。そしてまた扉が開き、アナウンスの声がした。

「二階。魔法法執行部でございます。魔法不適正使用取締局、闇祓い本部、ウィゼンガモット最高裁事務局はこちらでお降りください」

「ここで降りるよ、ハリー」ウィーズリーおじさんが言った。

二人は魔女に続いて降り、扉がたくさん並んだ廊下に出た。

「私の部屋は、この階の一番奥だ」

「おじさん」陽の光が流れ込む窓のそばを通りながら、ハリーが呼びかけた。「ここはまだ地下でしょう？」

「そうだよ」おじさんが答えた。「窓に魔法がかけてある。魔法ビル管理部が、毎日の天気を決めるんだ。この間は二か月もハリケーンが続いた。賃上げ要求でね……。もうすぐそこだよ、ハリー」

角を曲がり、樫材のどっしりした両開きの扉を過ぎると、雑然とした広い場所に出た。そこは小部屋に仕切られていて、話し声や笑い声でざざめいていた。メモ飛行機が小型ロケットのように、小部屋からビュンビュン出入りしている。一番手前の小部屋に、表札が曲がってかかっている。

闇祓い本部

通りすがりに、ハリーは小部屋の入口からこっそり盗み見た。闇祓いたちは、小部屋の壁にいろいろと貼りつけていた。お尋ね者の人相書きやら、家族の写真、ひいきのクィディッチ・チームのポスター、『日刊予言者新聞』の切り抜きなどだ。ビルより長いポニーテールの魔法使いが、真紅のローブを着て、ブーツをはいた両足を机にのせ、羽根ペンに報告書を口述筆記させていた。そのちょっと先で、片目に眼帯をした魔女が、間仕切り壁の上からキングズリー・シャックルボルトに話しかけている。

「おはよう、ウィーズリー」

二人が近づくと、キングズリーがなにげなく挨拶した。

「君と話したいと思っていたんだが、ちょっとお時間をいただけますかね？」

「ああ、ほんのちょっとだけなら」ウィーズリーおじさんが言った。「かなり急いでるのでね」

二人はほとんど互いに知らないような話し方をした。ハリーがキングズリーに挨拶しようと口を開きかけると、おじさんがハリーの足を踏んだ。キングズリーのあとについて、二人は小部屋の列に沿って歩き、一番奥の部屋に行った。

ハリーはちょっとショックを受けた。四方八方からシリウスの顔がハリーを見下ろし、目をパチパチさせていたのだ。新聞の切り抜きや古い写真など――ポッター夫妻の結婚式で新郎の付き添い役を務めたときの写真まで――壁にびっしり貼ってある。ただ一か所、シリウス抜きの空間には、世界地図があり、赤い虫ピンがたくさん刺されて宝石のように光っていた。

「これだがね」

キングズリーは、羊皮紙の束をおじさんの手に押しつけながら、きびきびと話しかけた。

「過去十二か月間に目撃された、空飛ぶマグルの乗り物について、できるだけたくさん情報が欲しい。ブラックがいまだに自分の古いオートバイに乗っているかもしれないという情報が入ったのでね」

キングズリーがハリーに特大のウィンクをしながら、小声でつけ加えた。「雑誌のほうは彼に渡してくれ。おもしろがるだろう」

そして普通の声に戻って言った。

「それから、ウィーズリー、あまり時間をかけ過ぎないでくれ。あの『足榴弾』の報告書が遅れたせいで、我々の調査が一か月も滞ったのでね」

「私の報告書をよく読めば、正しい言い方は『手榴弾』だとわかるはずだが」

ウィーズリー氏が冷ややかに言った。

「それに、申し訳ないが、オートバイ情報は少し待ってもらいませんとね。今我々は非常に忙しいので」

それからウィーズリー氏は声を落として言った。「七時前にここを出られるかね。モリーがミートボールを作るよ」

ウィーズリー氏はハリーに合図して、キングズリーの部屋から外に出ると、また別の樫の扉を通って別の廊下へと導いた。そこを左に曲がり、また別の廊下を歩き、右に曲がると、薄暗くてとびきりみすぼらしい廊下に出た。そして、最後のどん詰まりにたどり着いた。左側に半開きになった扉があり、中に箒置き場が見えた。右側の扉には黒ずんだ真鍮の表札がかかっている。

マグル製品不正使用取締局

ウィーズリー氏のしょぼくれた部屋は、箒置き場より少し狭いように見えた。机が二つ押し込まれ、壁際には書類であふれ返った棚が立ち並んでいる。棚の上も崩れ落ちそうなほどの書類の山だ。おかげで、机の周りは身動きする余地もない。わずかに空いた壁面には、ウィーズリー氏が取り憑かれている趣味の証しで、自動車のポスターが数枚、そのうちの一枚はエンジンの分解図、マグルの子供の本から切り取ったらしい郵便受けのイラスト二枚、プラグの配線の仕方を示した図、そんなものが貼りつけてあった。

ウィーズリー氏の「未処理」の箱は書類であふれ、その一番上に座り込んだ古いトースターは、気のめいるようなしゃっくりをしているし、革の手袋は勝手に両方の親指をくるくる回して遊んでいた。ウィーズリー家の家族の写真がその箱の隣に置かれている。ハリーは、パーシーがそこからいなくなったらしいことに気づいた。

「窓がなくてね」

おじさんはすまなそうにそう言いながら、ボマージャケットを脱いで椅子の背にかけた。

「要請したんだが、我々には必要ないと思われているらしい。さあ、ハリー、かけてくれ。パーキンズはまだ来てないようだな」

ハリーは体を押し込むように、パーキンズの机の後ろの椅子に座った。おじさんはキングズリー・シャックルボルトから渡された羊皮紙の束をパラパラめくっていた。

「ああ」おじさんは束の中から、『ザ・クィブラー』という雑誌を引っ張り出し、ニヤッと笑った。「なるほど……」おじさんはざっと目を通した。「なるほど、シリウスがこれを読んだらおもしろがるだろうと言っていたが、そのとおりだ——おや、今度は何だ?」

メモ飛行機が開けっ放しの扉からブーンと入ってきて、しゃっくりトースターの上にハタハタと降りた。おじさんは紙飛行機を開き、声を出して読んだ。

「『ベスナル・グリーンで三つ目の逆流公衆トイレが報告されたので、ただちに調査されたし』

——こうなると度が過ぎるな……」

「逆流トイレ?」

「マグル嫌いの悪ふざけだ」ウィーズリーおじさんが眉根を寄せた。

「先週は二件あった。ウィンブルドンで一件、エレファント・アンド・キャッスルで一件。マグルが水を流そうとレバーを引くと、流れてゆくはずが逆に――まあ、わかるだろう。かわいそうな被害者は、助けを求めて呼ぶわけだ、その何だ――管配工を。たしかマグルはそう呼ぶな――ほら、パイプなんかを修理する人だ」

「配管工？」

「そのとおり、そう。しかし、当然、呼ばれてもまごまごするだけだ。誰がやっているにせよ、取っ捕まえたいものだ」

「捕まえるのは闇祓いなの？」

「いやいや、闇祓いはこんな小者はやらない。普通の魔法警察パトロールの仕事だ――ああ、ハリー、こちらがパーキンズさんだ」

猫背でふわふわした白髪頭の、気の小さそうな年寄り魔法使いが、息を切らして部屋に入ってきたところだった。

「ああ、アーサー！」パーキンズはハリーには目もくれず、絶望的な声を出した。

「よかった。どうするのが一番いいかわからなくて。ここであなたを待つべきかどうかと。たった今、お宅にふくろうを送ったところです。でも、もちろん行きちがいで――十分前に緊急通達が来て――」

「逆流トイレのことなら知っているが」ウィーズリーおじさんが言った。

「いや、いや、トイレの話じゃない。ポッター少年の尋問ですよ――時間と場所が変わって――八時開廷で、場所は下にある古い十号法廷――」

「下の古い――でも私が言われたのは――何たるこった！」

ウィーズリーおじさんは時計を見て、短い叫び声を上げ、椅子から立ち上がった。

「急げ、ハリー。もう五分前にそこに着いていなきゃならなかった！」

ウィーズリーおじさんがワッと部屋を飛び出し、ハリーがそのすぐあとに続いた。パーキンズは、その間、書類棚にペタンとへばりついていた。

「どうして時間を変えたの？」

闇祓いの小部屋の前を矢のように走り過ぎながら、ハリーが息せき切って聞いた。かけ抜ける二人を、闇祓いたちが首を突き出して見ていた。ハリーは内臓をそっくりパーキンズの机に置き去りにしてきたような気がした。

「私にはさっぱり。しかし、よかった、ずいぶん早く来ていたから。もし出廷しなかったら、とんでもない大惨事になっていた！」

ウィーズリーおじさんは、エレベーターの前で急停止し、待ちきれないように「▼」のボタンを何度もつっついた。

「早く！」

エレベーターがガタガタと現れた。二人は急いで乗った。途中で止まるたびに、おじさんはさんざん悪態をついて、「9」のボタンを拳でたたき続けた。

「あそこの法廷はもう何年も使っていないのに」おじさんは憤慨した。「なぜあそこでやるのか、わけがわからん――もしや――いや、まさか――」

その時、小太りの魔女が、煙を上げているゴブレットを手にして乗り込んできたので、ウィーズリーおじさんはそれ以上説明しなかった。

「アトリウム」

落ち着きはらった女性の声が言った。金の格子がするすると開いた。ハリーは遠くに噴水と黄金の立像群をちらりと見た。小太りの魔女が降り、土気色の顔をした陰気な魔法使いが乗り込んできた。

「おはよう、アーサー」エレベーターが下りはじめたとき、その魔法使いが葬式のような声で挨拶した。「ここらあたりではめったに会わないが」

「急用でね、ボード」じれったそうに体を上下にピョコピョコさせ、ハリーを心配そうな目で見ながら、おじさんが答えた。

「ああ、そうかね」ボードは瞬きもせずハリーを観察していた。「なるほど」

ハリーはボードのことなど、とても気にするどころではなかったが、それにしても無遠慮に見つめられて気分がよくなるわけはなかった。

「神秘部でございます」

落ち着きはらった女性の声が言った。それだけしか言わなかった。

「早く、ハリー」

エレベーターの扉がガラガラと開いたとたんに、おじさんが急き立てた。二人は廊下を疾走した。そこは、上のどの階ともちがっていた。壁はむき出しで、廊下の突き当たりにある真っ黒な扉以外は、窓も扉もない。ハリーはその扉を入るのかと思った。ところがおじさんは、ハリーの腕をつかみ、左のほうに引っ張っていった。そこにぽっかり入口が開き、下への階段が続いていた。

「下だ、下」ウィーズリーおじさんは、階段を二段ずつかけ下りながら、あえぎあえぎ言った。

「こんな下までエレベーターも来ない……いったいどうしてこんな所でやるのか、私には……」

階段の下まで来ると、また別の廊下を走った。そこは、ゴツゴツした石壁に松明がかかり、ホグワーツのスネイプの地下牢教室に行く廊下とそっくりだった。どの扉も重そうな木製で、鉄のかんぬきと鍵穴がついていた。

「法廷……十号……たぶん……ここいらだ……あったぞ」

おじさんがつんのめるように止まった。巨大な鉄の錠前がついた、黒々と厳しい扉の前だった。

おじさんはみずおちを押さえて壁にもたれかかった。

「さあ」おじさんはゼイゼイ言いながら親指で扉を指した。「ここから入りなさい」

「おじさんは――一緒じゃないの――？」

「いや、いや、私は入れない。がんばるんだよ！」

ハリーの心臓が、ドドドドッと激しくのどぼとけを打ち鳴らした。ぐっと息をのみ、重い鉄の取っ手を回し、ハリーは法廷に足を踏み入れた。

第8章　尋問

ハリーは思わず息をのんだ。この広い地下牢は、不気味なほど見覚えがある。以前に見たことがあるどころではない。ここに来たことがある。ダンブルドアの「憂いの篩」の中で、ハリーはこの場所に来た。ここで、レストレンジたちがアズカバン監獄での終身刑を言い渡されるのを目撃した。

黒ずんだ石壁を、松明がぼんやり照らしている。ハリーの両側のベンチには誰も座っていなかったが、正面のひときわ高いベンチに、大勢の影のような姿があった。みんな低い声で話していたが、ハリーの背後で重い扉がバタンと閉まると、不吉な静けさがみなぎった。

法廷の向こうから、男性の冷たい声が鳴り響いた。

「遅刻だ」

「すみません」ハリーは緊張した。「僕――僕、時間が変更になったことを知りませんでした」

「ウィゼンガモットのせいではない」声が言った。「今朝、君のところへふくろうが送られている。着席せよ」

ハリーは部屋の真ん中に置かれた椅子に視線を移した。ひじかけに鎖がびっしり巻きついている。椅子に座る者を、この鎖が生き物のように縛り上げるのをハリーは前に見ている。石の床を歩くハリーの足音が、大きく響き渡った。恐る恐る椅子の端に腰かけると、鎖がジャラジャラと脅すように鳴ったが、ハリーを縛りはしなかった。吐きたいような気分で、ハリーは前のベンチに座る影たちを見上げた。

五十人もいるだろうか。ハリーの見える範囲では、全員が赤紫のローブを着ている。胸の左側に、複雑な銀の飾り文字でWの印がついている。厳しい表情をしている者も、率直に好奇心をあらわにしている者も、全員がハリーを見下ろしている。

最前列の真ん中に、魔法大臣コーネリウス・ファッジが座っていた。ファッジはでっぷりとした体つきで、ライムのような黄緑色の山高帽をかぶっていることが多かったが、今日は帽子なしだった。その上、これまでハリーに話しかけるときに見せた、寛容な笑顔も消えていた。ファッジの左手に、白髪を短く切った、えらのがっちり張った魔女が座っている。かけている片めがねが、近寄りがたい雰囲気をかもしだしていた。ファッジの右手も魔女だったが、ぐっと後ろに身を引いて腰かけているので、顔が陰になっていた。

「よろしい」ファッジが言った。

「被告人が出廷した――やっと。――始めよう。準備はいいか?」

ファッジが列の端に向かって呼びかけた。

「はい、閣下」

意気込んだ声が聞こえた。ハリーの知っている声だ。ロンの兄のパーシーが前列の一番端に座っていた。ハリーは、パーシーがハリーを知っているそぶりを少しでも見せることを期待したが、何もなかった。角縁めがねの奥で、パーシーの目はしっかりと羊皮紙を見つめ、手には羽根ペンをかまえていた。

「懲戒尋問、八月十二日開廷」

ファッジが朗々と言った。パーシーがすぐさま記録を取りだした。

「未成年魔法使いの妥当な制限に関する法令と国際機密保持法の違反事件。被告人、ハリー・ジェームズ・ポッター。住所、サレー州、リトル・ウィンジング、プリベット通り四番地」

「尋問官、コーネリウス・オズワルド・ファッジ魔法大臣、アメリア・スーザン・ボーンズ魔法法執行部部長、ドローレス・ジェーン・アンブリッジ上級次官。法廷書記、パーシー・イグネイシャス・ウィーズリー――」

「被告側証人、アルバス・パーシバル・ウルフリック・ブライアン・ダンブルドア」

ハリーの背後で、静かな声がした。ハリーがあまりに急に振り向いたので、首がグキッとねじれた。

濃紺のゆったりと長いローブを着たダンブルドアが、この上なく静かな表情で、部屋の向こうから粛々と大股に歩いてきた。ダンブルドアはハリーの横まで来ると、折れ曲がった鼻の中ほどにかけている半月めがねを通して、ファッジを見上げた。長い銀色のひげと髪が、松明にきらめいている。

ウィゼンガモットのメンバーがざわめいた。目という目が、今やダンブルドアを見ていた。当惑した顔もあり、少し恐れている表情もあった。しかし、後列の年老いた二人の魔女は、手を振って歓迎した。

ダンブルドアの姿を見て、ハリーの胸に力強い感情が湧き上がった。不死鳥の歌がハリーに与えてくれたと同じような、勇気と希望が湧いてくる気持ちだった。ハリーはダンブルドアと目を合わせたかったが、ダンブルドアはこちらを見なかった。明らかに不意を突かれた様子のファッジを見つめ続けていた。

「アー」ファッジは完全に落ち着きを失っているようだった。「ダンブルドア。そう。あなたは

――アー――こちらからの――えー――それでは、伝言を受け取ったのかな？　――時間と――アー――場所が変更になったという？」

「受け取りそこねたらしいのう」

ダンブルドアはほがらかに言った。

「しかし、幸運にも勘ちがいしましてな。魔法省に三時間も早く着いてしまったのじゃ。それで、仔細なしじゃ」

「そうか――いや――もう一つ椅子がいるようだ――私が――ウィーズリー、君が――？」

「いや、いや、おかまいくださるな」ダンブルドアは楽しげに言うと、杖を取り出し、軽く振った。すると、どこからともなく、ふかふかしたチンツ張りのひじかけ椅子が、ハリーの隣に現れた。ダンブルドアは腰をかけ、長い指の先を組み合わせ、その指越しに、礼儀正しくファッジに注目した。ウィゼンガモット法廷はまだざわつき、そわそわしていたが、ファッジがまた口を開いたとき、やっと静まった。

「よろしい」ファッジは羊皮紙をガサガサめくりながら言った。

「さて、それでは。そこで。罪状。そうだ」ファッジは目の前の羊皮紙の束から一枚抜いて、深呼吸し、読み上げた。「被告人罪状は以下のとおり」

「被告人は、魔法省から前回、同様の咎にて警告状を受け取っており、被告人の行動が違法であると充分に認識し、熟知しながら、意図的に、去る八月二日九時二十三分、マグルの居住地区にて、マグルの面前で、守護霊の呪文を行った。これは、一八七五年制定の『未成年魔法使いの妥当な制限に関する法令』C項、並びに『国際魔法戦士連盟機密保持法』第十三条の違反に当たる」

「被告人は、ハリー・ジェームズ・ポッター、住所はサレー州、リトル・ウィンジング、プリベット通り四番地に相違ないか？」ファッジは羊皮紙越しにハリーをにらみつけた。

「はい」ハリーが答えた。

「被告人は三年前、違法に魔法を使ったかどで、魔法省から公式の警告を受け取った。相違ないか？」

「はい、でも――」

「そして被告人は八月二日の夜、守護霊を出現させたか？」ファッジが言った。

「はい、でも――」

「十七歳未満であれば、学校の外で魔法を行使することを許されていないと承知の上か？」

「はい、でも――」

「マグルだらけの地区であることを知っての上か？」

「はい、でも――」

「その時、一人のマグルが身近にいたのを充分認識していたか？」

「はい」ハリーは腹が立った。「でも魔法を使ったのは、僕たちがあの時――」

片めがねの魔女が低く響く声でハリーの言葉をさえぎった。

「完全な守護霊を創り出したのか？」

「はい」ハリーが答えた。「なぜなら――」

「有体守護霊か？」

「ゆ――何ですか？」ハリーが聞いた。

「創り出した守護霊ははっきりとした形を持っていたか？　つまり、霞か雲か以上のものだったか？」

「はい」ハリーはいらいらしていたし、やけくそ気味だった。

「牡鹿です。いつも牡鹿の姿です」

「いつも？」マダム・ボーンズが低く響く声で聞いた。

「前にも守護霊を出したことがあるのか？」

「はい」ハリーが答えた。「もう一年以上やっています」

「しかし、十五歳なのだね？」

「そうです、そして――」

「学校で学んだのか？」

「はい。ルーピン先生に三年生のときに習いました。なぜなら――」

「驚きだ」マダム・ボーンズがハリーをずいっと見下ろした。「この年で、本物の守護霊とは――まさに驚きだ」

周りの魔法使いや魔女はまたざわついた。何人かはうなずいていたが、あとは顔をしかめ、頭を振っていた。

「どんなに驚くべき魔法かどうかは、この際問題ではない」ファッジはいらいら声で言った。「むしろ、この者は、あからさまにマグルの面前でそうしたのであるから、驚くべきであればあるほどたちが悪いと、私はそう考える！」

顔をしかめていた者たちが、そのとおりだとざわめいた。それよりも、パーシーが殊勝ぶって小さくうなずいているのを見たとき、ハリーはどうしても話をせずにはいられなくなった。

「吸魂鬼のせいなんだ！」ハリーは、誰にも邪魔されないうちに、大声で言った。

ざわめきが大きくなるだろうと、ハリーは期待していた。ところが、沈黙だった。なぜか、これまでよりもっと深い沈黙だった。

「吸魂鬼?」しばらくしてマダム・ボーンズが言った。げじげじ眉が吊り上がり、片めがねが危うく落ちるかと思われた。

「君、どういうことかね?」

「路地に、吸魂鬼が二人いたんです。そして、僕と、僕のいとこを襲ったんです!」

「ああ」

ファッジが、ニヤニヤいやな笑い方をしながら、ウィゼンガモット法廷を見回した。あたかも、冗談を楽しもうじゃないかと誘いかけているかのようだった。

「うん、うん、こんな話を聞かされるのではないかと思った」

「リトル・ウィンジングに吸魂鬼?」

マダム・ボーンズが度肝を抜かれたような声を出した。

「わけがわからない――」

「そうだろう、アメリア?」ファッジはまだ薄ら笑いを浮かべていた。「説明しよう。この子は、いろいろ考え抜いて、吸魂鬼がなかなかうまい口実になるという結論を出したわけだ。まさにうまい話だ。マグルには吸魂鬼が見えないからな。そうだろう、君？　好都合だ、まさに好都合だ……君の証言だけで、目撃者はいない……」

「うそじゃない！」

またしてもざわめきだした法廷に向かって、ハリーが大声を出した。

「二人いたんだ。路地の両端からやって来た。周りが真っ暗になって、冷たくなって。いとこも吸魂鬼を感じて逃げ出そうとした――」

「たくさんだ。もうたくさん！」

ファッジが小ばかにしたような顔で、傲然と言った。

「せっかく何度も練習してきたにちがいないうそ話を、さえぎってすまんが――」

ダンブルドアが咳払いをした。ウィゼンガモット法廷が、再びシーンとなった。

「実は、路地に吸魂鬼が存在したことの証人がおる。ダドリー・ダーズリーのほかに、という意味じゃが」ダンブルドアが言った。

ファッジのふっくら顔が、誰かに空気を抜き取られたようにたるんだ。一呼吸、二呼吸、ダンブルドアをぐいと見下ろし、それから、かろうじて体勢を立て直した感じでファッジが言った。

「残念ながらダンブルドア、これ以上、たわ言を聞いているひまはない。この件は早く片づけたい――」

「まちがっておるかもしれんが」ダンブルドアは心地よく言った。「ウィゼンガモット権利憲章に、たしかにあるはずじゃ。被告人は自分に関する事件の証人を召喚する権利を有するとな？マダム・ボーンズ、これは魔法法執行部の方針ではありませんかの？」

ダンブルドアは片めがねの魔女に向かって話を続けた。

「そのとおり」マダム・ボーンズが言った。「まったくそのとおり」

「ああ、けっこう、けっこう」ファッジがバシリと言った。「証人はどこかね？」

「一緒に連れてきておる」ダンブルドアが言った。

「この部屋の前におるが。それでは、わしが――？」

「いや――ウィーズリー、君が行け」ファッジがパーシーにどなった。

パーシーはすぐさま立ち上がり、裁判官バルコニーから石段を下りて、ダンブルドアとハリーには一瞥もくれずに、急いで脇を通り過ぎた。

パーシーは、すぐ戻ってきた。後ろにフィッグばあさんを従えている。おびえた様子で、いつにも増して風変わりに見えた。いつものスリッパをはき替えてくる気配りが欲しかったと、ハリーは思った。

ダンブルドアは立ち上がって椅子をばあさんにゆずり、自分用にもう一つ椅子を取り出した。

「姓名は？」フィッグばあさんがおどおどと椅子の端に腰かけると、ファッジが大声で言った。

「アラベラ・ドーリーン・フィッグ」フィッグばあさんはいつものわなわな声で答えた。

「それで、何者だ？」ファッジはうんざりしたように高飛車な声で聞いた。

「あたしゃ、リトル・ウィンジングに住んどりまして、ハリー・ポッターの家の近くです」

フィッグばあさんが言った。

「リトル・ウィンジングには、ハリー・ポッター以外に魔法使いや魔女がいるという記録はない」

マダム・ボーンズが即座に言った。

「そうした状況は常に、厳密にモニターしてきた。過去の事件が……事件だけに」

「あたしゃ、できそこないのスクイブで」フィッグばあさんが言った。「だから、あたしゃ登録なんかされていませんでしょうが？」

「スクイブ、え？」ファッジが疑わしそうにじろりと見た。「それはたしかめておこう。助手のウィーズリーに、両親についての詳細を知らせておくよう。ところで、スクイブは吸魂鬼が見えるのかね？」

ファッジは裁判官席の左右を見ながら聞いた。

「見えますともさ！」フィッグばあさんが怒ったように言った。

ファッジは眉を吊り上げて、またばあさんを見下ろした。「けっこうだ」ファッジは超然とした様子を装いながら言った。「話を聞こうか？」

「あたしは、ウィステリア通りの奥にある、角の店までキャット・フーズを買いに出かけてました。八月二日の夜九時ごろです」

フィッグばあさんは、これだけの言葉を、まるで暗記してきたかのように早口で一気にまくし立てた。「そん時に、マグノリア・クレセント通りとウィステリア通りの間の路地で騒ぎを聞きました。路地の入口に行ってみると、見たんですよ。吸魂鬼が走ってましてて――」

「走って？」マダム・ボーンズが鋭く言った。「吸魂鬼は走らない。すべる」

「そう言いたかったんで」フィッグばあさんが急いで言った。しわしわのほおのところどころがピンクになっていた。「路地をすべるように動いて、どうやら男の子二人のほうに向かってまして」

「どんな姿をしていましたか？」マダム・ボーンズが聞いた。眉をひそめたので、片めがねの端がまぶたに食い込んで見えなくなっていた。

「えー、一人はとても大きくて、もう一人はかなりやせて――」

「ちがう、ちがう」マダム・ボーンズは性急に言った。「吸魂鬼のほうです……どんな姿か言いなさい」

「あっ」フィッグばあさんのピンク色は今度は首のところに上ってきた。

「でっかかった。でかくて、マントを着てまして」

ハリーは胃の腑がガクンと落ち込むような気がした。フィッグばあさんは見たと言うが、せいぜい吸魂鬼の絵しか見たことがないように思えたのだ。絵ではあの生き物の本性を伝えることはできない。地上から数センチのところに浮かんで進む、あの気味の悪い動き方、あのくさったような臭い、周りの空気を吸い込むときの、あのガラガラという恐ろしい音……。

二列目の、大きな黒い口ひげを蓄えたずんぐりした魔法使いが、隣の縮れっ毛の魔女のほうに身を寄せ、何か耳元でささやいた。魔女はニヤッと笑ってうなずいた。

「でかくて、マントを着て」マダム・ボーンズが冷たくくり返し、ファッジは嘲るようにフンと言った。「なるほど、ほかに何かありますか?」

「あります」フィッグばあさんが言った。「あたしゃ、感じたんですよ。何もかも冷たくなって、しかも、あなた、とっても暑い夏の夜で。それで、あたしゃ、感じましたね……まるでこの世から幸せってもんがすべて消えたような……。それで、あたしゃ、思い出しましたよ……恐ろしいことを……」

ばあさんの声が震えて消えた。

マダム・ボーンズの目が少し開いた。片めがねが食い込んでいた眉の下に、赤い痕が残っているのをハリーは見た。

「吸魂鬼は何をしましたか？」マダム・ボーンズが聞いた。ハリーは希望が押し寄せてくるのを感じた。

「やつらは男の子に襲いかかった」フィッグばあさんの声が、今度はしっかりして、自信があるようだった。顔のピンク色もひいていた。

「一人が倒れた。もう一人は吸魂鬼を追い払おうとしてあとずさりしていた。それがハリーだった。二回やってみたが銀色の霞しか出なかった。三回目に創り出した守護霊が、一人目の吸魂鬼に襲いかかった。それから、ハリーに励まされて、二人目の吸魂鬼をいとこから追っ払った。そしてそれが……それが起こったことで」

フィッグばあさんは尻切れトンボに言い終えた。

マダム・ボーンズはだまってフィッグばあさんを見下ろした。ファッジはまったくばあさんを見もせず、羊皮紙をいじくり回していた。最後にファッジは目を上げ、つっかかるように言った。

「それがおまえの見たことだな？」

「それが起こったことで」フィッグばあさんがくり返して言った。

「よろしい」ファッジが言った。「退出してよい」

フィッグばあさんはおびえたような顔でファッジを見て、ダンブルドアを見た。それから立ち上がって、せかせかと扉に向かった。扉が重い音を立てて閉まるのをハリーは聞いた。

「あまり信用できない証人だった」ファッジが高飛車に言った。

「いや、どうでしょうね」マダム・ボーンズが低く響く声で言った。

「吸魂鬼が襲うときの特徴を実に正確に述べていたのもたしかです。それに、吸魂鬼がそこにいなかったのなら、なぜ、いたなどと言う必要があるのか、その理由がない」

「しかし、吸魂鬼がマグルの住む郊外をうろつくかね？　そして偶然に、魔法使いに出くわすかね？」ファッジはフンと言った。「確率はごくごく低い。バグマンでさえそんなのには賭けない――」

「おお、吸魂鬼が偶然そこにいたと信じる者は、ここには誰もおらんじゃろう」ダンブルドアが軽い調子で言った。

ファッジの右側にいる、顔が陰になった魔女が少し身動きしたが、ほかの全員はだまったまま動かなかった。

「それは、どういう意味かね？」ファッジが冷ややかに聞いた。

「それは、連中が命令を受けてそこにいたということじゃ」ダンブルドアが言った。

「吸魂鬼に二人でリトル・ウィンジングをうろつくように命令したのなら、我々のほうに記録があるはずだ！」ファッジがほえた。

「吸魂鬼が、このごろ魔法省以外から命令を受けているとなれば、そうとはかぎらんのう」

ダンブルドアが静かに言った。

「コーネリウス、この件についてのわしの見解は、すでに述べてある」

「たしかにうかがった」ファッジが力を込めて言った。「しかし、ダンブルドア、どこをどうひっくり返しても、あなたの意見はたわ言以外の何物でもない。吸魂鬼はアズカバンにとどまっており、すべて我々の命令に従って行動している」

「それなれば」ダンブルドアは静かに、しかし、きっぱりと言った。「我々は自らに問うてみんといかんじゃろう。魔法省内の誰かが、なぜ二人の吸魂鬼に、八月二日にあの路地に行けと命じたのか」

この言葉で、全員が完全にだまり込んだ。その中で、ファッジの右手の魔女が身を乗り出し、ハリーはその顔を初めて目にした。

まるで、大きな青白いガマガエルのようだ、とハリーは思った。ずんぐりして、大きな顔はしまりがない。首はバーノンおじさん並みに短く、口はぱっくりと大きく、だらりとだらしがない。丸い大きな目は、やや飛び出している。短いくるくるした巻き毛にちょこんとのった黒いビロードの小さな蝶結びまでが、ハリーの目には、大きなハエに見えた。今にも長いねばねばした舌が伸びてきて、ぺろりと捕まりそうだ。

「ドローレス・ジェーン・アンブリッジ上級次官に発言を許す」ファッジが言った。

魔女が、女の子のようにかん高い声でひらひらと話しだしたのには、ハリーはびっくり仰天した。ゲロゲロというしわがれ声だろうと思っていたのだ。

「わたくし、きっと誤解してますわね、ダンブルドア先生」

顔はニタニタ笑っていたが、魔女の大きな丸い目は冷ややかだった。

「愚かにもわたくし、ほんの一瞬ですけど、まるで先生が、魔法省が命令してこの男の子を襲わせた！　そうおっしゃってるように聞こえましたの」

魔女はさえた金属音で笑った。ハリーは頭の後ろの毛がぞっと逆立つような気がした。ウィゼンガモットの裁判官も数人、一緒に笑った。その誰もが、別におもしろいと思っているわけではないのは明白だった。

「吸魂鬼が魔法省からしか命令を受けないことがたしかだとなれば、そして、一週間前、二人の吸魂鬼がハリーといとこを襲ったことがたしかだとなれば、論理的には、魔法省の誰かが、襲うように命令したということになるじゃろう」ダンブルドアが礼儀正しく述べた。「もちろん、この二人の吸魂鬼が魔法省の制御できない者だったという可能性は――」

「魔法省の統制外にある吸魂鬼はいない！」ファッジは真っ赤になってかみついた。

ダンブルドアは軽く頭を下げた。

「それなれば、魔法省は、必ずや徹底的な調査をなさることでしょう。二人の吸魂鬼がなぜアズカバンからあれほど遠くにいたのか、なぜ承認も受けず襲撃したのか」

「魔法省が何をするかしないかは、ダンブルドア、あなたが決めることではない」

ファッジがまたかみついた。今度は、バーノンおじさんも感服するような赤紫色の顔だ。

「もちろんじゃ」ダンブルドアはおだやかに言った。「わしはただ、この件は必ずや調査がなされるものと信頼しておると述べたまでじゃ」

ダンブルドアはマダム・ボーンズをちらりと見た。マダム・ボーンズは片めがねをかけなおし、少し顔をしかめてダンブルドアをじっと見返した。

「各位に改めて申し上げる。これら吸魂鬼が、もし本当にこの少年のでっち上げでないとしたならだが、その行動は本件の審理事項ではない！」ファッジが言った。「本法廷の事件は、ハリー・ポッターの尋問であり、『未成年魔法使いの妥当な制限に関する法令』の違反事件である！」

「もちろんじゃ」ダンブルドアが言った。「しかし、路地に吸魂鬼が存在したということは、本件において非常に関連性が高い。法令第七条によれば、例外的状況においては、マグルの前で魔法を使うことが可能であり、その例外的状況にふくまれる事態とは、魔法使い、もしくは魔女自身の生命をおびやかされ、もしくはその時に存在するそのほかの魔法使い、魔女、もしくはマグルの生命――」

「第七条は熟知している。よけいなことだ！」ファッジがうなった。

「もちろんじゃ」ダンブルドアはうやうやしく言った。「それなれば、我々は同意見となる。ハリーが守護霊の呪文を行使した状況は、この条項に述べられるごとく、まさに例外的状況の範疇に属するわけじゃな？」

「吸魂鬼がいたとすればだ。ありえんが」

「目撃者の証言をお聞きになりましたな」ダンブルドアが口を挟んだ。「もし証言の信憑性をお疑いなら、再度喚問なさるがよい。証人に異存はないはずじゃ」

「私は――それは――否だ――」ファッジは目の前の羊皮紙をかき回しながら、たけり狂った。

「それは――私は、本件を今日中に終わらせたいのだ、ダンブルドア！」

「しかし、重大な誤審をさけんとすれば、大臣は、当然、何度でも証人喚問をなさることをいとわぬはずじゃ」ダンブルドアが言った。

「重大な誤審、まさか！」ファッジはあらんかぎりの声を振りしぼった。「この少年が、学校外であからさまに魔法を不正使用して、それをごまかすのに何度でっち上げ話をしたか、数え上げたことがあるかね？　三年前の浮遊術事件を忘れたわけではあるまいが――」

「あれは僕じゃない。屋敷しもべ妖精だった！」ハリーが言った。

「**そーれ、聞いたか？**」ファッジがほえて、派手な動作でハリーを指した。「しもべ妖精！　マグルの家で！　どうだ」

「問題の屋敷しもべ妖精は、現在ホグワーツ校にやとわれておる」ダンブルドアが言った。「ご要望とあらば、すぐにでもここに召喚し、証言させることができる」

「私は――いや――しもべ妖精の話など聞いているひまはない！　とにかく、それだけではない――自分のおばをふくらませた！　言語道断！」

ファッジは叫ぶとともに、拳で裁判官のデスクをバンとたたき、インク瓶をひっくり返した。

「そして、大臣はご厚情をもって、その件は追及しないことになさった。たしか、最良の魔法使いでさえ、自分の感情を常に抑えることはできないと認められた上でのことと、推定申し上げるが」

ダンブルドアは静かに言った。ファッジはノートに引っかけたインクをふき取ろうとしていた。

「さらに、私はまだ、この少年が学校で何をやらかしたかに触れていない」

「しかし、魔法省はホグワーツの生徒の学校における不品行について、罰する権限をお持ちではありませんな。学校におけるハリーの態度は、本件とは無関係じゃ」

ダンブルドアの言葉は相変わらずていねいだったが、今や言葉の裏に、冷ややかさが漂っていた。

「おっほー！」ファッジが言った。「学校で何をやろうと、魔法省は関係ないと？　そうですかな？」

「コーネリウス、魔法省には、ホグワーツの生徒を退学にする権限はない。八月二日の夜に、念を押したはずじゃ」ダンブルドアが言った。「さらに、罪状が黒とはっきり証明されるまでは、杖を取り上げる権限もない。これも、八月二日の夜に、念を押したはずじゃ。大臣は、法律を擁護せんとの情熱黙しがたく、性急に事を運ばれるあまり、どうやらうっかり、うっかりに相違ないが、ほかのいくつかの法律をお見逃しのようじゃ」

「法律は変えられる」ファッジが邪険に言った。

「そのとおりじゃ」ダンブルドアは小首をかしげた。「そして、コーネリウス、君はどうやらずいぶん法律を変えるつもりらしいの。わしがウィゼンガモットを去るように要請されてからのほんの二、三週間の間に、単なる未成年者の魔法使用の件を扱うのに、なんと、刑事事件の大法廷を召集するやり方になってしもうたとは！」

後列の魔法使いが何人か、居心地悪そうにもぞもぞ座りなおした。ファッジの顔はさらに深い暗褐色になった。しかし、右側のガマガエル魔女は、ダンブルドアをぐっと見すえただけで、顔色一つ変えない。

「わしの知るかぎり」ダンブルドアが続けた。「現在の法律のどこをどう探しても、本法廷がハリーのこれまで使った魔法を逐一罰する場であるとは書いてない。ハリーが起訴されたのは、ある特定の違反事件であり、被告人はその抗弁をした。被告人とわしが今できることは、ただ評決を待つことのみじゃ」

ダンブルドアは再び指を組み、それ以上何も言わなかった。ファッジは明らかに激怒してダンブルドアをにらんでいる。ハリーは、大丈夫なのかどうかたしかめたくて、横目でダンブルドアを見た。ウィゼンガモットに対して、ダンブルドアが事実上、すぐ評決するようながしたのが正しかったのかどうか、ハリーには確信が持てなかった。しかし、またしてもダンブルドアは、ハリーが視線を合わせようとしているのに気づかないかのように、裁判官席を見つめたままだった。ウィゼンガモット法廷は、全員が、あわただしくヒソヒソ話を始めていた。

ハリーは足元を見つめた。心臓が不自然な大きさにふくれ上がったかのようで、ろっ骨の下でドクンドクンと鼓動していた。尋問手続きはもっと長くかかると思っていた。自分がよい印象を与えたのかどうか、まったく確信が持てなかった。まだほとんどしゃべっていない。吸魂鬼のことや、自分が倒れたこと、自分とダドリーが接吻されかかったことなど、もっと完全に説明すべきだった……。

ハリーは二度ファッジを見上げ、口を開きかけた。しかしそのたびに、ふくれた心臓が気道をふさぎ、ハリーは深く息を吸っただけで、また下を向いて自分の靴を見つめるしかなかった。

そして、ささやきがやんだ。ハリーは裁判官たちを見上げたかったが、靴ひもを調べ続けるほうがずっと楽だとわかった。

「被告人を無罪放免とすることに賛成の者？」マダム・ボーンズの深く響く声が聞こえた。

ハリーはぐいと頭を上げた。手が挙がっていた。たくさん……半分以上！　息をはずませながら、ハリーは数えようとした。しかし、数え終える前に、マダム・ボーンズが言った。

「有罪に賛成の者？」

ファッジの手が挙がった。そのほか五、六人の手が挙がった。右側の魔女と、二番目の列の、口ひげの立派な魔法使いと縮れっ毛の魔女も手を挙げていた。

ファッジは全員をざっと見渡し、何かのどに大きな物がつかえたような顔をして、それから手を下ろした。二回大きく息を吸い、怒りを抑えつける努力にゆがんだ声で、ファッジが言った。

「けっこう、けっこう……無罪放免」

「上々」

ダンブルドアは軽快な声でそう言うと、サッと立ち上がり、杖を取り出し、チンツ張りの椅子を二脚消し去った。

「さて、わしは行かねばならぬ。さらばじゃ」

そして、ただの一度もハリーを見ずに、ダンブルドアはすみやかに地下室から立ち去った。

第9章　ウィーズリーおばさんの嘆き

ダンブルドアがあっという間にいなくなったのは、ハリーにとってはまったくの驚きだった。鎖つきの椅子に座ったまま、ハリーはホッとした気持ちと、ショックとの間で葛藤していた。ウィゼンガモットの裁判官たちは全員立ち上がり、しゃべったり、書類を集めたり、帰り仕度をしていた。ハリーは立ち上がった。誰もハリーのことなど、まったく気にかけていないようだ。ただ、ファッジの右隣のガマガエル魔女だけが、今度はダンブルドアではなくハリーを見下ろしていた。その視線を無視し、ハリーはファッジかマダム・ボーンズの視線をとらえようとした。もう行ってもいいのかどうか聞きたかったのだ。

しかし、ファッジは意地でもハリーを見ないようにしているらしく、マダム・ボーンズは自分の書類かばんの整理で忙しくしていた。試しに一歩、二歩、遠慮がちに出口に向かって歩いてみた。呼び止める者がいないとわかると、ハリーは早足になった。

最後の数歩はかけ足になり、扉をこじ開けると、危うくウィーズリーおじさんに衝突しそうになった。おじさんは心配そうな青い顔で、すぐ外に立っていた。

「ダンブルドアは何にも言わな――」

「無罪だよ」ハリーは扉を閉めながら言った。「無罪放免！」

ウィーズリーおじさんはニッコリ笑って、ハリーの両肩をつかんだ。

「ハリー、そりゃ、よかった！　まあ、もちろん、君を有罪にできるはずはないんだ。証拠の上では。しかし、それでも、正直言うと、私はやっぱり――」

しかし、ウィーズリーおじさんは突然口をつぐんだ。法廷の扉が開き、ウィゼンガモットの裁判官たちがぞろぞろ出てきたからだ。

「何てこった！」おじさんは、ハリーを脇に引き寄せてみんなをやり過ごしながら、愕然として言った。「大法廷で裁かれたのか？」

「そうだと思う」ハリーが小声で言った。

通りすがりに一人か二人、ハリーに向かってうなずいたし、マダム・ボーンズをふくむ何人かはおじさんに、「おはよう、アーサー」と挨拶したが、ほかの大多数は目を合わせないようにして通った。

コーネリウス・ファッジとガマガエル魔女は、ほとんど最後に地下室を出た。ファッジはウィーズリーおじさんとハリーが壁の一部であるかのように振る舞ったが、ガマガエル魔女のほうは、通りがかりにまたしてもハリーを、まるで値踏みするような目つきで見た。

最後にパーシーが通った。ファッジと同じに、父親とハリーを完全に無視して、大きな羊皮紙の巻き紙と予備の羽根ペンを何本か握りしめ、背中を突っ張らせ、ツンと上を向いてすたすたと通り過ぎた。ウィーズリーおじさんの口の周りのしわが少し緊張したが、それ以外、自分の三男を見たようなそぶりは見せなかった。

「君をすぐ連れて帰ろう。吉報を君からみんなに伝えられるように」

パーシーのかかとが地下九階への石段を上がって見えなくなったとたん、おじさんはハリーを手招きして言った。

「ベスナル・グリーンのトイレに行くついでだから。さあ……」

「それじゃ、トイレはどうするつもりなの？」

ハリーはニヤニヤしながら聞いた。突然、何もかもが、いつもの五倍もおもしろく思われた。だんだん実感が湧いてきた。無罪なんだ。ホグワーツに帰れるんだ。

「ああ、簡単な呪い破りですむ」

二人で階段を上がりながら、おじさんが言った。

「ただ、故障の修理だけの問題じゃない。むしろ、ハリー、公共物破壊の裏にある態度が問題だ。マグルをからかうのは、一部の魔法使いにとってはただゆかいなことにすぎないかもしれないが、しかし、実はもっと根の深い、たちの悪い問題の表れなんだ。だから、私なんかは——」

ウィーズリーおじさんはハッと口をつぐんだ。地下九階の廊下に出たところだったが、目と鼻の先にコーネリウス・ファッジが立っていて、背が高く、なめらかなプラチナ・ブロンドの、あごがとがった青白い顔の男と、ヒソヒソ話をしていた。

足音を聞きつけて、その男がこちらを向いた。その男もハッと会話を中断した。冷たい灰色の目を細め、ハリーの顔をじっと見た。

「これは、これは、これは……守護霊ポッター殿」ルシウス・マルフォイの冷たい声だった。

ハリーは何か固い物に衝突したかのように、うっと息が止まった。その冷たい灰色の目を最後に見たのは、「死喰い人」のフードの切れ目からだった。その嘲る声を最後に聞いたのは、暗い墓場でヴォルデモートの拷問を受けていたときだった。ルシウス・マルフォイが、臆面もなくハリーの顔をまともに見ようとは。しかも所もあろうに魔法省にマルフォイがいる。コーネリウス・ファッジがマルフォイと話している。信じられなかった。ほんの数週間前、マルフォイが「死喰い人」だと、ファッジに教えたばかりだというのに。

「たった今、大臣が、君が運良く逃げおおせたと話してくださったところだ、ポッター」マルフォイ氏が気取った声で言った。「驚くべきことだ。君が相変わらず危ういところをすり抜けるやり方ときたら……じつに、**蛇のようだ**」

ウィーズリーおじさんが、警告するようにハリーの肩をつかんだ。

「ああ」ハリーが言った。「ああ、僕は逃げるのがうまいよ」

ルシウス・マルフォイが目を上げてウィーズリー氏を見た。

「なんとアーサー・ウィーズリーもか！　ここに何の用かね、アーサー？」

「ここに勤めている」おじさんがそっけなく言った。

「まさか、**ここ**ではないでしょう？」

マルフォイ氏は眉をキュッと上げ、おじさんの肩越しに、後ろの扉をちらりと見た。

「君は地下二階のはず……マグル製品を家にこっそり持ち帰り、それに魔法をかけるような仕事ではありませんでしたかな？」

「いいや」ウィーズリーおじさんはきっぱりと言った。ハリーの肩に、今やおじさんの指が食い込んでいた。

「**そっちこそ**、いったい何の用だい？」ハリーがルシウス・マルフォイに聞いた。

「私と大臣との私的なことは、ポッター、君には関係がないと思うが」

マルフォイがローブの胸のあたりをなでつけながら言った。金貨がポケットいっぱいに詰まったような、チャリンチャリンというやわらかい音を、ハリーははっきり聞いた。

「まったく、君がダンブルドアのお気に入りだからといって、ほかの者もみな君を甘やかすとは期待しないでほしいものだ……では、大臣、お部屋のほうに参りますか?」

「そうしよう」ファッジはハリーとウィーズリー氏に背を向けた。「ルシウス、こちらへ」

二人は低い声で話しながら、大股で立ち去った。ウィーズリーおじさんは、二人がエレベーターに乗り込んで姿が見えなくなるまで、ハリーの肩を放さなかった。

「何か用があるなら、なんであいつは、ファッジの部屋の前で待っていなかったんだ?」ハリーは憤慨して、吐き捨てるように言った。「ここで何してたんだ?」

「こっそり法廷に入ろうとしていた。私はそう見るね」

おじさんはとても動揺した様子で、誰かが盗み聞きしていないかどうかたしかめるように、ハリーの肩越しに目を走らせた。

「君が退学になったかどうかたしかめようとしたんだ。君を屋敷まで送ったら、ダンブルドアに伝言を残そう。マルフォイがまたファッジと話をしていたと、ダンブルドアに知らせないと」

「二人の私的なことって、いったい何があるの？」

「金貨だろう」おじさんは怒ったように言った。「マルフォイは長年、あらゆることに気前よく寄付してきた……。いい人脈が手に入る……そうすれば、有利な計らいを受けられる……都合の悪い法律の通過を遅らせたり……ああ、あいつはいいコネを持っているよ。ルシウス・マルフォイってやつは」

エレベーターが来た。メモ飛行機の群れ以外は誰も乗っていない。おじさんがアトリウム階のボタンを押し、扉がガチャリと閉まる間、メモ飛行機がおじさんの頭上をハタハタと飛んだ。おじさんはわずらわしそうに払いのけた。

「おじさん」ハリーが考えながら聞いた。「もしファッジが、マルフォイみたいな『死喰い人』と会っていて、しかもファッジ一人で会っているなら、あいつらに『服従の呪文』をかけられてないって言える？」

「我々もそれを考えなかったわけではないよ、ハリー」ウィーズリーおじさんがひっそり言った。「しかし、ダンブルドアは、今のところ、ファッジが自分の考えで動いていると考えている――だが、ダンブルドアが言うには、それだから安心というわけではない。ハリー、今はこれ以上話さないほうがいい」

扉がするすると開き、二人はアトリウムに出た。今はほとんど誰もいない。ガード魔ンのエリックは、また「日刊予言者新聞」の陰に埋もれていた。金色の噴水をまっすぐに通り過ぎたとたん、ハリーはふと思い出した。

「待ってて……」

おじさんにそう言うと、ハリーはポケットから巾着を取り出し、噴水に戻った。

ハリーはハンサムな魔法使いの顔を見上げた。しかし近くで見ると、どうも弱々しいまぬけな顔だとハリーは思った。魔女は美人コンテストのように意味のない笑顔を見せていた。ハリーの知っている小鬼やケンタウルスは、どう考えても、こんなふうにおめでたい顔でうっとりとヒト族を見つめたりはしない。屋敷しもべ妖精の、はいつくばった追従の態度だけが真実味があった。このしもべ妖精の像を見たら、ハーマイオニーが何と言うだろうとひとり笑いしながら、ハリーは巾着を逆さに空け、十ガリオンどころか中身をそっくり泉に入れた。

「思ったとおりだ！」ロンが空中にパンチをかました。「君はいつだってちゃんと乗り切るのさ」

「無罪で当然なのよ」

ハリーが厨房に入ってきたときは心配で卒倒しそうだったハーマイオニーが、今度は震える手で目頭を押さえながら言った。

「あなたには何の罪もなかったんだから。なーんにも」

「僕が許されるって思っていたわりには、みんなずいぶんホッとしてるみたいだけど」

ハリーがニッコリした。

ウィーズリーおばさんはエプロンで顔をぬぐっていたし、フレッド、ジョージ、ジニーは戦いの踊りのようなしぐさをしながら歌っていた。

「ホーメン、ホーメン、ホッホッホー……」

「たくさんだ！　やめなさい！」

ウィーズリーおじさんはどなりながらも笑っていた。

「ところでシリウス、ルシウス・マルフォイが魔法省にいた――」

「何？」シリウスが鋭い声を出した。

「ホーメン、ホーメン、ホッホッホー……」

「三人とも、静かにせんか！　そうなんだ。地下九階でファッジと話しているのを、私たちが目撃した。それから二人は大臣室に行った。ダンブルドアに知らせておかないと」

「そのとおりだ」シリウスが言った。「知らせておく。心配するな」

「さあ、私は出かけないと。ベスナル・グリーンで逆流トイレが私を待っている。モリー、帰りが遅くなるよ。トンクスとかわってあげるからね。ただ、キングズリーが夕食に寄るかもしれない――」

「**ホーメン、ホーメン、ホッホッホー……**」

「いいかげんになさい――フレッド――ジョージ――ジニー！」

おじさんが厨房を出ていくと、おばさんが言った。

「ハリー、さあ、座ってちょうだい。何かお昼を食べなさいな。朝はほとんど食べていないんだから」

ロン、ハーマイオニーがハリーのむかい側にかけた。ハリーがグリモールド・プレイスに到着したとき以来、二人がこんなに幸せそうな顔を見せたのは初めてだ。ハリーも、ルシウス・マルフォイとの出会いで少ししぼんでいた有頂天な安堵感が、また盛り上がってきた。陰気な屋敷が、急に温かく歓迎しているように感じられた。騒ぎを聞きつけて、様子を探りに厨房に豚鼻を突っ込んだクリーチャーでさえ、いつもより醜くないように思えた。

「もち、ダンブルドアが君の味方に現れたら、やつらは君を有罪にできっこないさ」

マッシュポテトをみんなの皿に山盛りに取り分けながら、ロンがうれしそうに言った。

「うん、ダンブルドアのおかげで僕が有利になった」ハリーが言った。

ここでもし、「僕に話しかけてほしかったのに。せめて僕を見てくれるだけでも」なんて言えば、とても恩知らずだし、子供っぽく聞こえるだろうと思った。

そう考えたとき、額の傷痕が焼けるように痛み、ハリーはパッと手で覆った。

「どうしたの？」ハーマイオニーが驚いたように聞いた。

「傷が」ハリーは口ごもった。「でも、何でもない……今じゃ、しょっちゅうだから……」

ほかには誰も何も気づかない。誰も彼もが、ハリーの九死に一生を喜びながら、食べ物を取り分けているところだった。フレッド、ジョージ、ジニーはまだ歌っていた。ハーマイオニーは少し心配そうだったが、何も言えないでいるうちに、ロンがうれしそうに言った。

「ダンブルドアはきっと今晩来るよ。ほら、みんなとお祝いするのにさ」

「ロン、いらっしゃれないと思いますよ」ウィーズリーおばさんが巨大なローストチキンの皿をハリーの前に置きながら言った。「今はとってもお忙しいんだから」

「**ホーメン、ホーメン、ホッホッホー……**」

「**おだまり！**」ウィーズリーおばさんがほえた。

数日がたち、ハリーは、このグリモールド・プレイス十二番地に、自分がホグワーツに帰ることを心底喜んではいない人間がいることに気づかないわけにはいかなかった。シリウスは、最初にこの知らせを聞いたとき、ハリーの手を握り、みんなと同じようにニッコリして、うれしそうな様子を見事に演じて見せた。しかし、まもなくシリウスは、以前よりもふさぎ込み、不機嫌になり、ハリーとさえもあまり話さなくなった。そして、母親が昔使っていた部屋に、ますます長い時間バックビークと一緒に閉じこもるようになった。

数日後、ロン、ハーマイオニーと四階のかびだらけの戸棚をこすりながら、ハリーは二人に自分の気持ちの一端を打ち明けた。

「自分を責めることはないわ！」ハーマイオニーが厳しく言った。「あなたはホグワーツに帰るべきだし、シリウスはそれを知ってるわ。個人的に言わせてもらうと、シリウスはわがままよ」

「それはちょっときついぜ、ハーマイオニー」指にこびりついたかびをこそげ取ろうと躍起になって、顔をしかめながらロンが言った。「君だって、この屋敷にひとりぼっちで、くぎづけになってたくないだろう」

「ひとりぼっちじゃないわ！」ハーマイオニーが言った。「ここは『不死鳥の騎士団』の本部じゃない？　シリウスは高望みして、ハリーがここに来て一緒に住めばいいと思ったのよ」

「そうじゃないと思うよ」ハリーが雑巾をしぼりながら言った。「僕がそうしてもいいかって聞いたとき、シリウスははっきり答えなかったんだ」

「あんまり期待しちゃいけないって、自分でそう思ったんだわ」ハーマイオニーは明晰だった。

「それに、きっと少し罪悪感を覚えたのよ。だって、心のどこかで、あなたが退学になればいいって願っていたと思うの。そうすれば二人とも追放された者同士になれるから」

「やめろよ！」

ハリーとロンが同時に言った。しかし、ハーマイオニーは肩をすくめただけだった。

「いいわよ。だけど、私、ときどきロンのママが正しいと思うの。シリウスはねえ、ハリー、あなたがあなたなのか、それともあなたのお父さんなのか、ときどき混乱してるわ」

「じゃ、君は、シリウスが少しおかしいって言うのか？」ハリーが熱くなった。

「ちがうわ。ただ、シリウスは長い間ひとりぼっちでさびしかったと思うだけ」ハーマイオニーがさらりと言いきった。

その時、ウィーズリーおばさんが、三人の背後から部屋に入ってきた。

「まだ終わらないの？」おばさんは戸棚に首を突っ込んだ。

「休んだらどうかって言いにきたのかと思ったよ！」ロンが苦々しげに言った。「この屋敷に来てから、僕たちがどんなに大量のかびを処理したか、ご存じですかね？」

「あなたたちは騎士団の役に立ちたいと、とても熱心でしたね」おばさんが言った。「この本部を任める状態にすることで、お役目がはたせるのですよ」

「屋敷しもべみたいな気分だ」ロンがブツブツ言った。

「さあ、しもべ妖精がどんなにひどい暮らしをしているか、やっとわかったようだから、もう少し『S・P・E・W』に熱心になってくれるでしょ！」

おばさんが三人に任せて出ていったあと、ハーマイオニーが期待を込めて言った。

「ねえ、もしかしたら、お掃除ばかりしていることがどんなにひどいかを、みんなに体験させるのも悪くないかもね――グリフィンドールの談話室を磨き上げるスポンサーつきのイベントをやって、収益はすべて『S・P・E・W』に入ることにして。意識も高まるし、基金も貯まるわ」

「僕、君が『反吐』のことを言わなくなるためのスポンサーになるよ」ロンは、ハリーにしか聞こえないようにいらいらとつぶやいた。

夏休みの終わりが近づくと、ハリーはホグワーツのことを、ますますひんぱんに思い出すようになっていた。早くハグリッドに会いたい。クィディッチをしたい。「薬草学」の温室に行くのに、野菜畑をのんびり横切るのもいい。このほこりっぽいかびだらけの屋敷を離れられるだけでも大歓迎だ。ここでは、戸棚の半分にまだかんぬきがかかっているし、クリーチャーが、通りがかりの者に暗がりからゼイゼイと悪態をつく。もっとも、シリウスに聞こえる所ではこんなことは何も言わないように、ハリーは気づかった。

事実、反ヴォルデモート運動の本部で生活していても、特におもしろおかしいわけではなかった。経験してみるまでは、ハリーにはそれがわからなかった。騎士団のメンバーが定期的に出入りして、食事をしていくときもあれば、時にはほんの数分間のヒソヒソ話だけのこともあった。しかし、ウィーズリーおばさんが、ハリーやほかの子供たちの耳には、本物の耳にも「伸び耳」にも、届かないようにしていた。誰もかれも、シリウスでさえも、ここに到着した夜に聞いたこと以外は、ハリーは知る必要がないと考えているかのようだった。

夏休み最後の日、ハリーは自分の寝室の洋だんすの上を掃いて、ヘドウィグのフンを掃除していた。そこへロンが、封筒を二通持って入ってきた。

「教科書のリストが届いたぜ」

ロンが椅子を踏み台にして立っているハリーに、封筒を一枚投げてよこした。

「遅かったよな。忘れられたかと思ったよ。普通はもっと早く来るんだけど……」

ハリーは最後のフンをごみ袋に掃き入れ、それをロンの頭越しに投げて、隅の紙くずかごに入れた。かごは袋を飲み込んでゲプッと言った。ハリーは手紙を開いた。羊皮紙が二枚入っていて、一枚はいつものように九月一日に学期が始まるというお知らせ、もう一枚は新学期に必要な本が書いてある。

「新しい教科書は二冊だけだ」ハリーは読み上げた。「ミランダ・ゴズホーク著『基本呪文集』の五学年用と、ウィルバート・スリンクハード著『防衛術の理論』だ」

バシッ。

フレッドとジョージがハリーのすぐ脇に「姿あらわし」した。もうハリーも慣れっこになっていたので、椅子から落ちることもなかった。

「スリンクハードの本を指定したのは誰かって、二人で考えてたんだ」

フレッドがごくあたりまえの調子で言った。

「なぜって、それは、ダンブルドアが『闇の魔術に対する防衛術』の先生を見つけたことを意味するからな」ジョージが言った。

「やっとこさだな」フレッドが言った。

「どういうこと？」椅子から跳び下りて二人のそばに立ち、ハリーが聞いた。

「うん、二、三週間前、親父とお袋が話してるのを『伸び耳』で聞いたんだが」

フレッドが話した。

「二人が言うにはだね、ダンブルドアが今年は先生探しにとても苦労してたらしい」

「この四年間に起こったことを考えりゃ、それも当然だよな？」ジョージが言った。

「一人は辞めさせられ、一人は死んで、一人は記憶がなくなり、一人は九か月もトランク詰め」

ハリーが指折り数えて言った。「うん、君たちの言うとおりだな」

「ロン、どうかしたか？」フレッドが聞いた。

ロンは答えなかった。ハリーが振り返ると、ロンは口を少し開けて、ホグワーツからの手紙をじっと見つめ、身動きせずに突っ立っていた。

「いったいどうした？」フレッドがじれったそうに言うと、ロンの後ろに回り込み、肩越しに羊皮紙を読んだ。

フレッドの口もぱっくり開いた。

「監督生？」目を丸くして手紙を見つめ、フレッドが言った。

「監督生？」

ジョージが飛び出して、ロンがもう片方の手に持っている封筒を引っつかみ、逆さにした。中から赤と金の何かがジョージの手の平に落ちるのをハリーは見た。

「まさか」ジョージが声をひそめた。

「まちがいだろ」

フレッドがロンの握っている手紙を引ったくり、透かし模様をたしかめるかのように光にかざして見た。

「正気でロンを監督生にするやつぁいないぜ」

双子の頭が同時に動いて、二人ともハリーをじっと見つめた。

「君が本命だと思ってた」

フレッドが、まるでハリーがみんなをだましたのだろうという調子だった。

「ダンブルドアは絶対君を選ぶと思った」ジョージが怒ったように言った。

「三校対抗試合に優勝したし！」フレッドが言った。

「ぶっ飛んだことがいろいろあったのが、マイナスになったかもな」

ジョージがフレッドに言った。

「そうだな」フレッドが考えるように言った。「うん、相棒、君はあんまりいろいろトラブルを起こし過ぎたぜ。まあ、少なくともご両人のうち一人は、何がより大切か、わかってたってこった」

フレッドが大股でハリーに近づき、背中をバンとたたいた。一方ロンには軽蔑したような目つきをした。

「監督生……ロニー坊やが、監督生」

「おうおう、ママがむかつくぜ」

ジョージは、監督生のバッジが自分を汚すかのようにロンに突っ返し、うめくように言った。

ロンはまだ一言も口をきいていなかったが、バッジを受け取り、一瞬それを見つめた。それから、本物かどうかたしかめてくれとでも言うように、無言でハリーに差し出した。ハリーはバッジを手にした。グリフィンドールのライオンのシンボルの上に、大きくPの文字が書かれている。これと同じようなバッジがパーシーの胸にあったのを、ハリーは、ホグワーツでの最初の日に見ていた。

ドアが勢いよく開いた。ハーマイオニーがほおを紅潮させ、髪をなびかせて猛烈な勢いで入ってきた。手に封筒を持っている。

「ねえ――もらった――？」

ハーマイオニーはハリーが手にしたバッジを見て、歓声を上げた。

「そうだと思った！」

興奮して、自分の封筒をひらひら振りながら、ハーマイオニーが言った。

「私もよ、ハリー、私も！」

「ちがうんだ」ハリーはバッジをロンの手に押しつけながら、急いで言った。「ロンだよ。僕じゃない」

「誰――え？」

「ロンが監督生。僕じゃない」ハリーが言った。

「ロン？」ハーマイオニーの口があんぐり開いた。「でも……たしかなの？　だって――」

ロンが挑むような表情でハーマイオニーを見たので、ハーマイオニーは赤くなった。

「手紙に書いてあるのは僕の名前だ」ロンが言った。

「私……」ハーマイオニーは当惑しきった顔をした。「私……えーと……わーっ！　ロン、おめでとう！　ほんとに――」

「予想外だった」ジョージがうなずいた。

「ちがうわ」ハーマイオニーはますます赤くなった。「ううん、そうじゃない……ロンはいろんなことを……ロンはほんとうに……」

後ろのドアが前よりもう少し広めに開き、ウィーズリーおばさんが、洗濯したてのローブを山のように抱えて後ろ向きに入ってきた。

「ジニーが、教科書リストがやっと届いたって言ってたわ」

おばさんはベッドのほうに洗濯物を運び、ローブを二つの山に選り分けながら、みんなの封筒にぐるりと目を走らせた。

「みんな、封筒を私にちょうだい。午後からダイアゴン横丁に行って、みんなが荷造りしている間に教科書を買ってきてあげましょう。ロン、あなたのパジャマも買わなきゃ。全部二十センチ近く短くなっちゃって。おまえったら、なんて背が伸びるのが早いの……どんな色がいい？」

「赤と金にすればいい。バッジに似合う」ジョージがニヤニヤした。

「何に似合うって？」

ウィーズリーおばさんは、栗色のソックスを丸めてロンの洗濯物の山にのせながら、気にもとめずに聞き返した。

「バッジだよ」いやなことは早くすませてしまおうという雰囲気でフレッドが言った。「新品ピッカピカのすてきな**監督生**バッジさ」

フレッドの言葉が、パジャマのことでいっぱいのおばさんの頭を貫くのにちょっと時間がかかった。

「ロンの……でも……ロン、まさかおまえ……？」

ロンがバッジを掲げた。

ウィーズリーおばさんは、ハーマイオニーと同じような悲鳴を上げた。

「信じられない！　信じられないわ！　ああ、ロン、なんてすばらしい！　監督生！　これで子供たち全員だわ！」

「俺とフレッドは何なんだよ。お隣さんかい？」

おばさんがジョージを押しのけ、末息子を抱きしめたとき、ジョージがふてくされて言った。

「お父さまがお聞きになったら！　ロン、母さんは鼻が高いわ。なんてすてきな知らせでしょう。おまえもビルやパーシーのように、首席になるかもしれないわ。これが第一歩よ！　ああ、こんな心配事だらけのときに、なんていいことが！　母さんはうれしいわ。ああ、ロニーちゃん――」

おばさんの後ろで、フレッドとジョージがオエッと吐くまねをしていたが、おばさんはさっぱり気づかず、ロンの首にしっかり両腕を回して顔中にキスしていた。ロンの顔はバッジよりも鮮やかな赤に染まった。

「ママ……やめて……ママ、落ち着いてよ……」

ロンは母親を押しのけようとしながら、もごもご言った。

おばさんはロンを放すと、息をはずませて言った。

「さあ、何にしましょう？　パーシーにはふくろうをあげたわ。でもおまえはもう、一羽持ってるしね」

「な、何のこと？」ロンは自分の耳がとても信じられないという顔をした。

「ごほうびをあげなくちゃ！」ウィーズリーおばさんがかわいくてたまらないように言った。

「すてきな新しいドレスローブなんかどうかしら？」

「僕たちがもう買ってやったよ」

そんな気前のいいことをしたのを心から後悔しているという顔で、フレッドが無念そうに言った。

「じゃ、新しい大鍋かな。チャーリーのお古はさびて穴が開いてきたし。それとも、新しいネズミなんか。スキャバーズのことかわいがっていたし――」

「ママ」ロンが期待を込めて聞いた。「新しい箒、だめ？」

ウィーズリーおばさんの顔が少し曇った。箒は高価なのだ。

「そんなに高級じゃなくていい！」ロンが急いでつけ足した。「ただ——ただ、一度くらい新しいのが……」

おばさんはちょっと迷っていたが、ニッコリした。

「もちろんいいですとも……さあ、箒も買うとなると、もう行かなくちゃ。みんな、またあとでね……ロニー坊やが監督生！　みんな、ちゃんとトランクに詰めるんですよ……監督生……ああ、私、どうしていいやら！」

おばさんはロンのほおにもう一度キスして、大きく鼻をすすり、興奮して部屋を出ていった。

フレッドとジョージが顔を見合わせた。

「僕たちも君にキスしなくていいかい、ロン？」

フレッドがいかにも心配そうな作り声で言った。

「ひざまずいておじぎしてもいいぜ」ジョージが言った。

「バカ、やめろよ」ロンが二人をにらんだ。

「さもないと？」フレッドの顔に、いたずらっぽいニヤリが広がった。「罰則を与えるかい？」

「やらせてみたいねぇ」ジョージが鼻先で笑った。

「気をつけないと、ロンはほんとうにそうできるんだから！」

ハーマイオニーが怒ったように言った。

フレッドとジョージはゲラゲラ笑いだし、ロンは「やめてくれよ、ハーマイオニー」ともごもご言った。

「ジョージ、俺たち、今後気をつけないとな」フレッドが震えるふりをした。「この二人が我々にうるさくつきまとうとなると……」

「ああ、我らが規則破りの日々もついに終わりか」ジョージが頭を振り振り言った。

そして大きなバシッという音とともに、二人は「姿くらまし」した。

「あの二人ったら！」

ハーマイオニーが天井をにらんで怒ったように言った。天井を通して、今度は上の部屋から、フレッドとジョージが大笑いしているのが聞こえてきた。

「あの二人のことは、ロン、気にしないのよ。やっかんでるだけなんだから！」

「そうじゃないと思うな」

ロンも天井を見上げながら、ちがうよという顔をした。

「あの二人、監督生になるのはアホだけだって、いつも言ってた……でも」ロンはうれしそうにしゃべり続けた。「あの二人は新しい箒を持ったことなんかないんだから！　ママと一緒に行って選べるといいのに……ニンバスは絶対買えないだろうけど、新型のクリーンスイープが出てるんだ。あれだといいな……うん、僕、ママのところに行って、クリーンスイープがいいって言ってくる。ママに知らせておいたほうが……」

ロンが部屋を飛び出し、ハリーとハーマイオニーだけが取り残された。

なぜかハリーは、ハーマイオニーのほうを見たくなかった。ベッドに向かい、おばさんが置いていってくれた清潔なローブの山を抱え、トランクのほうに歩いた。

「ハリー？」ハーマイオニーがためらいがちに声をかけた。

「おめでとう、ハーマイオニー」元気過ぎて、自分の声ではないようだった。「よかったね。監督生。すばらしいよ」ハリーは目をそらしたまま言った。

「ありがとう」ハーマイオニーが言った。「あー――ハリー――ヘドウィグを借りてもいいかしら？　パパとママに知らせたいの。喜ぶと思うわ――だって、監督生っていうのは、あの二人にもわかることだから」

「うん、いいよ」ハリーの声は、また恐ろしいほど元気いっぱいで、いつものハリーの声ではなかった。「使ってよ！」

ハリーはトランクにかがみ込み、一番底にローブを置き、何かを探すふりをした。ハーマイオニーは洋だんすのほうに行き、ヘドウィグを呼んだ。しばらくたって、ドアが閉まる音がした。ハリーはかがんだままで耳を澄ましていた。壁の絵のない絵が、また冷やかし笑いする声と、隅のくずかごがふくろうのフンをコホッと吐き出す音しか聞こえなくなった。

ハリーは体を起こして振り返った。ハーマイオニーとヘドウィグはもういなかった。ハリーはゆっくりとベッドに戻り、腰かけて、見るともなく洋だんすの足元を見た。

五年生になると監督生が選ばれることを、ハリーはすっかり忘れていた。退学になるかもしれないと心配するあまり、バッジが何人かの生徒に送られてくることを考える余裕はなかった。もし、そのことをハリーが覚えていたなら……そのことを考えたとしたなら……何を期待しただろうか？

こんなはずじゃない。頭の中で、正直な声が小声で言った。

ハリーは顔をしかめ、両手で顔を覆った。自分にうそはつけない。監督生のバッジが誰かに送られてくると知っていたら、自分の所に来ると期待したはずだ。ロンの所じゃない。僕はドラコ・マルフォイとおんなじいばり屋なんだろうか？　自分がほかのみんなよりすぐれていると思っているんだろうか？　本当に僕は、ロンよりすぐれていると考えているんだろうか？　ちがう、と小さな声が抵抗した。

本当にちがうのか？　ハリーは恐る恐る自分の心をまさぐった。

僕はクィディッチではよりすぐれている――声が言った。だけど、**僕は、ほかのことでは何もすぐれてはいない。**

それは絶対まちがいないと、ハリーは思った。自分はどの科目でもロンよりすぐれてはいない。だけど、それ以外では？　ハリー、ロン、ハーマイオニーの三人で、ホグワーツ入学以来、いろいろ冒険をした。退学よりもっと危険な目にもあった。

そう、ロンもハーマイオニーもたいてい僕と一緒だった――ハリーの頭の中の声が言った。

だけど、いつも一緒だったわけじゃない。ハリーは自分に言い返した。あの二人がクィレルと戦ったわけじゃない。リドルやバジリスクと戦いもしなかった。シリウスが逃亡したあの晩、吸魂鬼たちを追い払ったのもあの二人じゃない。ヴォルデモートがよみがえったあの晩、二人は僕と一緒に墓場にいたわけじゃない……。

こんな扱いは不当だという思いが込み上げてきた。ここに到着した晩に突き上げてきた思いと同じだった。僕のほうが絶対いろいろやってきた。ハリーは煮えくり返る思いだった。二人よりも僕のほうがいろいろ成しとげたんだ！

だけど、たぶん――小さな公平な声が言った。**たぶんダンブルドアは、幾多の危険な状況に首**

を突っ込んだからといって、それで監督生を選ぶわけじゃない……ほかの理由で選ぶのかもしれない……ロンは僕の持っていない何かを持っていて……。

ハリーは目を開け、指の間から洋だんすの猫足形の脚を見つめ、フレッドの言ったことを思い出していた。――正気でロンを監督生にするやつぁいないぜ……。

ハリーはプッと噴き出した。そのすぐあとで自分がいやになった。

監督生バッジをくれと、ロンがダンブルドアに頼んだわけじゃない。ロンが悪いわけじゃない。ロンの一番の親友の僕が、自分がバッジをもらえなかったからと言ってすねたりするのか？　双子と一緒になって、ロンの背後で笑うのか？　ロンが初めて何か一つハリーに勝ったというのに、その気持ちに水をさす気か？

ちょうどその時、階段を戻ってくるロンの足音が聞こえた。ハリーは立ち上がってめがねをかけなおし、顔に笑いを貼りつけた。ロンがドアからはずむように入ってきた。

「ちょうど間に合った！」ロンがうれしそうに言った。「できればクリーンスイープを買うってさ」

「かっこいい」ハリーが言った。自分の声が変に上ずっていないのでホッとした。

「おい――ロン――おめでとっ」

ロンの顔から笑いが消えていった。

「僕だなんて、考えたことなかった！」ロンが首を振り振り言った。「僕、君だと思ってた！」

「いーや、僕はあんまりいろいろトラブルを起こし過ぎた」

ハリーはフレッドの言葉をくり返した。

「うん」ロンが言った。「うん、そうだな……さあ、荷造りしちまおうぜ、な？」

何とも奇妙なことに、ここに到着して以来、二人の持ち物が勝手に散らばってしまったようだった。屋敷のあちこちから、本やら持ち物やらをかき集めて学校用のトランクに戻すのに、ほとんど午後いっぱいかかった。ロンが監督生バッジを持ってそわそわしているのに、ハリーは気づいた。はじめは自分のベッド脇のテーブルの上に置き、それからジーンズのポケットに入れ、またそれを取り出して、黒の上で赤色が映えるかどうかたしかめるかのように、たたんだローブの上に置いた。フレッドとジョージがやってきて、「永久粘着術」でバッジをロンの額に貼りつけてやろうかと申し出たとき、ロンはやっと、バッジを栗色のソックスにそっと包んでトランクに入れ、鍵をかけた。

ウィーズリーおばさんは、六時ごろに教科書をどっさり抱えてダイアゴン横丁から帰ってきた。厚い渋紙に包まれた長い包みを、ロンが待ちきれないようにうめき声を上げて奪い取った。

「今は包みを開けないで。みんなが夕食に来ますからね。さあ、下に来てちょうだい」

おばさんが言った。しかし、おばさんの姿が見えなくなるや否や、ロンは夢中で包み紙を破り、満面恍惚の表情で、新品の箒を隅から隅までなめるように眺めた。

おめでとう
ロン、ハーマイオニー
新しい監督生

地下には、夕食のごちそうがぎっしりのテーブルの上に、ウィーズリーおばさんが掲げた真紅の横断幕があった。

おばさんは、ハリーの見るかぎり、この夏休み一番の上機嫌だった。

「テーブルに着いて食べるのじゃなくて、立食パーティはどうかと思って」ハリー、ロン、ハーマイオニー、フレッド、ジョージ、ジニーが厨房に入ると、おばさんが言った。

「お父さまもビルも来ますよ、ロン。二人にふくろうを送ったら、**それはそれは大喜びだった**わ」おばさんはニッコリした。

フレッドはやれやれという顔をした。

シリウス、ルーピン、トンクス、キングズリー・シャックルボルトはもう来ていたし、マッド-アイ・ムーディも、ハリーがバタービールを手に取ってまもなく、コツッコツッと現れた。

「まあ、アラスター、いらしてよかったわ」

マッド-アイが旅行用マントを肩から振り落とすように脱ぐと、ウィーズリーおばさんがほがらかに言った。

「ずっと前から、お願いしたいことがあったの——客間の小机を見て、中に何がいるか教えてくださらない？　とんでもないものが入っているといけないと思って、開けなかったの」

「引き受けた、モリー……」

ムーディの鮮やかな明るいブルーの目が、ぐるりと上を向き、厨房の天井を通過してその上を凝視した。

「客間……っと」マッド-アイがうなり、瞳孔が細くなった。

「隅の机か？　うん、なるほど……。ああ、まね妖怪だな……モリー、わしが上に行って片づけようか？」

「いいえ、あとで私がやりますよ」ウィーズリーおばさんがニッコリした。

「お飲み物でもどうぞ。実はちょっとしたお祝いなの」おばさんは真紅の横断幕を示した。

「兄弟で四番目の監督生よ！」

おばさんは、ロンの髪をくしゃくしゃっとなでながら、うれしそうに言った。

「監督生、む？」

ムーディがうなった。普通の目がロンに向き、魔法の目はぐるりと回って頭の横を見た。ハリーはその目が自分を見ているような落ち着かない気分になって、シリウスとルーピンのほうに移動した。

「うむ。めでたい」ムーディは普通の目でロンをじろじろ見たまま言った。「権威ある者は常にトラブルを引き寄せる。しかし、ダンブルドアはおまえがたいがいの呪いにたえることができると考えたのだろうて。さもなくば、おまえを任命したりはせんからな……」

ロンはそういう考え方を聞いてぎょっとした顔をしたが、その時父親と長兄が到着したので、何も答えずにすんだ。ウィーズリーおばさんは上機嫌で、二人がマンダンガスを連れてきたのに文句も言わなかった。マンダンガスは長いオーバーを着ていて、それがあちこち変なところで奇妙にふくらんでいた。オーバーを脱いでムーディの旅行マントの所にかけたらどうかと言われても、マンダンガスは断った。

「さて、そろそろかんぱいしようか」

みんなが飲み物を取ったところで、ウィーズリーおじさんが言った。おじさんはゴブレットを掲げて言った。

「新しいグリフィンドール監督生、ロンとハーマイオニーに」

ロンとハーマイオニーがニッコリした。みんなが二人のために杯を挙げ、拍手した。

「わたしは監督生になったことなかったな」

みんなが食べ物を取りにテーブルのほうに動きだしたとき、ハリーの背後でトンクスの明るい声がした。今日の髪は、真っ赤なトマト色で、腰まで届く長さだ。ジニーのお姉さんのように見えた。

「寮監がね、わたしには何か必要な資質が欠けてるって言ったわ」

「どんな？」焼いたジャガイモを選びながら、ジニーが聞いた。

「お行儀よくする能力とか」トンクスが言った。

ジニーが笑った。ハーマイオニーはほほ笑むべきかどうか迷ったあげく、妥協策にバタービールをガブリと飲み、むせた。

「あなたはどう？　シリウス？」ハーマイオニーの背中をたたきながら、ジニーが聞いた。

ハリーのすぐ脇にいたシリウスが、いつものようにほえるような笑い方をした。

「誰も私を監督生にするはずがない。ジェームズと一緒に罰則ばかり受けていたからね。ルーピンはいい子だったからバッジをもらった」

「ダンブルドアは、私が親友たちをおとなしくさせられるかもしれないと、希望的に考えたのだろうな。言うまでもなく、私は見事に失敗したがね」ルーピンが言った。

ハリーは急に気分が晴れ晴れした。父さんも監督生じゃなかったんだ。急に、パーティが楽しく感じられた。この部屋にいる全員が二倍も好きになって、ハリーは自分の皿を山盛りにした。

ロンは、聞いてくれる人なら誰かれおかまいなしに、口を極めて新品の箒自慢をしていた。

「……十秒でゼロから百二十キロに加速だ。悪くないだろ？　コメット290なんか、ゼロからせいぜい百キロだもんな。しかも追い風でだぜ。『賢い箒の選び方』にそう書いてあった」

ハーマイオニーはしもべ妖精の権利について、ルーピンに自分の意見をとうとうと述べていた。

「だって、これは狼人間の差別とおんなじようにナンセンスでしょう？　自分たちがほかの生物よりすぐれているなんていう、魔法使いのばかな考え方に端を発してるんだわ……」

ウィーズリーおばさんとビルは、いつもの髪型論争をしていた。

「……ほんとに手に負えなくなってるわ。あなたはとってもハンサムなのよ。短い髪のほうがずっとすてきに見えるわ。そうでしょう、ハリー？」

「あ――僕、わかんない――」急に意見を聞かれて、ハリーはちょっと面食らった。

ハリーは二人のそばをそっと離れ、隅っこでマンダンガスと密談しているフレッドとジョージのほうに歩いていった。

マンダンガスはハリーの姿を見ると口を閉じたが、フレッドがウィンクして、ハリーにそばに来いと招いた。

「大丈夫さ」フレッドがマンダンガスに言った。「ハリーは信用できる。俺たちのスポンサーだ」

「見ろよ、ダングが持ってきてくれたやつ」ジョージがハリーに手を突き出した。しなびた黒い豆の鞘のような物を手いっぱいに持っていた。完全に静止しているのに、中からかすかにガラガラという音が聞こえる。

「『有毒食虫蔓』の種だ」ジョージが言った。「『ずる休みスナックボックス』に必要なんだ。だけど、これはC級取引禁止品で、手に入れるのにちょっと問題があってね」

「じゃ、全部で十ガリオンだね、ダング？」フレッドが言った。

「俺がコンだけ苦労して手に入れたンにか？」マンダンガスがたるんで血走った目を見開いた。

「お気の毒さまーだ。二十ガリオンから、びた一クヌートもまけらンねえ」

「ダングは冗談が好きでね」フレッドがハリーに言った。

「まったくだ。これまでの一番は、ナールの針のペン、一袋で六シックルさ」ジョージが言った。

「気をつけたほうがいいよ」ハリーがこっそり注意した。

「何だ？」フレッドが言った。「おふくろは監督生ロンにおやさしくするので手いっぱいさ。俺たちゃ、大丈夫だ」

「だけど、ムーディがこっちに目をつけてるかもしれないよ」ハリーが指摘した。

マンダンガスがおどおどと振り返った。

「ちげぇねえ。そいつぁ」マンダンガスがうなった。「よーし、兄弟ぇ、十でいい。今すぐ引き取っちくれンなら」

マンダンガスはポケットをひっくり返し、双子が差し出した手に中身を空け、せかせかと食べ物のほうに行った。

「ありがとさん、ハリー！」フレッドがうれしそうに言った。「こいつは上に持っていったほうがいいな……」

双子が上に行くのを見ながら、ハリーの胸を少し後ろめたい思いがよぎった。ウィーズリーおじさん、おばさんは、どうしたって最終的には双子の「いたずら専門店」のことを知ってしまう。その時、フレッドとジョージがどうやって資金をやりくりしたのかを知ろうとするだろう。あの時は三校対抗試合の賞金を双子に提供するのが、とても単純なことに思えた。しかし、もしそれがまた家族の争いを引き起こすことになったら？　パーシーのように仲たがいになったら？　フレッドとジョージに手を貸し、おばさんがふさわしくないと思っている仕事を始めさせたのがハリーだとわかったら、それでもおばさんは、ハリーのことを息子同然と思ってくれるだろうか？

双子が立ち去ったあと、ハリーはそこにひとりぼっちで立っていた。胃の腑にのしかかった罪悪感の重みだけが、ハリーにつき合っていた。ふと、自分の名前が耳に入った。キングズリー・シャックルボルトの深い声が、周囲のおしゃべり声をくぐり抜けて聞こえてきた。

「……ダンブルドアはなぜポッターを監督生にしなかったのかね？」キングズリーが聞いた。

「あの人にはあの人の考えがあるはずだ」ルーピンが答えた。

「しかし、そうすることで、ポッターへの信頼を示せたろうに。私ならそうしただろうね」キングズリーが言い張った。「特に、『日刊予言者新聞』が三日にあげずポッターをやり玉に挙げているんだし……」

ハリーは振り向かなかった。ルーピンとキングズリーに、ハリーが聞いてしまったことを悟られたくなかった。ほとんど食欲がなかったが、ハリーはマンダンガスのあとからテーブルに戻った。パーティが楽しいと思ったのも突然湧いた感情だったが、同じぐらい突然に喜びが消えてしまった。上に戻ってベッドにもぐりたいと、ハリーは思った。

マッド－アイ・ムーディが、わずかに残った鼻で、チキンの骨つきもも肉をくんくんかいでいた。どうやら、毒はまったく検出されなかったらしく、次の瞬間、歯でバリッと食いちぎった。

「……柄はナラで、呪いよけワックスが塗ってある。それに振動コントロール内蔵だ――」ロンがトンクスに説明している。

ウィーズリーおばさんが大あくびをした。

「さて、寝る前にまね妖怪を処理してきましょう……。アーサー、みんなをあんまり夜更かしさせないでね。いいこと？　おやすみ、ハリー」

おばさんは厨房を出ていった。ハリーは皿を下に置き、自分もみんなの気づかないうちに、おばさんについていけないかなと思った。

「元気か、ポッター？」ムーディが低い声で聞いた。

「うん、元気」ハリーはうそをついた。

ムーディは鮮やかなブルーの目でハリーを横にらみしながら、腰の携帯瓶からぐいっとのんだ。

「こっちへ来い。おまえが興味を持ちそうな物がある」ムーディが言った。

ローブの内ポケットから、ムーディは古いぼろぼろの写真を一枚引っ張り出した。

「不死鳥の騎士団創立メンバーだ」ムーディがうなるように言った。「昨夜、『透明マント』の予備を探しているときに見つけた。ポドモアが、礼儀知らずにも、わしの一張羅マントを返してよこさん……。みんなが見たがるだろうと思ってな」

ハリーは写真を手に取った。小さな集団がハリーを見つめ返していた。何人かがハリーに手を振り、何人かはかんぱいした。

「わしだ」ムーディが自分を指した。そんな必要はなかった。写真のムーディは見まちがえようがない。ただし、今ほど白髪ではなく、鼻はちゃんとついている。

「ほれ、わしの隣がダンブルドア、反対隣がディーダラス・ディグルだ……。これは魔女のマーリン・マッキノン。この写真の二週間後に殺された。家族全員殺られた。こっちがフランク・ロングボトムと妻のアリス――」

すでにむかむかしていたハリーの胃が、アリス・ロングボトムを見てギュッとねじれた。一度も会ったことがないのに、この丸い、人なつっこそうな顔は知っている。息子のネビルそっくりだ。

「――気の毒な二人だ」ムーディがうなった。「あんなことになるなら死んだほうがましだ……。こっちはエメリーン・バンス。もう会ってるな？　こっちは、言わずもがな、ルーピンだ……。ベンジー・フェンウィック。こいつも殺られた。死体のかけらしか見つからんかった……ちょっとどいてくれ」

ムーディは写真をつついた。写真サイズの小さな姿たちが脇によけ、それまで半分陰になっていた姿が前に移動した。

「エドガー・ボーンズ……アメリア・ボーンズの弟だ。こいつも、こいつの家族も殺られた。すばらしい魔法使いだったが……。スタージス・ポドモア。なんと、若いな……。キャラドック・ディアボーン。この写真から六か月後に消えた。遺体は見つからなんだ……。ハグリッド。紛れもない、いつもおんなじだ……。エルファイアス・ドージ。こいつにもおまえは会ったはずだ。あのころこんなバカバカしい帽子をかぶっとったのを忘れておったわ……。ギデオン・プルウェット。こいつと、弟のフェービアンを殺すのに、死喰い人が五人も必要だったわ。雄々しく戦った……どいてくれ、どいてくれ……」

写真の小さな姿がわさわさ動き、一番後ろに隠れていた姿が一番前に現れた。

「これはダンブルドアの弟でアバーフォース。この時一度しか会ってない。奇妙なやつだったな……。ドーカス・メドウズ。ヴォルデモート自身の手にかかって殺された魔女だ……。シリウス。まだ髪が短かったな……。それと……ほうれ、これがおまえの気に入ると思ったわ！」

ハリーは心臓がひっくり返った。父親と母親がハリーにニッコリ笑いかけていた。二人の真ん中に、しょぼくれた目をした小男が座っている。ワームテールだとすぐにわかった。ハリーの両親を裏切ってヴォルデモートにその居所を教え、両親の死をもたらす手引きをした男だ。

「む？」ムーディが言った。

ハリーはムーディの傷だらけ、穴だらけの顔を見つめた。明らかにムーディは、ハリーに思いがけないごちそうを持ってきたつもりなのだ。

「うん」ハリーはまたしてもニッコリ作り笑いをした。「あっ……あのね、今思い出したんだけど、トランクに詰め忘れた……」

ちょうどシリウスが話しかけてきたので、ハリーは何を詰め忘れたかを考え出す手間が省けた。

「マッド-アイ、そこに何を持ってるんだ？」

そしてマッド-アイがシリウスのほうを見た。ハリーは誰にも呼び止められずに、厨房を横切り、そろりと扉を抜けて階段を上がった。

どうしてあんなにショックを受けたのか、ハリーは自分でもわからなかった。考えてみれば、両親の写真は前にも見たことがあるし、ワームテールにだって会ったことがある……。しかし、まったく予期していないときに、あんなふうに突然目の前に両親の姿を突きつけられるなんて……誰だってそんなのはいやだ。ハリーは腹が立った……。

それに、両親を囲む楽しそうな顔、顔、顔……かけらしか見つからなかったベンジー・フェンウィック、英雄として死んだギデオン・プルウェット、正気を失うまで拷問されたロングボトム夫妻……みんな幸せそうに写真から手を振っている。永久に振り続ける。待ち受ける暗い運命も知らず……。まあ、ムーディにとっては興味のあることかもしれない……。ハリーにはやりきれない思いだった……。

ハリーは足音を忍ばせてホールから階段を上がり、剥製にされたしもべ妖精の首の前を通り、やっとひとりきりになれたことをうれしく思った。ところが、最初の踊り場に近づいたとき、物音が聞こえた。誰かが客間ですすり泣いている。

「誰？」ハリーは声をかけた。

答えはなかった。すすり泣きだけが続いていた。ハリーは残りの階段を二段飛びで上がり、踊り場を横切って客間の扉を開けた。

暗い壁際に誰かがうずくまっている。杖を手にして、体中を震わせてすすり泣いている。ほこりっぽい古いじゅうたんの上に丸く切り取ったように月明かりが射し込み、そこにロンが大の字に倒れていた。死んでいる。

ハリーは、肺の空気が全部抜けたような気がした。床を突き抜けて下に落ちていくような気がした。頭の中が氷のように冷たくなった――ロンが死んだ。うそだ。そんなことが――。

待てよ、**そんなことはありえない――ロンは下の階にいる――**。

「ウィーズリーおばさん？」ハリーは声がかすれた。

「リ――リ――リディクラス！」おばさんが、泣きながら震える杖先をロンの死体に向けた。

パチン。

ロンの死体がビルに変わった。仰向けに大の字になり、うつろな目を見開いている。ウィーズリーおばさんは、ますます激しくすすり泣いた。

「リ――リディクラス！」おばさんはまたすすり上げた。

パチン。

ビルがウィーズリーおじさんの死体に変わった。めがねがずれ、顔からすっと血が流れた。

「やめてーっ！」おばさんがうめいた。「やめて……リディクラス！　リディクラス！　リディクラス！」

パチン、双子の死体。パチン、パーシーの死体。パチン、ハリーの死体……。

「おばさん、ここから出て！」じゅうたんに横たわる自分の死体を見下ろしながら、ハリーが叫んだ。

「誰かほかの人に――」

「どうした？」

ルーピンが客間にかけ上がってきた。すぐあとからシリウス、その後ろにムーディがコツッコツッと続いた。ルーピンはウィーズリーおばさんから、転がっているハリーの死体へと目を移し、すぐに理解したようだった。杖を取り出し、力強く、はっきりと唱えた。

「リディクラス！」

ハリーの死体が消えた。死体が横たわっていたあたりに、銀白色の球が漂った。ルーピンがもう一度杖を振ると、球は煙となって消えた。

「おぉ――おぉ――おぉ！」ウィーズリーおばさんはおえつをもらし、こらえきれずに両手に顔をうずめて激しく泣きだした。

「モリー」ルーピンがおばさんに近寄り、沈んだ声で言った。「モリー、そんなに……」

次の瞬間、おばさんはルーピンの肩にすがり、胸も張り裂けんばかりに泣きじゃくった。

「モリー、ただのまね妖怪だよ」ルーピンがおばさんの頭をやさしくなでながらなぐさめた。「ただの、くだらない、まね妖怪だ……」

「私、いつも、みんなが死――死――死ぬのが見えるの！」おばさんはルーピンの肩でうめいた。「い――い――いつもなの！ゆ――ゆ――夢に見るの……」

シリウスは、まね妖怪がハリーの死体になって横たわっていたあたりのじゅうたんを見つめていた。ムーディはハリーを見ていた。ハリーは目をそらした。ムーディの魔法の目が、ハリーを厨房からずっと追いかけていたような奇妙な感じがした。

「アーサーには、い――い――言わないで」おばさんはおえつしながら、そで口で必死に両目をぬぐった。「私、アーサーにし――し――知られたくないの……ばかなこと考えてるなんて……」

ルーピンがおばさんにハンカチを渡すと、おばさんはチーンと鼻水をかんだ。

「ハリー、ごめんなさい。私に失望したでしょうね？」おばさんが声を震わせた。「たかがまね妖怪一匹も片づけられないなんて……」

「そんなこと」ハリーはニッコリしてみせようとした。

「私、ほんとにし――し――心配で」おばさんの目からまた涙があふれ出した。「家族のは――は――半分が騎士団にいる。全員が無事だったら、き――き――奇跡だわ……それにパ――パ――パーシーは口もきいてくれない……何か、お――お――恐ろしいことが起こって、二度とあの子とな――な――仲なおりできなかったら？　それに、もし私もアーサーも殺されたらどうなるの？　ロンやジニーはだ――だ――誰が面倒を見るの？」

「モリー、もうやめなさい」

ルーピンがきっぱりと言った。

「前の時とはちがう。騎士団は前より準備が整っている。最初の動きが早かった。ヴォルデモートが何をしようとしているか、知っている――」

ウィーズリーおばさんはその名を聞くとおびえて小さく悲鳴を上げた。

「あぁ、モリー、もういいかげんこの名前になれてもいいころじゃないか――いいかい、誰もけがをしないと保証することは、私にはできない。誰にもできない。しかし、前の時より状況はずっといい。あなたは前回、騎士団にいなかったから、わからないだろうが。前の時は二十対一で死喰い人の数が上回っていた。そして、一人また一人とやられたんだ……」

ハリーはまた写真のことを思い出した。両親のニッコリした顔を。ムーディがまだ自分を見つめていることに気づいていた。

「パーシーのことは心配するな」シリウスが唐突に言った。

「そのうち気づく。ヴォルデモートの動きが明るみに出るのも、時間の問題だ。いったんそうなれば、魔法省全員が我々に許しを請う。ただし、やつらの謝罪を受け入れるかどうか、私にははっきり言えないがね」シリウスが苦々しくつけ加えた。

「それに、あなたやアーサーに、もしものことがあったら、ロンとジニーの面倒を誰が見るかだが」

ルーピンがちょっとほほ笑みながら言った。

「私たちがどうすると思う？　路頭に迷わせるとでも？」

ウィーズリーおばさんがおずおずとほほ笑んだ。

「私、ばかなことを考えて」おばさんは涙をぬぐいながら同じことをつぶやいた。

しかし、十分ほどたって自分の寝室のドアを閉めたとき、ハリーにはおばさんがばかなことを考えているとは思えなかった。ぼろぼろの古い写真からニッコリ笑いかけていた両親の顔がまだ目に焼きついている。周囲の多くの仲間と同じく、自分たちにも死が迫っていることに、あの二人も気づいていなかった。まね妖怪が次々に死体にして見せたウィーズリーおばさんの家族が、ハリーの目にちらついた。

何の前触れもなく、額の傷痕がまたしても焼けるように痛んだ。胃袋が激しくのたうった。

「やめろ」傷痕をもみながら、ハリーはきっぱりと言った。痛みは徐々にひいていった。

「自分の頭に話しかけるのは、気が触れる最初の兆候だ」

壁の絵のない絵から、陰険な声が聞こえた。

ハリーは無視した。これまでの人生で、こんなに一気に年を取ったように感じたことはなかった。ほんの一時間前、いたずら専門店のことや、誰が監督生バッジをもらったかを気にしたことなどが、遠い昔のことに思えた。

第10章　ルーナ・ラブグッド

その晩ハリーはうなされた。両親が夢の中で現れたり消えたりした。一言もしゃべらない。ウィーズリーおばさんがクリーチャーの死体のそばで泣いている。それを見ているロンとハーマイオニーは王冠をかぶっている。そして、またしてもハリーは廊下を歩き、鍵のかかった扉で行き止まりになる。傷痕の刺すような痛みで、ハリーは突然目が覚めた。ロンはもう服を着て、ハリーに話しかけていた。

「……急げよ。ママがカッカしてるぜ。汽車に遅れるって……」

屋敷の中はてんやわんやだった。猛スピードで服を着ながら、聞こえてきた物音から察すると、フレッドとジョージが運ぶ手間を省こうとしてトランクに魔法をかけ、階段を下まで飛ばせた結果、トランクがジニーに激突してなぎ倒し、ジニーは踊り場を二つ転がり落ちてホールまで転落したらしい。ブラック夫人とウィーズリーおばさんが、そろって声をかぎりに叫んでいた。

「――**大けがをさせたかもしれないのよ。このバカ息子**――」

「――穢れた雑種ども、わが祖先の館を汚しおって――」

ハーマイオニーがあわてふためいて部屋に飛び込んできた。ハリーがスニーカーをはいているところだった。ハーマイオニーの肩でヘドウィグが揺れ、腕の中でクルックシャンクスが身をくねらせていた。

「パパとママがたった今、ヘドウィグを返してきたの」

ヘドウィグは物わかりよく飛び上がり、自分のかごの上に止まった。

「支度できた？」

「だいたいね。ジニーは大丈夫？」ハリーはぞんざいにめがねをかけながら聞いた。

「ウィーズリーおばさんが応急手当てしたわ」ハーマイオニーが答えた。「だけど、今度はマッド－アイが、スタージス・ポドモアが来ないと護衛が一人足りないから出発できないってごねてる」

「護衛？」ハリーが言った。「僕たち、キングズ・クロスに護衛つきで行かなきゃならないの？」

「あなたが、キングズ・クロスに護衛つきで行くの」ハーマイオニーが訂正した。

「どうして？」ハリーはいらついた。「ヴォルデモートは鳴りをひそめてるはずだ。それとも、ごみ箱の陰からでも飛びかかってきて、僕を殺すとでも言うのかい？」

「知らないわ。マッドｰアイがそう言ってるだけ」ハーマイオニーは自分の時計を見ながら上の空で答えた。「とにかく、すぐ出かけないと、絶対に汽車に遅れるわ……」

「みんな、すぐに下りてきなさい。すぐに！」

ウィーズリーおばさんの大声がした。ハーマイオニーは火傷でもしたように飛び上がり、部屋から飛び出した。ハリーはヘドウィグを引っつかんで乱暴にかごに押し込み、トランクを引きずって、ハーマイオニーのあとから階段を下りた。

ブラック夫人の肖像画は怒り狂ってほえていたが、わざわざカーテンを閉めようとする者は誰もいない。ホールの騒音でどうせまた起こしてしまうからだ。

「――穢れた血！　クズども！　芥の輩！――」

「ハリー、私とトンクスと一緒に来るのよ」ギャーギャーわめき続けるブラック夫人の声に負けじと、おばさんが叫んだ。「トランクとふくろうは置いていきなさい。アラスターが荷物の面倒を見るわ……ああ、シリウス何てことを。ダンブルドアがだめだっておっしゃったでしょう！」

熊のような黒い犬がハリーの脇に現れた。ハリーが、ホールに散らばったトランクを乗り越え乗り越え、ウィーズリーおばさんのほうに行こうとしていたときだった。

「ああ、まったく……」ウィーズリーおばさんが絶望的な声で言った。「それなら、ご自分の責任でそうなさい！」

おばさんは玄関の扉をギーッと開けて外に出た。九月の弱い陽光の中だった。ハリーと犬があとに続いた。扉がバタンと閉まり、ブラック夫人のわめき声がたちまち断ち切られた。

「トンクスは？」十二番地の石段を下りながら、ハリーが見回した。十二番地は、歩道に出たとたん、かき消すように見えなくなった。

「すぐそこで待ってます」おばさんはハリーの脇をはずみながら歩いている黒い犬を見ないようにしながら、硬い表情で答えた。

曲がり角で老婆が挨拶した。くりくりにカールした白髪に、ポークパイの形をした紫の帽子をかぶっている。

「よッ、ハリー」老婆がウィンクした。「急いだほうがいいな、ね、モリー？」老婆が時計を見ながら言った。

「わかってるわ、わかってるわよ」おばさんはうめくように言うと、歩幅を大きくした。「だけど、マッド‐アイがスタージスを待つって言うものだから……アーサーがまた魔法省の車を借りられたらよかったんだけど……ファッジったら、このごろアーサーには空のインク瓶だって貸してくれやしない……マグルは魔法なしでよくもまあ移動するものだわね……」

しかし大きな黒犬は、うれしそうにほえながら、三人の周りを跳ね回り、ハトにかみつくまねをしたり、自分のしっぽを追いかけたりしていた。ハリーは思わず笑った。シリウスはそれだけ長い間屋敷に閉じ込められていたのだ。ウィーズリーおばさんは、ペチュニアおばさん並みに、唇をギュッと結んでいた。

キングズ・クロスまで歩いて二十分かかった。その間何事もなく、せいぜいシリウスが、ハリーを楽しませようと猫を二、三匹脅したくらいだった。駅の中に入ると、みんなで九番線と十番線の間の柵の脇をなにげなくうろうろし、安全を確認した。そして一人ずつ柵に寄りかかり、楽々通り抜けて九と四分の三番線に出た。そこにはホグワーツ特急が停車し、すすけた蒸気をプラットホームに吐き出していた。プラットホームは出発を待つ生徒や家族でいっぱいだった。ハリーはなつかしい匂いを吸い込み、心が高まるのを感じた……ほんとうに帰るんだ……。

「ほかの人たちも間に合えばいいけど」ウィーズリーおばさんが、プラットホームにかかる鉄のアーチを振り返り、心配そうに見つめた。そこからみんなが現れるはずだ。

「いい犬だな、ハリー」縮れっ毛をドレッドヘアにした、背の高い少年が声をかけた。

「ありがとう、リー」ハリーがニコッとした。シリウスはちぎれるほどしっぽを振った。

「ああ、よかった」おばさんがホッとしたように言った。「アラスターと荷物だわ。ほら……」

ふぞろいの目に、ポーター帽子を目深にかぶり、トランクを積んだカートを押しながら、ムーディがコツッコツッとアーチをくぐってやってきた。

「すべてオーケーだ」ムーディがおばさんとトンクスにつぶやいた。「追跡されてはおらんようだ……」

すぐあとから、ロンとハーマイオニーを連れたウィーズリーおじさんがホームに現れた。ムーディのカートからほとんど荷物を降ろし終えたころ、フレッド、ジョージ、ジニーがルーピンと一緒に現れた。

「異常なしか？」ムーディがうなった。

「まったくなし」ルーピンが言った。

「それでも、スタージスのことはダンブルドアに報告しておこう」ムーディが言った。「やつはこの一週間で二回もすっぽかした。マンダンガス並みに信用できなくなっている」

「気をつけて」ルーピンが全員と握手しながら言った。最後にハリーのところに来て、ルーピンは肩をポンとたたいた。「君もだ、ハリー、気をつけるんだよ」

「そうだ、目立たぬようにして、目玉をひんむいてるんだぞ」ムーディもハリーと握手した。

「それから、全員、忘れるな――手紙の内容には気をつけろ。迷ったら、書くな」

「みんなに会えて、うれしかったよ」トンクスが、ハーマイオニーとジニーを抱きしめた。

「またすぐ会えるね」

警笛が鳴った。まだホームにいた生徒たちが、急いで汽車に乗り込みはじめた。

「早く、早く」ウィーズリーおばさんが、あわてでみんなを次々抱きしめ、ハリーは二度も捕まった。「手紙ちょうだい……いい子でね……忘れ物があったら送りますよ……汽車に乗って、さあ、早く……」

ほんの一瞬、大きな黒犬が後ろ脚で立ち上がり、前脚をハリーの両肩にかけた。しかし、ウィーズリーおばさんがハリーを汽車のドアのほうに押しやり、怒ったようにささやいた。

「まったくもう、シリウス、もっと犬らしく振る舞って！」

「さよなら！」汽車が動き出し、ハリーは開けた窓から呼びかけた。ロン、ハーマイオニー、ジニーが、そばで手を振った。トンクス、ルーピン、ムーディ、ウィーズリーおじさん、おばさんの姿があっという間に小さくなった。しかし黒犬は、しっぽを振り、窓のそばを汽車と一緒に走った。飛び去っていくホームの人影が、汽車を追いかける犬を笑いながら見ていた。汽車がカーブを曲がり、シリウスの姿が見えなくなった。

「シリウスは一緒に来るべきじゃなかったわ」ハーマイオニーが心配そうな声で言った。

「おい、気軽にいこうぜ」ロンが言った。「もう何か月も陽の光を見てないんだぞ、かわいそうに」

「さーてと」フレッドが両手を打ち鳴らした。「一日中むだ話をしているわけにはいかない。リーと仕事の話があるんだ。またあとでな」

フレッドとジョージは、通路を右へと消えた。

汽車は速度を増し、窓の外を家々が飛ぶように過ぎ去り、立っているとみなぐらぐら揺れた。

「それじゃ、コンパートメントを探そうか？」ハリーが言った。

ロンとハーマイオニーが目配せし合った。

「えーと」ロンが言った。

「私たち――えーと――ロンと私はね、監督生の車両に行くことになってるの」ハーマイオニーが言いにくそうに言った。

ロンはハリーを見ていない。自分の左手の爪にやけに強い興味を持ったようだ。

「あっ」ハリーが言った。「そうか、いいよ」

「ずーっとそこにいなくともいいと思うわ」ハーマイオニーが急いで言った。「手紙によると、男女それぞれの首席の生徒から指示を受けて、ときどき車内の通路をパトロールすればいいんだって」

「いいよ」ハリーがまた言った。「えーと、それじゃ、僕――僕、またあとでね」

「うん、必ず」ロンが心配そうにおずおずとハリーを盗み見ながら言った。「あっちに行くのはいやなんだ。僕はむしろ――だけど、僕たちしょうがなくて――だからさ、僕、楽しんではいないんだ。僕、パーシーとはちがう」ロンは反抗するように最後の言葉を言った。

「わかってるよ」ハリーはそう言ってニッコリした。しかし、ハーマイオニーとロンが、トランクとクルックシャンクスとかご入りのピッグウィジョンとを引きずって機関車のほうに消えていくと、ハリーは妙にさびしくなった。これまで、ホグワーツ特急の旅はいつもロンと一緒だった。

「行きましょ」ジニーが話しかけた。「早く行けば、あの二人の席も取っておけるわ」

「そうだね」ハリーは片手にヘドウィグのかごを、もう一方の手にトランクの取っ手を持った。

二人はコンパートメントのガラス戸越しに中をのぞきながら、通路をゴトゴト歩いた。どこも満席だった。興味深げにハリーを見つめ返す生徒が多いことに、ハリーはいやでも気づいた。何人かは隣の生徒をこづいてハリーを指差した。

こんな態度が五車両も続いたあと、ハリーは「日刊予言者新聞」のことを思い出した。新聞はこの夏中、読者に対して、ハリーがうそつきの目立ちたがり屋だと吹聴していた。自分を見つめたり、ヒソヒソ話をした生徒たちは、そんな記事を信じたのだろうかと、ハリーは寒々とした気持ちになった。

最後尾の車両で、二人はネビル・ロングボトムに出会った。グリフィンドールの五年生でハリーの同級生だ。トランクを引きずり、じたばた暴れるヒキガエルのトレバーを片手で握りしめて奮闘し、丸顔を汗で光らせている。

「やあ、ハリー」ネビルが息を切らして挨拶した。「やあ、ジニー……どこもいっぱいだ……僕、席が全然見つからなくて……」

「何言ってるの？」ネビルを押しつけるようにして狭い通路を通り、その後ろのコンパートメントをのぞき込んで、ジニーが言った。「ここが空いてるじゃない。ルーニー・ラブグッド一人だけよ――」

ネビルはじゃましたくないとか何とかブツブツ言った。

「ばか言わないで」ジニーが笑った。「この子は大丈夫よ」

ジニーが戸を開けてトランクを中に入れた。ハリーとネビルが続いた。

「こんにちは、ルーナ」ジニーが挨拶した。「ここに座ってもいい？」

窓際の女の子が目を上げた。にごり色のブロンドの髪が腰まで伸び、バラバラと広がっている。眉毛がとても薄い色で、目が飛び出しているので、普通の表情でもびっくり顔だ。ネビルがどうしてこのコンパートメントをパスしようと思ったのか、ハリーはすぐにわかった。この女の子には、明らかに変人のオーラが漂っている。もしかしたら、杖を安全に保管するのに、左耳に挟んでいるせいか、よりによってバタービールのコルクをつなぎ合わせたネックレスをかけているせいか、または雑誌を逆さまに読んでいるせいかもしれない。

女の子の目がネビルをじろっと見て、それからハリーをじっと見た。そしてうなずいた。

「ありがとう」ジニーが女の子にほほ笑んだ。

ハリーとネビルは、トランク三個とヘドウィグのかごを荷物棚に上げ、腰をかけた。ルーナが逆さの雑誌の上から二人を見ていた。雑誌には『ザ・クィブラー』と書いてある。この子は、普通の人間より瞬きの回数が少なくてすむらしい。ハリーを見つめに見つめている。ハリーは、真向かいに座ったことを後悔した。

「ルーナ、いい休みだった？」ジニーが聞いた。

「うん」ハリーから目を離さずに、ルーナが夢見るように言った。

「うん、とっても楽しかったよ。あんた、ハリー・ポッターだ」ルーナが最後につけ加えた。

「知ってるよ」ハリーが言った。

ネビルがクスクス笑った。ルーナが淡い色の目を、今度はネビルに向けた。

「だけど、あんたが誰だか知らない」

「僕、誰でもない」ネビルがあわてて言った。

「ちがうわよ」ジニーが鋭く言った。「ネビル・ロングボトムよ――こちらはルーナ・ラブグッド。ルーナは私と同学年だけど、レイブンクローなの」

「**計り知れぬ英知こそ、我らが最大の宝なり**」ルーナが歌うように言った。

そしてルーナは、逆さまの雑誌を顔が隠れる高さに持ち上げ、ひっそりとなった。ハリーとネビルは眉をキュッと吊り上げて、目を見交わした。ジニーはクスクス笑いを押し殺した。

汽車は勢いよく走り続け、今はもう広々とした田園を走っていた。天気が定まらない妙な日だ。さんさんと陽が射し込むかと思えば、次の瞬間、汽車は不吉な暗い雲の下を走っていた。

「誕生日に何をもらったと思う？」ネビルが聞いた。

「また『思い出し玉』？」ネビルの絶望的な記憶力を何とか改善したいと、ネビルのばあちゃんが送ってよこしたビー玉のようなものを、ハリーは思い出していた。

「ちがうよ」ネビルが言った。「でも、それも必要かな。前に持ってたのはとっくになくしたから……。ちがう。これ見て……」ネビルはトレバーを握りしめていないほうの手を学校のかばんに突っ込み、しばらくガサゴソして、小さな灰色のサボテンのような鉢植えを引っ張り出した。

ただし、針ではなく、おできのようなものが表面を覆っている。

「ミンビュラス・ミンブルトニア」ネビルが得意げに言った。

ハリーはそのものを見つめた。かすかに脈を打っている姿は、病気の内臓のようで気味が悪い。

「これ、とってもとっても貴重なんだ」ネビルはニッコリした。「ホグワーツの温室にだってないかもしれない。僕、スプラウト先生に早く見せたくて。アルジー大おじさんが、アッシリアから僕のために持ってきてくれたんだ。繁殖させられるかどうか、僕、やってみる」

ネビルの得意科目が「薬草学」だということは知っていたが、どう見ても、こんな寸詰まりの小さな植物がいったい何の役に立つのか、ハリーには見当もつかなかった。

「これ──あの──役に立つの？」ハリーが聞いた。

「いっぱい！」ネビルが得意げに言った。「これ、びっくりするような防衛機能を持ってるんだ。ほら、ちょっとトレバーを持ってて……」

ネビルはヒキガエルをハリーのひざに落とし、かばんから羽根ペンを取り出した。ルーナ・ラブグッドの飛び出した目が、逆さまの雑誌の上からまた現れ、ネビルのやることを眺めていた。ネビルはミンビュラス・ミンブルトニアを目の高さに掲げ、舌を歯の間からちょこっと突き出し、適当な場所を選んで、羽根ペンの先でその植物をチクリとつっついた。

植物のおできというおできから、ドロリとした暗緑色の臭い液体がどっと噴出した。それが天井やら窓やらに当たり、ルーナ・ラブグッドの雑誌に引っかかった。危機一髪、ジニーは両腕で顔を覆ったが、べとっとした緑色の帽子をかぶっているように見えた。ハリーは、トレバーが逃げないように押さえて両手がふさがっていたので、思いっきり顔で受けた。くさった堆肥のような臭いがした。

ネビルは顔も体もべっとりで、目にかかった最悪の部分を払い落とすのに頭を振った。

「ご――ごめん」ネビルが息をのんだ。

「僕、試したことなかったんだ……知らなかった。こんなに……でも、心配しないで。『臭液』は毒じゃないから」

ハリーが口いっぱいに詰まった液を床に吐き出したのを見て、ネビルがおどおどと言った。

ちょうどその時、コンパートメントの戸が開いた。

「あら……こんにちは、ハリー……」緊張した声がした。「あの……悪いときに来てしまったかしら？」

ハリーはトレバーから片手を離し、めがねをぬぐった。長いつやつやした黒髪の、とてもかわいい女性が戸口に立ち、ハリーに笑いかけていた。レイブンクローのクィディッチのシーカー、チョウ・チャンだ。

「あ……やあ」ハリーは何の意味もない返事をした。

「あ……」チョウが口ごもった。「あの……挨拶しようと思っただけ……じゃ、またね」

顔をほんのり染めて、チョウは戸を閉めて行ってしまった。ハリーは椅子にぐったりもたれかかってうめいた。かっこいい仲間と一緒にいて、みんながハリーの冗談で大笑いしているところにチョウが来たらどんなによかったか。ネビルやおかしなルーニーと呼ばれているルーナ・ラブグッドと一緒で、ヒキガエルを握りしめ、臭液を滴らせているなんて、誰が好き好んで……。

「気にしないで」ジニーが元気づけるように言った。「ほら、簡単に取れるわ」ジニーは杖を取り出して呪文を唱えた。「スコージファイ! 清めよ!」

臭液が消えた。

「ごめん」ネビルがまた小さな声でわびた。

ロンとハーマイオニーは一時間近く現れなかった。もう車内販売のカートも通り過ぎ、ハリー、ジニー、ネビルはかぼちゃパイを食べ終わり、「蛙チョコ」のカード交換に夢中になっていた。その時コンパートメントの戸が開いて、二人が入ってきた。クルックシャンクスも、かごの中でかん高い鳴き声を上げているピッグウィジョンも一緒だ。

「腹へって死にそうだ」ロンはピッグウィジョンをヘドウィグの隣にしまい込み、ハリーから蛙チョコを引ったくり、ハリーの横にドサリと座った。包み紙をはぎ取り、「蛙」の頭をかみ切り、午前中だけで精魂尽きはてたかのように、ロンは目を閉じて椅子の背に寄りかかった。

「あのね、五年生は各寮に二人ずつ監督生がいるの」ハーマイオニーは、この上なく不機嫌な顔で椅子にかけた。「男女一人ずつ」

「それで、スリザリンの監督生は誰だと思う？」ロンが目を閉じたまま言った。

「マルフォイ」ハリーが即座に答えた。最悪の予想が的中するだろうと思った。

「大当たり」ロンが残りの蛙チョコを口に押し込み、もう一つつまみながら、苦々しげに言った。

「それにあの**いかれた牝牛**のパンジー・パーキンソンよ」ハーマイオニーが辛辣に言った。

「脳震盪を起こしたトロールよりバカなのに、どうして監督生になれるのかしら……」

「ハッフルパフは誰？」ハリーが聞いた。

「アーニー・マクミランとハンナ・アボット」ロンが口いっぱいのまま答えた。

「それから、レイブンクローはアンソニー・ゴールドスタインとパドマ・パチル」ハーマイオニーが言った。

「あんた、クリスマス・ダンスパーティにパドマ・パチルと行った」ぼうっとした声が言った。

みんないっせいにルーナ・ラブグッドを見た。ルーナは『ザ・クィブラー』誌の上から、瞬きもせずにロンを見つめていた。ロンは口いっぱいの「蛙」をゴクッと飲み込んだ。

「ああ、そうだけど」ロンがちょっと驚いた顔をした。

「あの子、あんまり楽しくなかったって」ルーナがロンに教えた。「あんたがあの子とダンスしなかったから、ちゃんと扱ってくれなかったって思ってるんだ。あたしだったら気にしなかったよ」ルーナは思慮深げに言葉を続けた。「ダンスはあんまり好きじゃないもン」

ルーナはまた『ザ・クィブラー』の陰に引っ込んだ。ロンはしばらく口をぽっかり開けたまま、雑誌の表紙を見つめていたが、それから何か説明を求めるようにジニーのほうを向いた。しかし、ジニーはクスクス笑いをこらえるのに握り拳の先端を口に突っ込んでいた。ロンはぼうぜんとして、頭を振り、それから腕時計を見た。

「一定時間ごとに通路を見回ることになってるんだ」ロンがハリーとネビルに言った。「それから、態度が悪いやつには罰則を与えることができる。クラッブとゴイルに難くせつけてやるのが待ちきれないよ……」

「ロン、立場を濫用してはダメ！」ハーマイオニーが厳しく言った。

「ああそうだとも。だって、マルフォイは絶対濫用しないからな」ロンが皮肉たっぷりに言った。

「それじゃ、あいつと同じ所に身を落とすわけ？」

「ちがう。こっちの仲間がやられるより絶対先に、やつの仲間をやってやるだけさ」

「まったくもう、ロン――」

「ゴイルに書き取り百回の罰則をやらせよう。あいつ、書くのが苦手だから、死ぬぜ」

ロンはうれしそうにそう言うと、ゴイルのブーブー声のように声を低くし、顔をしかめて、一生懸命集中するときの苦しい表情を作り、空中に書き取りをするまねをした。

「**僕が……罰則を……受けたのは……ヒヒの……尻に……似ているから**」

みんな大笑いだった。しかし、ルーナ・ラブグッドの笑いこけ方にはかなわない。ルーナは悲鳴のような笑い声を上げた。ヘドウィグが目を覚まして怒ったように羽をばたつかせ、クルックシャンクスは上の荷物棚まで跳び上がってシャーッと鳴いた。ルーナがあんまり笑い転げたので、持っていた雑誌が手からすべり落ち、脚を伝って床まで落ちた。

「それって、おかしいぃ！」

ルーナは息も絶え絶えで、飛び出した目に涙をあふれさせてロンを見つめていた。ロンはとほうに暮れて、周りを見回した。そのロンの表情がおかしいやら、ルーナがみずおちを押さえて体を前後に揺すり、ばかばかしいほど長々笑い続けるのがおかしいやらで、みんながまた笑った。

「君、からかってるの？」ロンがルーナに向かって顔をしかめた。
「ヒヒの……尻！」ルーナが脇腹を押さえながらむせた。
みんながルーナの笑いっぷりを見ていた。しかし床に落ちた雑誌をちらりと見たハリーはハッとして飛びつくように雑誌を取り上げた。逆さまのときは表紙が何の絵かわかりにくかったが、こうして見ると、コーネリウス・ファッジのかなり下手な漫画だった。ファッジだとわかったのは、ライム色の山高帽が描いてあったからだ。片手は金貨の袋をしっかりとつかみ、もう一方の手で小鬼の首をしめ上げている。絵に説明書きがついている。

ファッジのグリンゴッツ乗っ取りはどのくらい乗っているか？

その下に、ほかの掲載記事の見出しが並んでいた。

くさったクィディッチ・リーグ――トルネードーズはこのようにして主導権を握る
古代ルーン文字の秘密解明
シリウス・ブラック――加害者か被害者か？

「これ読んでもいい？」ハリーは真剣にルーナに頼んだ。

ルーナは、まだ息も絶え絶えに笑いながらロンを見つめていたが、うなずいた。

ハリーは雑誌を開き、目次にサッと目を走らせた。その時まで、キングズリーがシリウスに渡してくれとウィーズリーおじさんに渡した雑誌のことをすっかり忘れていたが、あれは『ザ・クィブラー』のこの号だったにちがいない。

その記事のページが見つかった。ハリーは興奮してその記事を読んだ。

この記事もイラスト入りだったが、かなり下手な漫画で、実際、説明書きがなかったら、ハリーにはとてもシリウスだとはわからなかったろう。シリウスが人骨の山の上に立って杖をかまえている。見出しはこうだ。

シリウス――ブラックはほんとうに黒なのか？
大量殺人鬼？　それとも歌う恋人？

ハリーは小見出しを数回読みなおして、やっと読みちがいではないと確認した。シリウスはいつから歌う恋人になったんだ？

十四年間、シリウス・ブラックは十二人のマグルと一人の魔法使いを殺した大量殺人者として有罪とされてきた。二年前、大胆不敵にもアズカバンから脱獄した後、魔法省始まって以来の広域捜査網が張られている。ブラックが再逮捕され、吸魂鬼の手に引き渡されるべきであることを、誰も疑わない。

しかし、そうなのか？

最近明るみに出た驚くべき新事実によれば、シリウス・ブラックは、アズカバン送りになった罪を犯していないかもしれない。事実、リトル・ノートンのアカシア通り十八番地に住むドリス・パーキスによれば、ブラックは殺人現場にいなかった可能性がある。

「シリウス・ブラックが仮名だってことに、誰も気づいてないのよ」とパーキス夫人は語った。「みんながシリウス・ブラックだと思っているのは、ほんとうはスタビィ・ボードマンで、『ザ・ホブゴブリンズ』という人気シンガーグループのリードボーカルだった人よ。十五年ぐらい前に、リトル・ノートンのチャーチ・ホールでのコンサートのとき、耳をカブで打たれて引退したの。新聞でブラックの写真を見たとき、私にはすぐわかったわ。ところで、スタビィはあの事件を引き起こせたはずがないの。だって、事件の日、あの人はちょうど、ろうそくの灯りの下で、私とロマンチックなディナーを楽しんでいたんですもの。私、もう魔法省に手紙を書きましたから、シリウスことスタビィは、もうすぐ特赦になると期待してますわ」

読み終えて、ハリーは信じられない気持ちでそのページを見つめた。冗談かもしれない、とハリーは思った。この雑誌はよくパロディをのせるのかもしれない。ハリーはまたパラパラと二、三ページめくり、ファッジの記事を見つけた。

魔法大臣コーネリウス・ファッジは、魔法大臣に選ばれた五年前、魔法使いの銀行であるグリンゴッツの経営を乗っ取る計画はないと否定した。ファッジは常に、我々の金貨を守る者たちとは、「平和裏に協力する」ことしか望んでいないと主張してきた。

しかしそうなのか？

大臣に近い筋が最近暴露したところによれば、ファッジの一番の野心は、小鬼の金の供給を統制することであり、そのためには力の行使も辞さないという。

「今回が初めてではありませんよ」魔法省内部の情報筋はそう明かした。『小鬼つぶしのコーネリウス・ファッジ』というのが大臣の仲間内でのあだ名です。誰も聞いていないと思うと、大臣はいつも、ええ、自分が殺させた小鬼のことを話していますよ。おぼれさせたり、ビルから突き落としたり、毒殺したり、パイに入れて焼いたり……」

ハリーはそれ以上は読まなかった。ファッジは欠点だらけかもしれないが、小鬼をパイに入れて焼くように命令するとはとても考えられない。ハリーはページをパラパラめくった。数ページごとに目を止めて読んでみた。――タッツヒル・トルネードーズがこれまでクィディッチ・リーグで優勝したのは、脅迫状、箒の違法な細工、拷問などの結果だという記事――クリーンスイープ6号に乗って月まで飛び、証拠に「月蛙」を袋いっぱい持ち帰ったと主張する魔法使いのインタビュー――古代ルーン文字の記事――。少なくともこの記事で、ルーナが『ザ・クィブラー』を逆さに読んでいた理由が説明できる。ルーン文字を逆さにすると、敵の耳をキンカンの実に変えてしまう呪文が明らかになるという記事だった。『ザ・クィブラー』のほかの記事に比べれば、シリウスがほんとうは「ザ・ホブゴブリンズ」のリードボーカルかもしれないという記事は、事実、相当まともだった。

「何かおもしろいの、あったか？」ハリーが雑誌を閉じると、ロンが聞いた。

「あるはずないわ」ハリーが答える前に、ハーマイオニーが辛辣に言った。「『ザ・クィブラー』って、クズよ。みんな知ってるわ」

「あら」ルーナの声が急に夢見心地でなくなった。「あたしのパパが編集してるんだけど」

「私――あ」ハーマイオニーが困った顔をした。「あの……ちょっとおもしろいものも……つまり、とっても……」

「返してちょうだい。はい、どうも」

ルーナは冷たく言うと、身を乗り出すようにしてハリーの手から雑誌を引ったくった。ページをパラパラめくって五七ページを開き、ルーナはまた決然と雑誌をひっくり返し、その陰に隠れた。ちょうどその時、コンパートメントの戸が開いた。三度目だ。

ハリーが振り返ると、思ったとおりの展開だった。ドラコ・マルフォイのニヤニヤ笑いと、両脇にいる腰巾着のクラッブ、ゴイルが予想どおり現れたからといって、それで楽しくなるわけはない。

「何だい？」マルフォイが口を開く前に、ハリーが突っかかった。

「礼儀正しくだ、ポッター。さもないと、罰則だぞ」

マルフォイが気取った声で言った。なめらかなプラチナ・ブロンドの髪ととがったあごが、父親そっくりだ。

「おわかりだろうが、君とちがって、僕は監督生だ。つまり、君とちがって、罰則を与える権限がある」

「ああ」ハリーが言った。「だけど君は、僕とちがって、卑劣なやつだ。だから出ていけ。じゃまするな」

ロン、ハーマイオニー、ジニー、ネビルが笑った。マルフォイの唇がゆがんだ。

「教えてくれ。ウィーズリーの下につくというのは、ポッター、どんな気分だ？」

マルフォイが聞いた。

「だまりなさい、マルフォイ」ハーマイオニーが鋭く言った。

「どうやらげきりんに触れたようだねぇ」マルフォイがニヤリとした。「まあ、気をつけることだな、ポッター。何しろ僕は、君の足が規則の一線を踏み越えないように、犬のようにつけ回すからね」

「出ていきなさい！」ハーマイオニーが立ち上がった。

ニタニタしながら、マルフォイはハリーに憎々しげな一瞥を投げて出ていった。クラッブとゴイルがドスドスとあとに続いた。ハーマイオニーはその後ろからコンパートメントの戸をピシャリと閉め、ハリーのほうを見た。ハリーはすぐに悟った。ハーマイオニーもハリーと同じように、マルフォイが最後に言った言葉を聞きとがめ、ハリーと同じようにヒヤリとしたのだ。「もう一つ『蛙』を投げてくれ」ロンは何にも気づかなかったらしい。

ネビルとルーナの前では、ハリーは自由に話すわけにはいかなかった。心配そうなハーマイオニーともう一度目配せし合い、ハリーは窓の外を見つめた。

シリウスがハリーと一緒に駅に来たのは、軽い冗談だと思っていた。急にそれが、むちゃで、ほんとうに危険だったかもしれないと思われた……。ハーマイオニーの言うことは正しかった……シリウスはついてくるべきではなかった。マルフォイ氏が黒い犬に気づいて、ドラコに教えたのだとしたら？　ウィーズリー夫妻や、ルーピン、トンクス、ムーディが、シリウスの隠れ家を知っていると、マルフォイ氏が推測したとしたら？　それともドラコが「犬のように」と言ったのは、単なる偶然なのか？

北へ北へと旅が進んでも、天気は相変わらず気まぐれだった。中途半端な雨が窓にかかったかと思うと、太陽がかすかに現れ、それもまた流れる雲に覆われた。暗闇が迫り、車内のランプがつくと、ルーナは『ザ・クィブラー』を丸め、大事そうにかばんにしまい、今度はコンパートメントの一人一人をじっと見つめはじめた。

ハリーは、ホグワーツが遠くにちらりとでも見えないかと、額を車窓にくっつけていた。しかし、月のない夜で、しかも雨に打たれた窓は汚れていた。

「着替えをしたほうがいいわ」ハーマイオニーがうながした。ロンとハーマイオニーはローブの胸にしっかり監督生バッジをつけた。ロンが暗い窓に自分の姿を映しているのを、ハリーは見た。

汽車がいよいよ速度を落としはじめた。みんなが急いで荷物やペットを集め、降りる支度を始めたので、車内のあちこちがいつものように騒がしくなった。ロンとハーマイオニーは、それを監督することになっているので、クルックシャンクスとピッグウィジョンの世話をみんなに任せて、またコンパートメントを出ていった。

「そのふくろう、あたしが持ってあげてもいいよ」

ルーナはハリーにそう言うと、ピッグウィジョンのかごに手を伸ばした。ネビルはトレバーをしっかり内ポケットに入れた。

「あ――え――ありがとう」ハリーはかごを渡し、ヘドウィグのかごのほうをしっかり両腕に抱えた。

全員が何とかコンパートメントを出て、通路の生徒の群れに加わると、冷たい夜風の最初の一吹きがピリッと顔を刺した。出口のドアに近づくと、ハリーは湖への道の両側に立ち並ぶ松の木の匂いを感じた。ハリーはホームに降り、周りを見回して、なつかしい「イッチ（一）年生はこっち……イッチ（一）年生……」の声を聞こうとした。

しかし、その声が聞こえない。かわりに、まったく別の声が呼びかけていた。きびきびした魔女の声だ。「一年生はこっちに並んで！　一年生は全員こっちにおいで！」

ランタンが揺れながらこっちにやって来た。その灯りで、突き出したあごとガリガリに刈り上げた髪が見えた。グラブリー‐プランク先生——去年ハグリッドの「魔法生物飼育学」をしばらく代行した魔女だった。

「ハグリッドはどこ？」ハリーは思わず声に出した。

「知らないわ」ジニーが答えた。「とにかく、ここから出たほうがいいわよ。私たち、ドアをふさいじゃってる」

「あ、うん……」

ホームを歩き、駅を出るまでに、ハリーはジニーとはぐれてしまった。人波にもまれながら、ハリーは暗がりに目を凝らしてハグリッドの姿を探した。ここにいるはずだ。ハリーはずっとそれを心のより所にしてきた——またハグリッドに会える。それが、ハリーの一番楽しみにしていたことの一つだった。しかし、どこにもハグリッドの気配はない。

いなくなるはずはない——出口への狭い道を生徒の群れにまじって小刻みにのろのろ歩き、外の通りに向かいながら、ハリーは自分に言い聞かせていた。風邪を引いたかなんかだろう……。

ハリーはロンとハーマイオニーを探した。グラブリー‐プランク先生が再登場したことを、二人がどう思うか知りたかった。しかし、二人ともハリーの近くには見当たらない。しかたなく、ハリーはホグズミード駅の外に押し出され、雨に洗われた暗い道路に立った。

二年生以上の生徒を城まで連れていく馬なしの馬車が、百台あまりここに待っているのだ。ハリーは馬車をちらりと見て、すぐ目をそらし、ロンとハーマイオニーを探しにかかったが、そのとたん、ぎょっとした。

馬車はもう馬なしではなかった。馬車の轅の間に、生き物がいた。名前をつけるなら、馬と呼ぶべきなのだろう。しかし、何だか爬虫類のようでもある。まったく肉がなく、黒い皮が骨にぴったり張りついて、骨の一本一本が見える。頭はドラゴンのようだ。瞳のない白濁した目を見開いている。背中の隆起した部分から翼が生えている――巨大な黒いなめし革のような翼は、むしろ巨大コウモリの翼にふさわしい。暗闇にじっと静かに立ち尽くす姿は、この世の物とも思えず、不吉に見えた。馬なしで走れる馬車なのに、なぜこんな恐ろしげな馬にひかせなければならないのか、ハリーには理解できなかった。

「ピッグはどこ？」すぐ後ろでロンの声がした。

「あのルーナって子が持ってるよ」ハリーは急いで振り返った。ロンにハグリッドのことを早く相談したかった。「いったいどこに――」

「ハグリッドがいるかって？　さあ」ロンも心配そうな声だ。「無事だといいけど……」

少し離れたところに、取り巻きのクラッブ、ゴイル、パンジー・パーキンソンを従えたドラコ・マルフォイがいて、おとなしそうな二年生を押しのけ、自分たちが馬車を一台独占しようとしていた。やがてハーマイオニーが、群れの中から息を切らして現れた。

「マルフォイのやつ、あっちで一年生に、ほんとにむかつくことをしてたのよ。絶対に報告してやる。ほんの三分もバッジを持たせたら、嵩にかかって前よりひどいいじめをするんだから……クルックシャンクスはどこ？」

「ジニーが持ってる」ハリーが答えた。「あ、ジニーだ……」

ジニーがちょうど群れから現れた。じたばたするクルックシャンクスをがっちり押さえている。

「ありがとう」ハーマイオニーはジニーを猫から解放してやった。「さあ、一緒に馬車に乗りましょう。満席にならないうちに……」

「ピッグがまだだ！」ロンが言った。しかしハーマイオニーはもう、一番近い空の馬車に向かっていた。ハリーはロンと一緒にあとに残った。

「こいつら、いったい何だと思う?」ほかの生徒たちを次々やり過ごしながら、ハリーは気味の悪い馬をあごで指してロンに聞いた。

「こいつらって?」

「この馬だよ――」

ルーナがピッグウィジョンのかごを両腕に抱えて現れた。チビふくろうは、いつものように興奮してさえずっていた。

「はい、これ」ルーナが言った。「かわいいチビふくろうだね?」

「あ……うん……まあね」ロンが無愛想に言った。「えーと、さあ、じゃ、乗ろうか……ハリー、何か言ってたっけ?」

「うん。この馬みたいなものは何だろう?」

ロンとルーナと三人で、ハーマイオニーとジニーが乗り込んでいる馬車のほうに歩きながら、ハリーが言った。

「どの馬みたいなもの?」

「馬車をひいてる馬みたいなもの!」ハリーはいらいらしてきた。一番近いのは、ほんの一メートル先にいるのに。うつろな白濁した目でこっちを見ているのに。しかし、ロンはわけがわからないという目つきでハリーを見た。

「何のことを話してるんだ？」

「これのことだよ――見ろよ！」

ハリーはロンの腕をつかんで後ろを向かせた。翼のついた馬を真正面から見せるためだ。ロンは一瞬それを直視したが、すぐハリーを振り向いて言った。

「何が見えてるはずなんだ？」

「何がって――ほら、棒と棒の間！　馬車につながれて！　君の真ん前に――」

しかし、ロンは相変わらずぼうぜんとしている。ハリーはふと奇妙なことを思いついた。

「見えない……君、あれが見えないの？」

「何が見えないって？」

「馬車をひっぱってるものが見えないのか？」

ロンは今度こそほんとうに驚いたような目を向けた。

「ハリー、気分悪くないか？」

「僕……ああ……」

ハリーはまったくわけがわからなかった。馬は自分の目の前にいる。背後の駅の窓から流れ出るぼんやりした明かりにてらてらと光り、冷たい夜気の中で鼻息が白く立ち昇っている。それなのに——ロンが見えないふりをしているなら別だが——そんなふりをしているなら、下手な冗談だ——ロンにはまったく見えていないのだ。

「それじゃ、乗ろうか？」ロンは心配そうにハリーを見て、とまどいながら聞いた。

「うん」ハリーが言った。「うん、中に入れよ……」

「大丈夫だよ」ロンが馬車の内側の暗いところに入って姿が見えなくなると、ハリーの脇で、夢見るような声がした。

「あんたがおかしくなったわけでも何でもないよ。あたしにも見えるもン」

「君に、見える？」ハリーはルーナを振り返り、藁にもすがる思いで聞いた。ルーナの見開いた銀色の目に、コウモリ翼の馬が映っているのが見えた。

「うん、見える」ルーナが言った。「あたしなんか、ここに来た最初の日から見えてたよ。こいつたち、いつも馬車をひいてたんだ。心配ないよ。あんたはあたしと同じぐらい正気だもン」

ちょっとほほ笑みながら、ルーナは、ロンのあとからかび臭い馬車に乗り込んだ。

かえって自信が持てなくなったような気持ちで、ハリーもルーナのあとに続いた。

つづく

J.K. ローリング 作

不朽の人気を誇る「ハリー・ポッター」シリーズの著者。1990年、旅の途中の遅延した列車の中で「ハリー・ポッター」のアイデアを思いつくと、全7冊のシリーズを構想して執筆を開始。1997 年に第1巻『ハリー・ポッターと賢者の石』が出版、その後、完結までにはさらに10年を費やし、2007年に第7巻となる『ハリー・ポッターと死の秘宝』が出版された。シリーズは現在85の言語に翻訳され、発行部数は6億部を突破、オーディオブックの累計再生時間は10億時間以上、制作された8本の映画も大ヒットとなった。また、シリーズに付随して、チャリティのための短編『クィディッチ今昔』と『幻の動物とその生息地』(ともに慈善団体〈コミック・リリーフ〉と〈ルーモス〉を支援)、『吟遊詩人ビードルの物語』(〈ルーモス〉を支援)も執筆。『幻の動物とその生息地』は魔法動物学者ニュート・スキャマンダーを主人公とした映画「ファンタスティック・ビースト」シリーズが生まれるきっかけとなった。大人になったハリーの物語は舞台劇『ハリー・ポッターと呪いの子』へと続き、ジョン・ティファニー、ジャック・ソーンとともに執筆した脚本も書籍化された。その他の児童書に『イッカボッグ』(2020年)『クリスマス・ピッグ』(2021年)があるほか、ロバート・ガルブレイスのペンネームで発表し、ベストセラーとなった大人向け犯罪小説「コーモラン・ストライク」シリーズも含め、その執筆活動に対し多くの賞や勲章を授与されている。J.K. ローリングは、慈善信託〈ボラント〉を通じて多くの人道的活動を支援するほか、性的暴行を受けた女性の支援センター〈ベイラズ・プレイス〉、子供向け慈善団体〈ルーモス〉の創設者でもある。

J.K. ローリングに関するさらに詳しい情報はjkrowlingstories.comで。

松岡佑子（まつおかゆうこ） 訳

翻訳家。国際基督教大学卒、モントレー国際大学院大学国際政治学修士。日本ペンクラブ会員。スイス在住。訳書に「ハリー・ポッター」シリーズ全7巻のほか、「少年冒険家トム」シリーズ、映画オリジナル脚本版「ファンタスティック・ビースト」シリーズ、『ブーツをはいたキティのはなし』、『とても良い人生のために』『イッカボッグ』『クリスマス・ピッグ』（以上静山社）がある。

静山社ペガサス文庫

ハリー・ポッター 10
ハリー・ポッターと不死鳥の騎士団〈新装版〉5-1

2024年9月6日　第 1 刷発行

作者　J.K.ローリング
訳者　松岡佑子
発行者　松岡佑子
発行所　株式会社静山社
〒102-0073 東京都千代田区九段北1-15-15
電話・営業 03-5210-7221
https://www.sayzansha.com
装画　ダン・シュレシンジャー
装丁　城所 潤（ジュン・キドコロ・デザイン）
印刷・製本　中央精版印刷株式会社

ISBN 978-4-86389-869-1　Printed in Japan
Published by Say-zan-sha Publications Ltd.

「静山社ペガサス文庫」創刊のことば

小さくてもきらりと光る、星のような物語を届けたい——一九七九年の創業以来、静山社が抱き続けてきた願いをこめて、少年少女のための文庫「静山社ペガサス文庫」を創刊します。

読書は、みなさんの心に眠っている想像の羽を広げ、未知の世界へいざないます。読書体験をとおしてつちかわれた想像力は、楽しいとき、苦しいとき、悲しいとき、どんなときにも、みなさんに勇気を与えてくれるでしょう。

ギリシャ神話に登場する天馬・ペガサスのように、大きなつばさとたくましい足、しなやかな心で、みなさんが物語の世界を、自由にかけまわってくださることを願っています。

二〇一四年

静山社